Der unverhoffte Zeuge

Jochen Krohn *1938 in Dresden verbrachte seine Kindheit in Potsdam. 1953 Übersiedlung nach Köln. Er kam erst spät zum Schreiben, wobei der Schwerpunkt auf Gedichten und Kurzgeschichten liegt. Mit seiner ruhigen Erzählweise wird selbst ein spannender Krimi zur *ent*spannenden Lektüre. Ob jemand von der Brücke „fällt", es um Erbstreitigkeiten geht, in deren Mittelpunkt ein dreihundert Jahre alter Bauernhof eine entscheidende Rolle spielt, man in einem abgestellten Auflieger eine Leiche findet oder ob der Weihnachtsmann überlegt, demnächst ein anderes Gefährt als einen Schlitten zu benötigen … Gemütlich zurücklehnen und sich in die Geschichten vertiefen ist angesagt.

Renate Krohn *1948 in Hüls/ Ndrh. begann zu schreiben, nachdem ihr Chef sie mit einer dreisten Bemerkung so verärgerte, dass sie sich ihre Wut von der Seele schrieb. Bei der Gelegenheit stellte sie fest, dass es ihr Spaß bereitete, Gedanken und Gegebenheiten in Worte zu fassen. In ihrem ersten Roman „…und zum Frühstück Spaghetti" (1999)beschreibt sie mit einem Schmunzeln die Ankunft der ersten ausländischen Arbeitskräfte in unserem Land – Anfang der 1960er Jahre. Erinnerungen mit Tempo und Tiefenwirkung. Die Veränderung der Gesellschaft seit dieser Zeit war ihr immer ein Anliegen, wobei sie stets darauf bedacht war und ist, realistisch, dabei nicht negativ zu sein. Das Ehepaar lebt seit fast fünfzig Jahren in Leverkusen und sagt, diese Stadt ist besser als ihr Ruf.

Jochen und Renate Krohn

Der unverhoffte Zeuge

Lebensweisheiten, Gegenwärtiges, Vergangenes,
Erlebnisse … was im Leben so alles passiert

Jochen und Renate Krohn
Der unverhoffte Zeuge

Dieses Buch enthält Geschichten und Gedichte, die von den Autoren frei erfunden wurden. Die Ortsnamen stehen mit den Gegebenheiten nicht in wirklicher Verbindung. Namen und Personen sind fiktiv. Ähnlichkeiten mit Lebenden oder Verstorbenen sind rein zufällig und von den Autoren nicht beabsichtigt.

Impressum

Coverdesign, Herstellung und Verlag: BoD, Books on Demand, Norderstedt
ISBN 978-3-7526-4946-8

Lektorat	Renate Krohn, Leverkusen
Coverbild	BoD Norderstedt
Satz	Renate Krohn, Leverkusen

Inhalt

*Ob die Mimi ohne Krimi nie ins Bett geht, der Mörder immer der Gärtner ist oder der Kommissar den Kriminaltango tanzt... Krimi ist (fast) immer spannend **ent**spannend.*

Der weiße Auflieger

Sven saß in seiner Sofaecke und las, wie jeden Morgen nach dem Frühstück, die Tageszeitung. Er teilte sie mit seiner Frau Silke, die beim Lesen in der Mitte begann und sich den ersten Teil am Ende vornahm.

Im Lokalteil fand Silke eine halbseitige Anzeige mit der Überschrift: „Wer hat achtzehnjähriges Mädchen gesehen?" Es folgte die Personenbeschreibung.

Erst beim zweiten Anruf reagierte Sven, als Silke ihn darauf aufmerksam machte, dass schon wieder ein Mädchen verschwunden sei. Nach einem Discobesuch am Freitagabend war sie nicht wieder nach Hause gekommen.

„Heute ist Dienstag", meinte Sven, „wieso haben die so lange gewartet? Das hätte besser schon in der Samstagausgabe stehen sollen; die Chance, dass sich jemand erinnert, wäre wesentlich größer gewesen."

Sven vertiefte sich wieder in seinen Teil der Zeitung. In Russland hatte man gerade einen Anschlag auf eine Ölpipeline zu beklagen; im Sudan brachte man Gegner der Regierung um und im Irak gab es erneut Attentate. „Am besten", sinnierte er, „kauft man keine Zeitung mehr. Nur noch Mord und Totschlag; wenn da nicht der Sport und die Nachrichten aus der Region wären."

Silke ignorierte die Sportseiten, war entsprechend früher fertig mit lesen und hatte demzufolge Zeit, sich *ausgehfertig* zu machen. Der Einkaufszettel war geschrieben und es galt, ihn auf dem täglichen Rundweg abzuarbeiten.

Gegen neun Uhr machten sie sich auf den Weg; zuerst durch das nahe gelegene Industriegebiet, vorbei an einer Muckibude und dem Recyclingcenter. Sie hatten dieses Stück des Weges schon fast hinter sich gelassen, als Sven fragte: „Ist dir eigentlich aufgefallen ...

der eine Auflieger, der Weiße mit der Plane und dem abgekoppelten Führerhaus, steht bestimmt schon vierzehn Tage an der gleichen Stelle."

„Genau", meinte Silke, „sowohl ohne Nummernschild als auch unverschlossen. Ob der wohl irgendwo abhanden gekommen ist?"

Sie kamen überein, noch eine Weile zu warten; sollte sich dann nichts bewegt haben, wollten sie auf ihrem Rundweg beim örtlichen Polizeirevier Meldung machen.

Als die beiden nach einer Woche wieder die gleiche Route gingen und der besagte Auflieger scheinbar noch immer unberührt dort stand, sprachen sie im Polizeirevier vor. Sie erklärten dem Beamten ihre Beobachtung und auch er fand die Sachlage etwas komisch. Obwohl, ganz so ungewöhnlich sei das nicht. Er sagte: „Oftmals werden diese Auflieger, wenn sie gerade nicht gebraucht werden, abgestellt. Bei Bedarf werden sie dann vermietet und der jeweilige Fahrzeugführer bringt ein eigenes Kennzeichen mit. Im Laufe der nächsten Tage wird eine Streife einmal danach sehen", versprach er den beiden.

Tatsächlich – nach weiteren drei Tagen stand der Auflieger zwar noch am gleichen Platz, doch nun zierte ihn ein grüner Zettel.

Heute war die Tageszeitung besonders umfangreich. Ein Haufen Reklame, ein Fahrplan der Deutschen Bahn und ein Extrablatt zur beginnenden Tour de France lagen bei.

Silke kämpfte sich bis zu den Regionalnachrichten durch und ihr fiel erneut die Anzeige auf. Vierzehn Tage war es jetzt schon her, ohne dass die Polizei in dem Vermisstenfall so recht weiter gekommen wäre. Noch immer wurde die junge Frau gesucht. Zwei spielende Kinder hatten ganz in der Nähe einer Disco im Gebüsch die Geldbörse der Vermissten gefunden, doch sonst gab es, trotz groß angelegter Suchaktion, keine Spur.

„Es ist schon traurig", meinte Silke, „in Deutschland verschwindet ein Mensch und keiner hat etwas gehört oder gesehen."

„Ja", erwiderte Sven darauf, „in dieser Überflussgesellschaft denkt jeder nur noch an sich; ganz besonders in einer Stadt. In einer kleineren Gemeinde, in der jeder jeden kennt, ist es vielleicht anders. Doch auch da ist es nicht ausgeschlossen, dass mal einer von einer Veranstaltung, die auswärts stattfand, nicht wieder nach Hause kommt. Da können wir beide eigentlich von Glück reden, schon älter geworden zu sein und vor allem, dass wir alles gemeinsam unternehmen. So kann einer auf den Anderen acht geben."

„So", resümierte Silke, „jetzt haben wir genug gequasselt. Unsere Runde ruft; zumal es heute Mittag Gulasch geben soll und noch eine Menge vorzubereiten ist."

Sie machten sich auf den üblichen Weg. Als sie an dem nicht benutzten Auflieger vorbei kamen, zog ein komischer Geruch in ihre Nasen. „Mensch", sagte Silke, „die Verwertungsanlage stinkt heute aber besonders intensiv."

Sofort reagierte Sven und grinste dabei über beide Ohren: „Wieso denn die Anlage?"

„Ja, ja! Ich weiß schon ... ich meine natürlich die Abfälle, die hier angeliefert werden!"

„Ach so, das liegt bestimmt am Wetter. Zudem kommt der Wind aus dieser Richtung. Hundert Meter weiter war der Geruch verflogen. Als beide gegenüber der Schaumstofffabrik um die Ecke bogen, blieben sie wie angewurzelt stehen.

„Sieh dir das an, Sven! Die Stadt hatte doch erst vor acht Tagen die Begrenzungspfähle neu gemacht! Die haben ja nun wirklich nicht lange gehalten!"

Auf einer Länge von zehn Metern waren alle Querbalken in der Mitte zerbrochen.

„Die Hände müssten den Tätern abfallen", schimpfte Sven. „Mit Material und Arbeitsstunden sind wieder einige Steuergelder fällig; wenn es überhaupt wieder gerichtet wird. Und das, wo das Stadtsäckel an permanenter Schwindsucht leidet ...!"

Sven kam am nächsten Tag vom Zeitung holen zurück und schlug den Lokalteil auf, da prangte das Bild eines etwa zwanzigjährigen Mannes auf der ersten Seite mit einer dicken Überschrift: „Ist das der Täter?"
Wieso Täter? Das Mädchen war doch noch gar nicht gefunden?
Nachdem er den Artikel zu Ende gelesen hatte, machte er der Polizei in Gedanken ein großes Kompliment. Sie ermittelten verdeckt und alle Beteiligten hielten dicht, so dass durch Zeitungsartikel weder jemand gewarnt, noch falsche Fakten in die Welt gesetzt werden konnten. Der Festgenommene war als Letzter in der Nähe des verschwundenen Mädchens gesehen worden. Jetzt fehlte nur noch ein komplettes Geständnis – wenn sie denn den Richtigen erwischt hatten. Wo aber war das Mädchen geblieben? Und, was noch wichtiger war: lebte sie noch?
Am kommenden Tag sollte eine erschreckende Entdeckung gemacht werden...

Silke und Sven absolvierten ihr übliches Morgenritual und machten sich danach auf den Weg. Als sie die Kreuzung erreichten, an der sie normalerweise rechts abbogen, kam ihnen ein Mann mit seinem kleinen Hund an der Leine entgegen. Sie hatten ihn schon öfter gesehen, er begegnete ihnen meistens in Höhe der Schaumstofffabrik. Nanu, hatte er die Route geändert? Da auch er sich an die Beiden erinnerte, sprach er sie an: „Ihren normalen Weg können Sie heute nicht gehen. Hinter dem Abzweig – am Autohaus – hat die Polizei alles abgesperrt. Ich musste den Fußweg an der Verwertungsanlage benutzen. Meinen Struppi konnte ich auch gerade

11

noch dazu bewegen, weiter zu laufen. Der wollte bereits umkehren. Silke und Sven bedankten sich und änderten ihre heutige Route zwangsläufig.

„Was da wohl passiert ist?", wollte Sven wissen. „Ich habe kein Martinshorn gehört."

„Ich auch nicht", erwiderte Silke.

Im Laufe des Tages mussten beide immer wieder an den Morgenspaziergang zurück denken. Sie waren gespannt, ob über diesen Vorfall am nächsten Morgen etwas in der Tageszeitung zu lesen wäre. Das Europameisterschaftsspiel Tschechien gegen Griechenland, das übrigens mit einem Sieg der Griechen 0:1 endete, brachte sie vorübergehend auf andere Gedanken.

In den morgendlichen Nachrichten, noch bevor Silke und Sven aufstanden, hörten sie: Gestern, in den frühen Morgenstunden wurde in der Nähe von Leverkusen, in einem abgestellten Container, eine stark verweste Frauenleiche gefunden. Es handele sich vermutlich um die seit über vierzehn Tagen vermisste Elke B.

Die Zeitung berichtete weiter, dass der Festgenommene zugegeben habe, mit der Vermissten und inzwischen tot Aufgefundenen in der Disco gewesen zu sein und auch, dass er sie ein Stück auf dem Heimweg begleitete. Doch mit dem Tod der jungen Frau habe er nichts zu tun. Ihrer beider Heimweg habe sich nach ungefähr einer viertel Stunde getrennt, obwohl er dem Mädchen seine Begleitung bis zu deren Haustür angeboten habe.

Der Mann wurde vorläufig auf freien Fuß gesetzt; er hatte einen Wohnsitz am Ort und außerdem lagen keine stichhaltigen Beweise gegen ihn vor.

Silke und Sven gingen an diesem Morgen wieder *ihren* Weg, doch der Auflieger war verschwunden.

„Erinnerst du dich an den eigenartigen Geruch vor einigen Tagen als wir hier vorbei kamen?", fragte Silke.

„Ja, und wir haben den auf den Abfall in der Verwertungsanlage geschoben. Um dieses Verbrechen aufzuklären dürfte die Polizei noch eine Menge Arbeit haben," mutmaßte Sven.

„Mir tun die Eltern entsetzlich Leid; viele Jahre haben sie sich gesorgt und nun müssen sie auf so tragische Weise von ihrer Tochter Abschied nehmen."

*

Wie in solchen Fällen üblich wurde die Leiche in die Gerichtsmedizin verbracht. Nach penibler Untersuchung stellte man zwei gravierende Dinge fest: Erstens, das Mädchen kam durch Erdrosseln zu Tode und zweitens gab es Hinweise auf sexuellen Verkehr, der kurz vor ihrem gewaltsamen Tod stattgefunden haben musste. Die Polizei entschloss sich zu einer umfangreichen Plakat-Aktion und hoffte, durch Hinweise aus der Bevölkerung dem Täter auf die Spur zu kommen. Die an der Aufklärung des Falles beteiligten Beamten erinnerten sich, dass aus der Geldbörse, die ein paar Kinder unmittelbar nach dem Verschwinden der jungen Frau gefunden hatten, nichts fehlte außer Bargeld. Zumindest, soweit die Eltern der jungen Dame das beurteilen konnten.

Nach weiteren vierzehn Tagen waren alle eingegangenen Hinweise von der Polizei überprüft und ausgewertet, es wurde jedoch nichts Brauchbares zutage gefördert. Deshalb entschloss man sich zu einem Speicheltest der gesamten männlichen Bevölkerung aus dem Umkreis.

In den darauf folgenden Tagen meldete sich, bis auf wenige Ausnahmen, die männliche Bevölkerung des angesprochenen Bereichs bei der Polizei. Personen, die nicht freiwillig erschienen, bekamen Hausbesuch. Auch die Eltern der Verstorbenen wurden nicht ausgenommen. Als der Hausherr nach dem Klingeln die Tür öffnete

und die beiden Beamten ihr Anliegen vortrugen, reagierte er unwirsch. „Was denken Sie sich eigentlich? Wir trauern um unsere Tochter; Sie wollen doch nicht auch mich verdächtigen, oder?"
Die Beamten ließen sich nicht abweisen und nahmen ihn, ungeachtet seiner Weigerung mit zur Wache, damit er beim Amtsarzt seine Speichelprobe abgab.

Sven kam vom Zeitung holen zurück und war ganz außer Atem. Er stürmte in die Küche, wo Silke noch mit der Zubereitung des Frühstücks beschäftigt war.
„Der Vater war's!" rief er seiner Frau zu.
„Wie? Was ist los?"
„Na, du weißt doch – das Mädchen in dem Container, das tot aufgefunden wurde."
„Nein, das kann doch gar nicht sein. Man hatte doch einen jungen Mann in Verdacht", antwortete Silke.
„Nein, nein! Hier auf der ersten Seite steht es schwarz auf weiß ... nach Abgabe und Überprüfung der Speichelprobe nahm man in den späten Abendstunden den Vater des Mädchens unter dringendem Mordverdacht fest..."

Zwei Tage später war es amtlich. Der Vater hatte seine Tochter jahrelang missbraucht. Seiner Frau, dem Umfeld der Familie, der Verwandtschaft, in der Schule, den Freunden, war nichts Verdächtiges aufgefallen. Als das Mädchen achtzehn Jahre alt wurde, drohte sie ihrem Vater, alles zu erzählen, wenn er sie nicht in Ruhe ließe. Daraufhin hatte er bei seiner Frau an dem fraglichen Abend ein Treffen mit seinen Skatfreunden vorgetäuscht. In Wirklichkeit wartete er im Dunkeln, bis seine Tochter aus der Diskothek kam. Problematisch war, dass ein junger Mann seine Tochter begleitete. Erst als der an der nächsten Weggabelung abbog, wurde für ihn der

Weg frei, seine Tochter zum Schweigen zu bringen. Nicht ohne sich nochmals an ihr zu vergehen.

In einer kleinen Zeitungsanzeige entschuldigte sich die Polizei bei dem verdächtigten jungen Mann, der, wie sich nun herausstellte, unschuldig war.

„Ich glaube", meinte Sven, „etwas von der Geschichte wird wahrscheinlich an ihm hängen bleiben. Die Leute werden sich später nur an die Festnahme durch die Polizei erinnern."
Silke gab ihm Recht. „Wenn du erst einmal in die Mühlen des Gesetzes geraten bist, bleibt immer etwas in den Köpfen zurück; ob du nun unschuldig bist, oder nicht ...""

**

Karneval total

Es war wieder mal soweit. Karneval stand auf dem Programm und Willi Klage nahm, wie jedes Jahr, vierzehn Tage Urlaub. Viele im Ort belächelten ihn, wenn er sein Haus und den Vorgarten mit Masken, Luftschlangen und jeder Menge Orden schmückte. Darauf angesprochen, gab er immer die gleiche Antwort: „Es gibt Leute, die sparen fürs Schützenfest, für die Kirmes oder eine Kreuzfahrt – ich spare eben für vierzehn Tage Karneval."
Willi war fünfzig und seit fünf Jahren allein. Seine Exfrau, Christl, hatte für diesen Spleen, wie sie es nannte, kein Verständnis und es gab immer großen Krach, wenn die fünfte Jahreszeit begann. Sie hatte sich ausgerechnet seinen höchsten Feiertag, Rosenmontag, ausgesucht, um ihn mit Sack und Pack zu verlassen.

Wenn es nur an den vierzehn Tagen gewesen wäre, an dem er keinen *Abend vor dem Morgengrauen* heimkam, hätte man eventuell noch einen Kompromiss finden können. Willi hatte aber auch noch einen Beruf, der einem ungetrübten Familienleben nicht gerade gut tat. Am Eingang zum Haus stand auf einem großen Schild: Willi Klage – Versicherungen aller Art.

Nicht alle Klienten kamen in sein Büro; es fielen auch oft Hausbesuche an. Und das dauerte manchmal bis in den späten Abend.

Heute war sein letzter Arbeitstag und der Plan war ausgearbeitet, welche Veranstaltungen und Gaststätten er in seinem Umfeld besuchen würde.

*

Im Saal der Waldschänke befand sich die Stimmung auf dem Zenit. Vor fünf Minuten war das Dreigestirn abmarschiert und noch immer sangen viele Gäste das Lied *Mir schenken der Ahl en paar Blömche…* im Stehen mit. Einige suchten die Toiletten auf, Andere gingen vor die Tür, um zu rauchen. Eine halbe Stunde später saßen sie wieder auf ihren Plätzen und die Bedienung konnte im Saal für den Getränkenachschub sorgen. Als der Köbes, Josef Eller, der mit einem vollen Kranz Kölsch in seinem Revier unterwegs war und an dem Sechsertisch seiner zehn Tische ankam, saßen dort nur noch zwei Paare. Weil die derzeitig fehlenden Personen den ganzen Abend über ausschließlich Kölsch tranken, stellte er ungefragt zwei volle Gläser hin. Bei seinem nächsten Rundgang standen die beiden Gläser immer noch unberührt dort.

Auch bei der dritten Runde waren die beiden Plätze noch leer und er fragte die anderen Gäste, ob jemand wisse, wo die Leute abgeblieben seien. „Keine Ahnung", kam es im Chor. Die Dame, die einem der fehlenden Gäste gegenübersaß bemerkte: „Ich glaube, der mit der Clownsbemalung wollte auf die Toilette. Der Andere, der als Waldarbeiter verkleidet herumlief und sein Bier jedesmal gleich bar bezahlte, wollte Geld wechseln gehen... hat er gesagt." Die Veranstaltung ging ihrem Ende entgegen; die letzten Gäste begannen, ihre Rechnungen zu bezahlen, als auch der Clown wieder am Tisch auftauchte. „Wo waren Sie denn solange?", fragten seine Tischnachbarn ihn.

„Ich weiß nicht recht", antwortete er. „Ich saß auf der Toilette als es plötzlich ganz komisch roch und es unheimlich ruhig um mich wurde. Da muss ich wohl eingeschlafen sein", fügte er fast entschuldigend hinzu. Er nahm sein abgestandenes Kölsch und trank es in einem Zug leer. „Ich habe ein furchtbares Kratzen im Hals" murmelte er als ihn die Anderen erstaunt anschauten.

Der Köbes kam, um zu kassieren und war erfreut, den verloren geglaubten Gast wohlbehalten anzutreffen. Der Holzfäller blieb verschwunden.

Die beiden Paare hatten schon bezahlt, als auch Gerd Halse seine Geldbörse zückte. Die Rechnung lautete über dreiundvierzig Euro. „Bringen Sie mir bitte noch ein Bier, dann zahle ich glatte fünfzig..." und griff ins Portemonnaie. Unter seiner weißen Bemalung wurde ihm ganz heiß; die Geldbörse war, bis auf ein wenig Kleingeld, leer! Er schaute den Köbes verzweifelt an. „Ich weiß genau, dass ich knapp einhundert Euro dabei hatte." Papiere, Scheckkarte, alles war da, nur das Geld fehlte. „Das muss mir jemand gestohlen haben! Wo ist eigentlich mein Tischnachbar? Der kam mir sowieso nicht ganz echt vor... Bei einer solchen Veranstaltung jedes Bier immer gleich bezahlen, wer macht so etwas?"

„Und was machen wir jetzt?", fragte der Köbes. „Wie komme ich an mein Geld?"

„Ich rufe zunächst einmal die Polizei; dann sehen wir weiter", meinte Halse.

„Meinen Sie, die finden hier was? Bei den vielen Menschen im Saal? ...wovon sich ja auch schon einige verabschiedet haben?"

Als dann tatsächlich eine halbe Stunde später zwei Beamte erschienen, schilderte Gerd Halse den Vorgang. In den Toilettenräumen war nichts Ungewöhnliches festzustellen. Eine Aufsicht gab es nicht. Die Beamten notierten Halses persönliche Daten und nahmen das Portemonnaie an sich, um eventuelle Fingerabdrücke feststellen zu lassen. Dem Kellner drückte Gerd seinen Ausweis mit der Bemerkung: „Ich komme später wieder, um meine Schulden zu bezahlen" in die Hand.

*

Willi Klage wurde wach, weil jemand seinen Finger permanent auf dem Klingelknopf hielt. Er blickte zum Wecker auf dem Nachttisch. Neun Uhr! *Da hab' ich nun extra unter meinem Praxisschild einen weiteren Hinweis angebracht: Wegen Urlaub von... bis... geschlossen.* Langsam und unmutig kroch er unter seiner Bettdecke hervor, zog sich den Morgenmantel über, schlurfte zur Tür, öffnete sie einen Spalt und sah in das Gesicht einer etwa vierzig Jahre alten, tizianroten Schönheit. „Sie wünschen?", gähnte er hinter vorgehaltener Hand.

„Ja gibt's denn das? Erinnerst du dich nicht mehr...? Gestern im Gasthaus zum Löwen. Eigentlich sollte ich in der vergangenen Nacht schon mit dir kommen; du hattest mich eingeladen!"

„Ich habe dich eingeladen? Da musst du dich irren. Ich war gestern nicht im Löwen. Ich war im Gasthaus *Waldschänke* – da kannst du den Wirt und die Bedienung fragen."

„Ja, aber...", stotterte sie, „das warst doch du, der als Sträfling verkleidet mit mir getanzt hat!"

„Also hören Sie mal. Erstens: ich verkleide mich nie; auch wenn ich ein Karnevals-Jeck bin. Zweitens kann ich gar nicht tanzen und drittens, so betrunken kann ich nicht gewesen sein, dass ich eine so nette Frau nicht wieder erkannt hätte. Da muss Ihnen jemand aber einen üblen Streich gespielt und eine falsche Anschrift angegeben haben."

Sonja Fossen kramte in ihrer Handtasche und zog einen Zettel hervor. Da stand zwar die Adresse drauf, war aber nicht seine Schrift. „Tut mir leid", sagte Willi, „da kann ich Ihnen nicht weiterhelfen." Er wünschte ihr noch einen schönen Tag und schloss die Haustür. Inzwischen hatte Willi nicht nur kalte Füße. Auf dem Weg zum Schlafzimmer schaute er aus dem Wohnzimmerfenster und sah die Frau in Richtung Dorfplatz gehen. Was es alles gibt, schüttelte er seinen Kopf, ging zurück ins Schlafzimmer und legte sich noch einmal hin. Auch das Bett war inzwischen ausgekühlt.

*

Gerd Halse hatte die Zeche bezahlt und bekam auf dem Revier seine Geldbörse wieder ausgehändigt. Ein Beamter machte ihm wenig bis keine Hoffnung, sein Geld wieder zu sehen. Außer seinen eigenen, konnten keine weiteren Fingerabdrücke festgestellt werden. Niedergeschlagen ging er seiner Wege; Karneval war für ihn dieses Jahr gelaufen. In seinem Kopf rotierten die Gedanken: *Da muss jemand in der Toilette gewesen sein. Ob da einer gewartet hatte und vielleicht ein Gas versprühte, von dem man benebelt wird...? Ich habe nichts bemerkt. Außerdem steckt meine Geldbörse immer in der Innentasche der Jacke. Warum wurde mir bloß so schlecht, als ich vom Örtchen wieder an den Tisch kam? Und dann war da noch der Mann, als Holzfäller verkleidet. Der glänzte durch Abwesenheit, als ich zurückkam. Ob der das wohl war? Aber als ich zur Toilette ging, saß er noch auf seinem Platz...?* Gerd Halse bekam keinen Sinn in das Ganze. Nur, dass seine neunzig Euro geklaut waren, das machte ihm mächtig zu schaffen!

*

Seine Füße erreichten wieder Normaltemperatur und Willi schlief noch einmal ein. Jetzt zeigte die Uhr Kurz vor Zwölf und er fühlte sich ausgeschlafen. Eine heiße Dusche und eine Nassrasur danach machten ihn wieder fit.

Nun fehlte nur noch ein vernünftiges Mittagessen, doch als er den Kühlschrank inspizierte fand er nichts nach seinem Geschmack. Er zog sich Schuhe an, eine Jacke über, kontrollierte seine Barschaft und machte sich auf den Weg zum Frischemarkt an der Ecke. An der Fleischtheke kaufte er zwei Schnitzel, nahm aus dem Regal eine Dose Pfifferlinge mit; am Gemüsestand etwas Petersilie und einen kleinen Toast aus der Backwarenabteilung. An der Kasse verlangten sie von ihm neun Euro fünfundsiebzig Cent. *Umgerechnet in unserer alten Währung fast zwanzig Mark,* dachte er im Stillen. *Unser Geld ist nichts mehr wert.*

Daheim angekommen, ging er in die Küche, briet sich die Schnitzel und bereitete die Pfifferlinge mit Zwiebel, Butter und Petersilie zu. Dazu aß er drei Scheiben goldgelb gerösteten Toast. Gut gestärkt machte er im Schlafzimmer und in der Küche klar Schiff, zog sich anschließend ins Wohnzimmer zurück und ließ sich aus dem Radio mit Musik berieseln, während er die ungelesene Tageszeitung aufblätterte.

Im politischen Teil las er nur die Überschriften. *Die belügen einen ja doch nur.* Im Wirtschaftsteil fiel ihm ein besonders dicker Titel ins Auge: Ausländische Investoren kaufen sich in Deutschland ein. *Ja,* dachte er, *irgendwann sind wir alle aufgekauft und haben im eigenen Haus nichts mehr zu sagen. Oder, was noch schlimmer ist, das Kapital wird aus den Firmen gezogen und diese in die Insolvenz getrieben. Damit stehen dann wieder ein paar tausend Menschen auf der Straße und der Steuerzahler darf blechen! Der Preis der Globalisierung. Die gesamte wirtschaftliche Entwicklung sah er mit Sorge.*

Danach beschäftigte ihn der Sportteil; die Handballer waren gerade Weltmeister geworden und, na klar, die Verlierer witterten Manipulation. Sein Fußballverein hatte jetzt schon das dritte Spiel in Folge gewonnen!

Im Lokalteil angekommen, fiel ihm ein Kurzbericht auf. Bei einer Polizeikontrolle erwischte man einen Autofahrer in einer 30-km/h-Zone mit einhundert Stundenkilometern. Der durfte nun eine Weile zu Fuß gehen.

Auf der nächsten Seite stand: Die Polizei warnt! Willi las weiter und legte seine Stirn in Falten. Eine etwa vierzig bis fünfundvierzig Jahre alte Frau, mal mit blonden, schwarzen oder roten Haaren ist im Umkreis unterwegs. Sie klingelt bei allein stehenden Männern und versucht mit einem Trick in deren Wohnungen zu gelangen. Sie erzählt, angeblich sei sie eingeladen und zeigt als Beweis einen Zettel mit der entsprechenden Anschrift, der vermutlich eigenhändig geschrieben wurde. In einem unbeobachteten Augenblick lässt sie dann Geld oder Wertgegenstände, oder beides, mitgehen.

Das ist ja ein Ding! Da hab' ich heute Morgen aber Glück gehabt, dass ich die Dame an der Haustür abgefertigt habe. Was es nicht alles gibt... schüttelte Willi Klage sein weises Haupt.

*

Weiberfastnacht! Willi machte sich ausgehfertig. Heute Abend ging er in seine Stammwirtschaft feiern. Sehr viel Raum war nicht, aber wenn er früh genug dort war, fand sich immer ein Plätzchen. Bevor er ging, verteilte er sein Geld und seinen Ausweis. Einen kleinen Geldschein steckte er ins Portemonnaie, ein weiterer und der Ausweis landeten in der Hemdtasche unter dem Pullover. In der linken Hosentasche befand sich das Restgeld und in der rechten Hausschlüssel und ein Taschentuch. Beide Taschen waren mit einem Reißverschluss versehen. Die Taschen der Jacke, die er später an die Garderobe hing, waren leer. Ihm war in diesem Getümmel noch nie etwas abhanden gekommen.

Gegen siebzehn Uhr betrat er die Kneipe. An fast allen Tischen saßen bereits Gäste, obwohl offiziell erst um achtzehn Uhr geöffnet wurde. Willi fand noch einen Platz auf einem Hocker an dem Tisch gegenüber der Theke. So saß er etwas erhöht und konnte den Raum gut überblicken. Das Bier kam ungefragt; die Bedienung wusste, was die Stammgäste wünschten. Nach dem ersten Schluck schaute er sich um. *Ausschließlich bekannte Gesichter*, dachte er. Viele waren verkleidet, einige trugen sogar Masken vor dem Gesicht und hatten ihre Probleme mit dem Trinken. Die vier Gäste, zu denen er sich gesetzt hatte, hingen ihm ein paar Luftschlangen um. Sie meinten, etwas Buntes sei nötig, wenn er sich schon nicht kostümierte.

Da bekanntlich der Alkohol die Zunge lockert, kam auch hier flott eine nette Unterhaltung in Gang. Um die Theke herum standen die Gäste in Zweierreihen und an den Tischen war kein Stuhl mehr frei. Die Stimmung stieg und zwei Stunden später schwangen einige ganz Mutige auf der kleinen freien Fläche das Tanzbein. Willi begnügte sich mit Zuschauen und damit, ab und zu einen Evergreen mitzusingen. Einmal machte er die Runde und begrüßte Bekannte; dazu benötigte er eine halbe Stunde – rappelvoll war der Laden!

Er kam an seinen Tisch zurück und stellte fest, dass eine Person fehlte. Auf Nachfrage erhielt er von dessen Frau die Antwort: „Der ist dahin, wo auch der Kaiser zu Fuß hingeht…!"

Es verging fast eine halbe Stunde und die Ehefrau wurde unruhig. „Wo bleibt er bloß so lange?", fragte sie in die Runde.

Da der Mann des zweiten Pärchens ebenfalls gerade unterwegs war, erbot Willi sich, nach dem entschwundenen Gast zu sehen und kämpfte sich Richtung WC. Er öffnete die Tür zur Herrentoilette und trat ein. Niemand zu sehen. *Vielleicht sitzt er ja noch auf dem Thron,* dachte Willi, und ging einige Schritte weiter auf eine der beiden geschlossenen Türen zu. Die Erste ließ sich öffnen; das Örtchen war leer. An der anderen Tür sah er das rote Zeichen für besetzt, klopfte kräftig und rief Hallo! Nichts rührte sich. Nach einem Moment des Überlegens entschied er sich: Willi ging in die Nachbarkabine und stieg auf den Rand des Toilettenbeckens, um über die Trennwand zu schauen. Da saß sein Tischnachbar und schlief! Noch einmal rief er: „He, was ist los? Ist dir schlecht?"

In Willis Hals begann es unvermittelt zu kratzen. Irgendetwas roch hier streng, wie nach einem scharfen Reinigungsmittel. Gerade wollte er sich abwenden, um oben Bescheid zu geben, als sich der Mann bewegte. „Was ist los?", fragte Willi erneut.

Erschrocken blickte der Mann nach oben und bekam einen heftigen Hustenanfall. Peinlich berührt sah er an sich herunter; er saß noch immer mit herunter gelassener Hose auf der Toilette.

Willi kletterte vorsichtig von seinem Ausguck und meinte: „Ich warte draußen."

Kurz darauf gingen Beide an ihren Tisch zurück.

„Wo warst du denn so lange?", fragten die Anderen.

„Ich weiß es nicht. Ich bin runter in die linke Kabine, die rechte war besetzt. Während ich mich dort aufhielt war mir, als hörte ich ein zischendes Geräusch. Ungefähr so, als wenn du Haarspray benutzt", schaute er seine Frau dabei an. „Zu sehen und zu hören war sonst nix – ja… und dann weiß ich nichts mehr. Jetzt habe ich so ein Brummen im Kopf und Kratzen im Hals." In dem Moment setzte ein erneuter Hustenanfall ein und er hielt sich den Kopf.

Währenddessen trudelte auch der andere Tischnachbar wieder ein. Horst Müller guckte seinen Bekannten an: „Sag mal, ist dir nicht gut?"

Ernst Hanke berichtete das Vorkommnis noch einmal. „Du", sagte Müller in die Runde, „da habe ich dieser Tage eine kleine Notiz in der Zeitung gelesen. Wie war das doch noch?", überlegte er. „Ich hab's! Die Überschrift lautete: *Mann auf der Toilette ausgeraubt.* Mit irgendeinem KO-Spray wurde die Person zirka eine Stunde außer Gefecht gesetzt. Sieh doch mal nach, ob du noch alles hast! In der Notiz stand nämlich auch, dass der Bestohlene anschließend unter Kopf- und Halsschmerzen litt."

Ernst Hanke griff in die Innentasche seiner Jacke, zog die Geldbörse heraus, schaute hinein und sein Gesicht wurde immer länger. Total leer! „Noch nicht einmal das Kleingeld hat Derjenige verschont. Wahrscheinlich, weil ohnehin nur zwanzig Euro drin waren. Da hat jemand gewaltig Pech gehabt", mokierte er sich, „wenn wir ausgehen, hat meine Frau das Geld aus Sicherheitsgründen in ihrer Handtasche. Dafür werde ich oftmals belächelt; jetzt hat es sich ausgezahlt!"

*

Als das nächste Mal die Bedienung an den Tisch kam, baten sie darum, dem Wirt Bescheid zu sagen, dass dieser einmal zu ihnen kommen möge. Wenige Minuten später war er zur Stelle und sie berichteten, was passiert war. Ungläubig schaute der von Einem zum Anderen. „Geh' mal runter in die Herrentoilette… der ätzende Geruch ist bestimmt noch nicht verflogen."

„Tatsächlich; es riecht reichlich komisch da unten", meinte er als er von seinem Inspektionsgang zurückkam. „Soll ich die Polizei rufen?", wandte er sich an Ernst Hanke.

„Ach, lass mal. Die finden sowieso nichts und zwanzig Euro sind zu verschmerzen."

„Bloß – wer könnte das gewesen sein? Ist in der Zwischenzeit jemand gegangen? Mit oder ohne zu bezahlen? Fehlt ein Gast an der Theke? Ist dir da was aufgefallen?"

Der Wirt drehte sich zum Tresen und überlegte eine Weile. Dann wandte er sich wieder seinen Gästen am Tisch zu und sagte: „Mir fällt da nur ein Gast ein. Der stand den ganzen Abend vorne an der Theke, war als Holzknecht angezogen und bezahlte jedes Bier sofort bar. Aber der ist schon lange weg."

„Ja, ja – von der Theke weg. Doch der muss in der Toilettenkabine eine Weile gewartet haben", bemerkte Horst Müller.

Jetzt meldete sich der geschädigte Ernst Hanke noch einmal zu Wort. „Ich werde Morgen zur Polizei gehen und von dem Vorfall berichten; vielleicht erwischen sie den ja und Andere bleiben dann unbehelligt. So, nun lassen wir uns den Rest des Abends nicht weiter verderben. Bring uns noch mal 'ne Runde", wandte er sich an den Wirt.

Natürlich kam man im Laufe der nächsten Stunden immer wieder auf das Thema. Die Ganoven lassen sich immer was Neues einfallen, um an anderer Leute Geld zu kommen. Aber wie kann man sich gegen solche Machenschaften schützen? Diese Frage beschäftigte alle noch eine ganze Weile.

*

Heute blieben bei Willi Klage die Jalousien bis Mittag zu. Am Vorabend war es spät geworden; erst besuchte er den Rosenmontagszug und anschließend ging er zum Ball. Heute nutzte er die Zeit, um ein wenig zu relaxen. Am kommenden Abend wollte er noch einmal in sein Stammlokal gehen. Zum Fischessen.

Willi stand gegen dreizehn Uhr auf und ging unter die Dusche. Danach fühlte er sich wieder fit. Hunger stellte sich ein und er inspizierte, nachdem er sich angezogen hatte, den Kühlschrank. Das Ergebnis war nicht berauschend; er fand eine kleine Dose Würstchen vom Lande. Er machte sich die Knacker heiß und aß einen Kanten Brot dazu. Danach raffte er sich zu einem ausgiebigen Spaziergang auf, atmete tief ein und dachte, dass ihm, nach den vermieften Kneipen, die frische Luft wirklich gut täte. Schnee gab es in diesem Jahr nicht; aber ein kalter Wind fegte übers flache Land. Auf dem Rückweg nahm er noch eine Tageszeitung mit, sowie aus dem Supermarkt ein bisschen Aufschnitt fürs Abendbrot. Die Karnevalsdekoration im und vor dem Haus baute er ab und verstaute alles im Keller. Nur das Schild am Eingang: *Wegen Urlaub geschlossen*, ließ er noch bis zum kommenden Morgen hängen. Das wollte er, bevor er aus dem Haus ging, abnehmen.

Zum Abendessen gab es Fencheltee. *Mein Magen wird sich wundern*, dachte er, nach eineinhalb Wochen Bier und Wein. Doch das musste nun sein. Er machte es sich mit den belegten Schnitten und seinem Tee im Wohnzimmer gemütlich. Im Radio spielten sie Karnevalsmusik. Nicht zu laut, denn seine Ohren hatten auch genug. So hörte er auch sofort, dass es an der Haustür klingelte. Angetan mit seinen alten Filzpantoffeln schlurfte er zur Tür, blickte durch den Spion und erkannte seinen Nachbarn.

„Nanu", öffnete er die Tür, „womit kann ich Ihnen dienen?"

Der Nachbar druckste ein wenig herum und sagte dann: „Ich weiß ja, dass Sie noch Urlaub haben, doch mir ist die Fensterscheibe im Schlafzimmer zerbrochen und ich möchte das gern heute noch reparieren lassen."

„Na, dann kommen Sie mal eben rein. Mein Tee wird zwar kalt, aber ich gebe Ihnen die Unterlagen gleich unterschrieben mit. Dann kann der Glaser mit der Versicherung abrechnen."

Zehn Minuten später war alles erledigt und Willi konnte sich endlich seiner Mahlzeit widmen.

*

Am nächsten Morgen stand Willi pünktlich auf, das hieß, um sieben Uhr in der Früh. Für ihn war zwar noch nicht der letzte Urlaubstag, doch langsam musste man sich ja wieder auf den norma-

len Alltag vorbereiten. Nach der Morgentoilette holte er die Tageszeitung, bereitete sich das Frühstück und zog sich dann mit der
Zeitung und einer zweiten Tasse Tee ins Wohnzimmer zurück.

In der Politik widmete der Schreiber zwei Seiten dem Fall Mohn
und der damit verbundenen Freilassung. *Journalisten aller Couleur
reißen sich darum, diese Frau vors Mikro zu bekommen,* murmelte
er halblaut vor sich hin. *Es fehlt nur noch, dass sich ein Verlag
findet, der ein Buch herausgibt und, dass anschließend einer die
Filmrechte erwirbt, damit die Mörderin mit ihren Taten auch noch
einen Haufen Geld verdient... doch wie sagte mal ein Bekannter:
nur eine schlechte Nachricht ist eine gute Nachricht. Damit kann
man Geld verdienen. Schlimm genug!*

Im Wirtschaftsteil gab es nichts Neues. Der Börse ging es gut, weil
neunzig Prozent der Firmen in erster Linie an ihre Aktionäre denken und dabei ihre soziale Verpflichtung vergessen. Die Sportseiten boten auch nichts Aktuelles; sein Verein krebste im Mittelfeld
der Tabelle herum.

Als er am Lokalteil ankam, sprang ihn eine Überschrift ins Auge:
Toilettendieb gefasst! Da war doch was? Richtig. Weiberfastnacht
in seinem Stammlokal. Aufmerksam las er den Bericht.

Ein Gast in der Pension *Zu den drei Eichen* stand am Rosenmontag
dort an der Theke. Neben ihm ein Mann, der jedes Getränk sofort
bezahlte. Auf die Frage warum er das täte, antwortete er: „Damit
ich jederzeit gehen kann…"

Er war als Waldarbeiter gekleidet und trug einen Rucksack, den er
auch den ganzen Abend über nicht ablegte. Selbst wenn er die
Toilette aufsuchte nicht. Der Mann kam ihm irgendwie nervös vor.
Statt in Ruhe sein Bier zu trinken, beobachtete er während des ganzen Abends die Gäste. Gerade hatte er sich ein frisches Bier bestellt und es auch bezahlt, berichtete der Mann in dem Artikel weiter, als er sich auf die Toilette abmeldete. Als der nach etwas über

zehn Minuten immer noch nicht wieder auftauchte, überlegte der Gast, es sei etwas passiert und ging dem seltsamen Zeitgenossen nach. Als er die Tür zur Herrentoilette öffnete sah er, wie besagter Mann von einer Kabine in die nächste kletterte und dabei einen Gesichtsschutz trug. Was machen Sie denn da?", fragte er ihn verblüfft und bekam lediglich zur Antwort: „Das geht Sie überhaupt nichts an und wollte sich an ihm vorbei durch die Kabinentür drängen. Weil er jedoch eine so patzige Antwort bekommen hatte, haute er ihm eine runter. – Auch nicht die feine Art. – Darauf war der Maskierte nicht gefasst und fiel rückwärts auf eine Toilettenschüssel. Dort blieb er liegen und es bildete sich ein roter Fleck, der sich schnell ausbreitete. Nun bekam er es mit der Angst zu tun, lief schnell zum Wirt, der sofort einen Rettungswagen alarmierte. Die Besatzung des Krankenwagens suchte unter anderem nach den Papieren des Verunfallten; auch in dessen Rucksack. Darin fanden sie, außer den Papieren, auch noch eine Menge Geld und eine Spraydose mit der Aufschrift: Vorsicht! Giftig!

Sofortiger Anruf bei der Polizei.

Willi las den Artikel zu Ende und dachte, so ist das manchmal. Entweder man macht einen Fehler, wenn man sich zu sicher ist, dass einen keiner kriegt oder Mister Zufall hilft der Polizei. Irgendwann bekommt jeder seine Strafe. Ob diese dann gerecht ist, steht auf einem anderen Blatt. Nachdenklich legte er die Zeitung zur Seite und schrieb seinen Einkaufszettel zusammen. Zu Mittag gab es nur eine Brühe und eine Stulle; am Abend ging er Fisch essen. Dazu würde er sich noch ein paar Bierchen genehmigen. Schließlich muss der Fisch schwimmen, auch wenn er tot ist. Und ein würdiger Abschluss muss sein.

Als er gegen zwanzig Uhr heimkam, nahm er das Urlaubsschild ab und verbrachte noch eine Stunde im Büro, um wenigstens die angefallene Post zu sortieren. Morgen, gähnte er herzhaft, würde er wieder anfangen zu arbeiten. In diesem Jahr war der Karneval eine ausgesprochen turbulente Zeit, dachte Willi Klage. Er schmunzelte in sich hinein… von der Frau, die an seiner und etlichen anderen Türen klingelte, hatte er nichts wieder gehört.

***

Der Fall Lotus-Bar

Sie kamen jeden Samstagmorgen; man konnte fast die Uhr danach stellen. Immer gegen zehn. Er, knapp einmeterachtzig, athletische Figur; schwarzhaarig mit einem Oberlippenbart. Sie das ganze Gegenteil. Strohblond, ungefähr zwanzig Zentimeter kleiner und zierlich. Beide zählten schätzungsweise so um die vierzig Jahre und waren immer chic angezogen. Sie benutzten den Hintereingang zur Bar und das Ungewöhnliche dabei war, sie hatten einen Schlüssel. Auf der gegenüber liegenden Straßenseite standen noch einige alte Patrizierhäuser mit herrlich verzierten Fassaden und Giebeln. Es schien, als hätten die Piloten im letzten Krieg Spaß an diesen alten Häusern gehabt und sie deshalb mit Bomben verschont. Die Mieten in diesen Häusern waren erschwinglich, dafür ließen sowohl die sanitären Einrichtungen als auch die, für die damalige Zeit üblichen drei Meter fünfzig hohen Räume, zu wünschen übrig.
Im ersten Haus der Jägerstraße, unmittelbar an der Einmündung zur Hauptstraße, wohnte der siebzigjährige Egon Kowalzek. Unmittelbar nach der Vertreibung aus Schlesien wurde ihm und seiner damals noch lebenden Frau diese Wohnung in der dritten Etage zugewiesen. Seit einigen Jahren war er stark gehbehindert und auf Hilfe der Nachbarn angewiesen. Das Treppensteigen wurde für ihn

mit seiner Behinderung immer beschwerlicher. Sie kauften für ihn ein und hielten auch mal einen Schwatz mit ihm. In seinen Räumen konnte er sich noch selbst helfen. Die meiste Zeit verbrachte er aber am Wohnzimmerfenster. Er wusste, wann welcher Bus Verspätung hatte, wer zu schnell fuhr oder falsch parkte und auch, welche Leute die Straße entlang gingen. Ob sie zum Einkaufen unterwegs waren oder nur auf und ab flanierten. Natürlich fielen ihm auch die beiden Figuren auf, die regelmäßig samstags zu Fuß kamen und von hinten die Lotus Bar betraten. Er hätte schon gern gewusst, was die da trieben, denn heraus kommen sah er sie nie.

*

Die Geschäfte gingen immer schlechter. Die Menschen hielten ihr Geld fest und blieben öfter zu Hause. Auch Albert Pfund, Betreiber der Lotus Bar, hatte seine Sorgen. Inzwischen war er bei der Hauseigentümerin mit zwei Monatsmieten im Rückstand. Eine Kellnerin musste er schon entlassen; auch hatte er die Putzfrau einsparen müssen. Diese Arbeit erledigte, sehr ungern, seine Frau. Letzte Woche erhielt er eine Mahnung und bekam gerade mal acht Tage Aufschub. Dann, so beschied man ihm, wäre die komplette rückständige Mietsumme fällig.
Wie sollte er das bloß anstellen? Er hoffte von Wochenende zu Wochenende auf mehr Gäste. Im letzten Monat hatte er sogar ein Spielzimmer eingerichtet und eine neue junge Bedienung mit entsprechender Oberweite, die sie auch gern zeigte, eingestellt. Doch der Erfolg ließ weiterhin auf sich warten...
Am Freitagabend; Albert – Ali, wie viele Gäste ihn wegen seines südländischen Aussehens nannten – hatte gerade geöffnet, als ein etwa zwanzigjähriger Mann die Bar betrat und die Bedienung nach dem Chef fragte. Der kam gerade von der Toilette als er den blonden, schmächtigen Mann an der Theke sah.

„Sie wünschen bitte?", fragte er, „und wer sind Sie?"
„Mein Name tut vorläufig nichts zur Sache", entgegnete der Besucher, „ich bin hier, um Ihnen ein Geschäft vorzuschlagen."
„Was für ein Geschäft soll das sein? Ich kann mir keine zusätzlichen Ausgaben leisten", antwortete Ali.
Der Besucher schüttelte leicht den Kopf und bemerkte, dass ihm, Ali, keine Kosten entstehen würden. „Sie erhalten von mir eine bestimmte Ware, die sie verkaufen und wir machen Halbe-Halbe."
Ali schwante etwas, doch er fragte trotzdem noch einmal nach, um welche Art Verkaufsgut es sich handeln würde.
„Nun", antwortete der Besucher, „ es geht um reinstes Haschisch und Sie können, wenn das Geschäft läuft, bis zu dreitausend Euro im Monat verdienen. Steuerfrei!"
Die ersten Gäste betraten die Bar, der Wirt erbat sich eine Woche Bedenkzeit und verabschiedete ihn.
Nach dieser Woche hatte Ali wieder zu wenig Geld übrig und ihm blieb keine andere Wahl, als bei der Eigentümerin um einen weiteren Aufschub zu bitten. Er versprach ihr allerdings, spätestens in vier Wochen seine kompletten Schulden zu begleichen. An diesem Abend begann er das Geschäft mit dem Rauschgift. Die drückenden Schulden überwogen seine Skrupel. Ali nahm sich vor, dass er, wenn er seine Schulden bezahlt und eine gewisse Rücklage gebildet hätte, aus dem Geschäft sofort wieder aussteigen würde.

*

Egon Kowalzek saß, wie jeden Abend, an seinem geliebten Wohnzimmerfenster. Die Putzhilfe hatte heute die Scheiben geputzt und er sah besonders klar. Den Eindruck hatte er jedenfalls. In den letzten Tagen hatte er sich ein Fernglas mitbringen lassen; war ihm doch aufgefallen, dass in letzter Zeit verdächtig viele Autos vor der Bar parkten. Nicht nur Mittelklassewagen, sondern immer wieder sah Egon Kowalzek Fahrzeuge des gehobenen Genres. Ihn packte die Neugier, wer ausstieg und woher die Herrschaften kamen. Mit seinem Fernglas konnte er sogar die Nummernschilder lesen. Und weil es ihm nicht reichte, nur zu sehen, schnappte er sich Block und Bleistift, um Automarken und –nummern zu notieren. Nicht, dass er sich etwas dabei gedacht hätte, nein, es war eine Beschäftigung aus reiner Langeweile.

Nun war wieder Montag. Obwohl die Bar an diesem Tag geschlossen hatte, fuhr gegen zwanzig Uhr seit ungefähr einem Monat jede Woche der gleiche Wagen vor und ein schmaler Mann, blond, um die zwanzig herum, schätzte Kowalzek, klingelte und verschwand im Innern des Hauses. *Was der da wohl am Ruhetag zu suchen hat*, dachte Egon, als er ihn kurze Zeit später wieder heraus kommen sah. Allerdings, und das war schon eigenartig, nicht vorne, sondern aus der Seitentür, in die das Pärchen samstags, immer morgens um zehn, verschwand.

*

Vier Wochen später beglich Albert Pfund seine Mietschulden. Seiner Vermieterin erklärte er, er wolle nicht, dass sie noch länger warten müsse und er habe demzufolge einen Kredit aufgenommen. Clementine Bonner, so hieß die Dame, war eine betagte Witwe.

Das Haus mit der Bar und einigen Wohnungen hatte ihr Mann ihr hinterlassen. Sie selbst besaß eine schöne große Wohnung im oberen Stockwerk. Ihre Kinder besuchten sie regelmäßig und halfen bei den gröbsten Arbeiten.

Sie wunderte sich ein wenig über die plötzliche Bezahlung, doch auch sie hatte bemerkt, dass jetzt mehr Autos vor dem Haus parkten und der Taxiverkehr zunahm. Es konnte also durchaus sein, dass der Umsatz in der Bar gestiegen war.

Ein halbes Jahr war ins Land gegangen und es war wieder Montag. Egon Kowalzek saß, wie alltäglich, am Fenster. Inzwischen machte ihm auch längeres Sitzen zunehmend Probleme. Er konnte seine Knie danach kaum noch gerade bekommen und machte sich Gedanken, die Wohnung so umgestalten zu lassen, dass das Bett, sollte es mit dem Aufstehen noch ärger werden, direkt am Fenster platziert wurde. Keinesfalls wollte er seinen lieb gewordenen Beobachtungsposten aufgeben.

Das Auto mit dem *Blonden* war wieder einmal pünktlich; doch hoppla! Heute öffnete ihm auf sein Klingeln niemand die Tür. Eine Weile stand er unschlüssig herum und verschwand dann um die Hausecke. Nach etwa zehn Minuten kam er im Laufschritt zurück und schwang sich mit einem Satz in sein Auto. Beim Ausscheren aus der Parklücke übersah er fast einen Motorradfahrer. Mit riskantem Manöver konnte dieser dem anfahrenden Wagen gerade noch ausweichen. Das Fahrzeug drehte auf der Straße und schoss mit quietschenden Reifen in die Gegenrichtung davon.

Zwanzig Uhr siebenundzwanzig. Bei der Polizei ging ein Notruf ein. Eine Person, die ihren Namen nicht nennen wollte, berichtete am Telefon: *In der Lotus Bar an der Jägerstraße, liegt ein Toter in einem der Hinterzimmer.* Danach wurde sofort aufgelegt. Kommissar Hallig, der den Anruf entgegen genommen hatte, verständigte seinen Vorgesetzten; der beorderte noch Wachtmeister Bolle als Begleitung und trug ihnen auf, den Tatort zu inspizieren. Um besser durch den Abendverkehr zu kommen, schalteten die beiden das Blaulicht ein, ließen die Sirene aber aus. Der Mann sollte ja tot sein...

Am besagten Objekt angekommen, stellten sie das Fahrzeug ab, stiegen aus und gingen zum Eingang. Die Tür war verschlossen; klingeln und klopfen half nicht. Die beiden Beamten trennten sich. Der Eine ging links und der Andere rechts um das Haus. Kommissar Hallig fand an der rechten Seite zwar eine Tür, doch sie war ebenfalls verschlossen. Weder ein Namensschild, noch eine Klingel waren vorhanden. Als Bolle, der die linke Seite des Hauses inspizierte, ein paar Meter gegangen war, fand er die Eingangstür mit drei Klingelschildern. Er wartete noch auf seinen Kollegen, dann betätigten sie eine Klingel im Erdgeschoss. Sie hörten keinerlei Geräusche und versuchten es noch einmal mit einer Klingel, die, wie es schien, für den ersten Stock galt. Nichts! Als nächstes drückten sie auf die Schelle für den zweiten Stock und endlich kam eine Stimme ... „Ja, bitte?"

„Hier ist die Polizei. Wir erhielten einen Anruf, der die Lotus Bar betrifft. Es soll etwas nicht in Ordnung sein."

„Das ist nicht möglich. Die haben heute Ruhetag. Klingeln Sie bitte bei C. Bonner. Frau Bonner ist die Eigentümerin des Hauses und sie hat sicher einen Generalschlüssel."

Kommissar Hallig bedankte sich und betätigte die Klingel mit der entsprechenden Aufschrift. Nachdem er seinen Spruch zum zweiten Mal aufgesagt hatte, wurde ihnen die Tür geöffnet.

Hallig und Bolle betraten das Treppenhaus und kamen im Erdgeschoss an einer verschlossenen Tür vorbei, die eindeutige Kratzspuren aufwies. Wer hatte diese Spuren verursacht? Der anonyme Anrufer? Wenn ja, wie war er ins Haus gekommen?

Während die beiden Polizisten sich, unabhängig voneinander, mit diesen Fragen beschäftigten, gingen sie die Treppe hoch und erklärten der oben wartenden Clementine Bonner, was sie ins Haus geführt hatte.

„Oh Gott, das ist ja furchtbar. Aber, wenn die Tür verschlossen ist, kann es sich wohl nur um einen Fehlalarm handeln ...?"

Gemeinsam gingen sie die Treppe wieder hinunter und Hallig fragte die Hauseigentümerin, ob sie etwas Außergewöhnliches gehört habe. „Nein", meinte sie, „bis auf – na ja, es klingelt schon mal an der Haustür. Aber das sind meist Kinder, die sich einen Spaß erlauben."

„Machen Sie dann auf?"

„Nein, ich nicht. Eventuell einer der Mieter; obwohl ich immer wieder darauf hinweise, zuerst die Gegensprechanlage einzuschalten und zu fragen, wer unten sei. Doch Sie wissen ja, wie das ist!"

Der Kommissar ließ sich von Clementine Bonner den Schlüssel geben und vorsichtig, um keine möglichen Spuren zu verwischen, steckte er den Schlüssel ins Schloss. Er hakte ein wenig, doch die Tür ließ sich öffnen. Sie betraten einen kleinen Flur. Die linke Tür führte in ein etwa dreißig Quadratmeter großes Zimmer. „Die rechte Tür mündet direkt hinter der Theke der Bar", erklärte die Vermieterin. Kommissar Hallig zog sich ein Paar Einweghandschuhe über, öffnete die Tür und überblickte sofort die Bescherung.

„Mein Gott", schluckte Frau Bonner und wurde grau im Gesicht, „Das ist ja Herr Pfund, der Wirt!"

Wachtmeister Bolle zog sich ebenfalls Handschuhe an, griff zum Telefon und forderte Verstärkung vom Revier an; Arzt, Leichenwagen, Spurensicherung, genannt Spusi.

„Sie können wieder in Ihre Wohnung gehen. Wenn wir hier unten fertig sind, wird die Tür versiegelt und, wenn Sie nichts dagegen haben, behalten wir bis zur Aufklärung des Falles den Schlüssel."

Clementine Bonner nickte wie im Taumel und ging sprachlos die Treppe wieder nach oben.

Bis alles erledigt war, zeigte die Uhr fast Mitternacht. Die Leiche wurde in die Gerichtsmedizin verbracht. Auf der Fahrt zum Revier meinte Bolle zu seinem Chef: „Das sah aus wie eine Hinrichtung, die Kugel mitten in die Stirn."

*

Am darauf folgenden Tag brachten Presse und Rundfunk einen ausführlichen Bericht über den Toten in der Lotus Bar und ein Reporter stellte die äußerst provokante Frage – ob da vielleicht die Mafia im Spiel sei.

Auch Egon Kowalzek hörte im Radio von dem Vorfall der Nacht; der Moderator gab vor, aus sicherer Quelle zu wissen, der Tote habe bereits zirka siebzehn Stunden in der Wohnung gelegen.

Kowalzek meldete sich bei der Polizei und wollte von seinen Beobachtungen berichten. Der diensthabende Beamte sagte ihm den Besuch von zwei Kollegen zu. Sie würden so gegen achtzehn Uhr bei ihm sein.

Als Hallig und Bolle ins Büro kamen, sagte der Wachhabende zu ihnen: „Ihr könnt gleich wieder umdrehen ...!"

„Wie?", kam es wie aus einem Mund, „gibst du uns frei?"

„Ne, ne – hier habt Ihr eine Adresse. Jägerstraße. Ein Herr Kowalzek hat Informationen für Euch zu dem Fall Lotus Bar."

„Na, dann nichts wie hin!" Und weg waren sie.

So schnell hatte die Polizei noch nie stichhaltige Auskünfte erhalten. Personen, Fahrzeuge, Kennzeichen, sogar Uhrzeiten konnte Zeuge Kowalzek ihnen mitteilen. Nach einer Stunde bedankten sie sich und versprachen nach der Aufklärung des Falles mit einem Präsent vorbei zu kommen. Ganz privat – versteht sich.

Zuerst wollten sie das Pärchen aufsuchen, das immer die Hintertür benutzte und einen Schlüssel besaß.

Durch die perfekten Angaben des Egon Kowalzek brauchten sie nur bis Samstagmorgen zu warten. Inzwischen suchte man den Mann, der die Polizei anonym informierte. Da das Kennzeichen des Fahrzeugs der Person vorlag, die jeden Montagabend in die Bar eingelassen wurde, kamen sie ihm schnell auf die Spur. Wie erstaunt waren Hallig und Bolle als sie feststellten, dass beide Personen identisch waren. Es handelte sich um den polizeibekannten Dealer Sven Kabel. Er stand gerade an der Theke einer Szenenkneipe als die Polizei auftauchte. Ihm schwante nichts Gutes ... er musste mit zur Wache!

Aus dem Vernehmungsprotokoll:

„Wo waren Sie am siebten Juni gegen zwanzig Uhr?"

„In der Lotus Bar."

„Was wollten Sie da und wie kamen Sie in die Wohnung?"

„Ware abliefern. Weil niemand öffnete, verschaffte ich mir mit einem Dietrich Zutritt."

„Haben Sie den Wirt, Albert Pfund, erschossen?"

„Nein!"

Leugnen war zwecklos – das wusste Sven Kabel aus früheren Vernehmungen. Also packte er aus. Den Mord habe er aber nicht begangen; Pfund sei schon tot gewesen, als er die Wohnung betreten habe.

Weder waren Sven Kabels Fingerabdrücke mit denen, die am Tatort gefundenen wurden identisch, noch fand die Polizei Drogen bei ihm; also musste sie ihn wieder laufen lassen. Allerdings mit der Auflage, sich zur Verfügung zu halten.

Sven war froh, als er das Revier wieder verlassen konnte. Als die Beamten in die Kneipe kamen, hatte er die beiden Päckchen mit dem feinen, weißen Pulver zwischen zwei Stapeln Bierdeckel hinter die Theke fallen lassen.

*

Am Samstagmorgen postierten sich vier Beamte in der Jägerstraße in Erwartung des Pärchens, das mit dem Schlüssel *bewaffnet* durch die Hintertür ins Haus ging, das zum Bereich der Lotus Bar gehörte.

Die beiden, Hartmut und Silke Ralle, kamen nichts Böses ahnend die Straße entlang und als er die Schlüssel aus der Tasche kramte um aufzuschließen, sprach ihn ein Beamter in Zivil an und bat ihn, mit auf die Wache zu kommen.

„Wer sind Sie und was wollen Sie von uns! Weisen Sie sich erst einmal aus", sagte Silke Ralle. Die Dienstausweise wurden gezückt und der Zivilbeamte erwiderte: „Um was es geht müssen Sie bitte mit unserem Kollegen auf dem Revier besprechen. Ich bin nur beauftragt, Sie dorthin zu begleiten ..."

„Moment mal! Sie können uns doch nicht so mir-nichts-dir-nichts mitnehmen, oder? Außerdem, meldete Frau Ralle sich noch einmal, muss ich eben meiner Mutter Bescheid geben."

„Das können Sie vom Revier aus tun", beschied ihr ein weiterer Beamter.

Widerwillig fügten sie sich und waren inzwischen einfach nur noch neugierig. Als sie das Revier betraten, telefonierten sie vom Vorraum aus erst einmal mit der Mutter, damit die sich keine Sorgen machte.

Auszug aus dem Protokoll:

„Ihre Vor- und Zunamen bitte."

„Hartmut Ralle und Silke Ralle, geborene Bonner."

„Wo befanden Sie sich am sechsten und siebten Juni gegen zwanzig Uhr?"

„Zu Hause!"

„Was tun Sie jeden Samstag hier im Haus?"

„Wir besuchen unsere Mutter."

„Warum wählen Sie die Hintertür?"

„Weil sie über eine Treppe direkt in den Keller führt, wo ich jeden Samstag nach der Heizungsanlage sehe ...!"

Die Tür und die dahinter liegende Treppe führten tatsächlich in den Heizungskeller; von dort aus ging eine Tür ins Treppenhaus. Das hatte die Spurensicherung schon kontrolliert. Den vernehmenden Beamten fiel nichts auf, als Frau Ralle ihren Geburtsnamen nannte

– hätten Hallig oder Bolle Dienst gehabt, wäre die Befragung sicher kürzer ausgefallen.
Da sie weder etwas gesehen, noch gehört hatten und ihre Aussagen für richtig befunden wurden, durften sie nach Unterschreiben des Protokolls wieder gehen. Natürlich in diesem Fall nicht heim, sondern in Richtung Jägerstraße. Dort angekommen, gab es soviel zu erzählen, dass sie an diesem Wochenende über Nacht blieben.

Eine Woche war inzwischen vergangen, als am Montagmorgen Kommissar Hallig und sein Kollege Bolle zum Dienst erschienen und die Protokolle lasen. Nachdenklich stellten sie fest, dass sie genau so schlau waren, wie am Montag zuvor. Wer hatte den Wirt erschossen? Und warum?
Sie wussten, dass Sven Kabel regelmäßig montags Drogen in die Bar brachte und dafür kassierte ... doch der hatte, wie auch das Ehepaar Ralle, mit dem Mord nichts zu tun. Die Drogengeschichte würde zu einem späteren Zeitpunkt aufs Tapet kommen. Da Kabel einen festen Wohnsitz hatte, ließ man ihn erst mal wieder laufen.
Eine Schlägerei in einer anderen Bar, in der das Meiste der Einrichtung zu Bruch ging, half der Polizei auf die Sprünge. Einer der Schläger war nicht mehr fähig zu fliehen und wurde festgenommen. Nach einem schwierigen Verhör und der Zusage, dass man ihn schützen würde, erzählte er, dass zwei von ihnen an dem besagten Samstag in das Haus der Lotus Bar eingedrungen seien. Sie wollten Albert Pfund aber nicht töten, sondern ihm einen Denkzettel verpassen, weil er sich weigerte, Schutzgeld zu zahlen...
Nach wenigen Tagen konnte die Polizei die beiden Personen ausfindig und dingfest machen. Damit war der Fall Lotus Bar aufgeklärt und alles Weitere lag in den Händen der Staatsanwaltschaft.

Nachtrag: An einem Montag kreuzten Hallig und Bolle tatsächlich bei Egon Kowalzek auf, nachdem sie beim Nachbarn klingelten und von diesem eingelassen wurden. Kowalzek saß im Bett, was er aufgrund seiner fortschreitenden Behinderung direkt am Fenster aufstellen ließ, hielt das Fernglas in der Hand und schaute aufmerksam nach draußen zur gegenüber liegenden Lotus Bar.

Erst als sich die beiden Besucher vernehmlich räusperten, legte er das Fernglas beiseite und nahm den Präsentkorb nebst einer Urkunde für besondere Verdienste in Empfang. Nicht ohne mit seinem Feldstecher auf einen Mann zu deuten, der sich wiederholt vorsichtig umsah und zu sagen: „Wissen Sie Herr Wachtmeister: der kommt mir schon seit einigen Tagen verdächtig vor ...!"

***

Das lange Messer

Der Tag hatte so schön begonnen... die Sonne schien ihnen auf den Frühstückstisch und sie mussten den Teller mit dem Aufschnitt etwas zur Seite stellen. Auch die Butter begann, weich zu werden.

„Eigentlich ungewöhnlich für Mitte Mai", sagte Luisa zu Fredi."

„Ich glaube, wir haben es richtig gemacht, in diesem Jahr wieder mal den Frühling für unseren Urlaub zu nutzen."

„Ja", antwortete Fredi, „und später sagen wir, der Sommer fand an vierzehn Tagen im Mai statt."

„Alte Unke", lächelte Luisa darauf.

„Was heißt hier Unke; sieh mal an den Himmel. Dort, ganz hinten, über dem Berg, die eine Wolke – das kann manchmal recht schnell gehen. Eben noch Sonnenschein, zwei Stunden später sind noch ein paar Wolken dazu gekommen und es regnet oder es gibt sogar ein kräftiges Gewitter."

„Heute bleibt es schön, haben sie im Radio gesagt. Also mach hin, damit wir zu unserer geplanten Wanderung kommen."

Beide waren bisher immer an die See gefahren; in diesem Jahr wollten sie die Bergwelt Bayerns erkunden. Freunde hatten ihnen einen Berggasthof empfohlen. Ein Familienbetrieb, herrlich oberhalb des Ferienortes gelegen. Sie wurden nicht enttäuscht, nachdem sie die Wirtsleute, deren gute Küche und die gemütlichen Zimmer kennen gelernt hatten. Auch die Gegend war traumhaft; besonders bei schönem Wetter hatten sie von ihrem Zimmer aus einen herrlichen Blick auf die Berge. Heute sollte nun die erste größere Tour gegangen werden. Zu Fuß in den Ort, mit einem privaten Pendelbus weiter zu einer Hütte und von da aus wieder zu Fuß auf eine große Alm, die weltweit, vor allem aber Wintersportlern, bekannt ist.

*

Nach dem ausgiebigen Frühstück machten sie sich auf den Weg. Der Ort war schnell erreicht und auf den Bus brauchten sie auch nicht lange zu warten. In vielen Kehren ging es steil bergauf. Da erinnerte sich Luisa an eine Geschichte ihrer Eltern: Als diese das erste Mal in der Gegend Ferien machten, wanderten sie genau diese Straße nach oben. Hinter jeder Kehre glaubten sie, angekommen zu sein und waren dennoch erst nach zwei und einer halben Stunde endlich an der Hütte – total platt! Da war es doch bequemer, mit mehreren PS bergauf befördert zu werden.

Luisa und Fredi kontrollierten noch einmal, ob die Wanderschuhe richtig geschnürt, die Wasserflaschen im Rücksack fest verschlossen waren und marschierten los. Nach einigen hundert Metern steil aufwärts erblicken sie eine Bergkapelle. Die Tür stand offen, so betraten sie das Gotteshaus. Sie hätten gern eine Opferkerze angezündet, doch wer würde die überwachen, wenn sie herunter brennt. Ein Feuer wäre wohl unvermeidlich, dachte Fredi im Stillen.

Ein weites Tal tat sich auf, auf dem Vieh weidete und einige Hütten standen, die man auch als Urlaubsunterkunft nutzen konnte. Als sie auf den Wald zugingen, verdunkelte sich der Himmel. Etwa zehn Minuten später begann es zu regnen. Die beiden blieben stehen, um die mitgeführten Regenjacken anzuziehen. Fredi konnte sich nicht verkneifen, Luisa scharf anzuschauen: „Wie war das mit der alten Unke heute Morgen?"

Sie schmunzelte: „Ist ja gut. Eins zu null für dich. Aber woher soll man das wissen, wenn man bislang immer ans Meer gefahren ist."

Sie setzten ihren Weg fort und gelangten nach weiteren eineinhalb Stunden an die Hütte. Leider war sie im Privatbesitz und veschlossen. Luisa schaute neugierig durch eine Ritze der Fensterläden. Als sich ihre Augen an das Dunkel in der Hütte gewöhnt hatten, traute sie ihren Augen nicht und rief ihren Freund. „Fredi – komm mal; ich glaube, da liegt einer drin und bewegt sich nicht." Sie machte ihm Platz am Fenster und er schaute ebenfalls intensiv durch den Spalt. „Tatsächlich! Es sieht wirklich so aus, als läge da jemand. Eigenartig; Tür und Fenster sind verschlossen!"

„Und was machen wir jetzt?" fragte Luisa. „Das Handy liegt still, brav und ausgeschaltet im Hotelzimmer."

„Prima", brummelte er, „das hat einen Vorteil, es kommt nichts dran…"

Schnell zog Fredi den Kopf ein; Luisa holte aus und die Wasserflasche in ihrer Hand bekam Flügel!

Mit einem Lächeln auf den Lippen meinte Fredi: „Ist ja nicht weiter schlimm. So, wie es aussieht, handelt es sich tatsächlich um eine Leiche und die kann warten, bis wir auf der Alm angekommen sind, um von dort aus die Gendarmerie zu verständigen. Da ist keine Eile mehr geboten. Demnächst legen wir uns im Zimmer einen Zettel hin, an was wir alles denken müssen, wenn wir eine längere Wanderung unternehmen. Das Handy gehört dann auf jeden Fall mit dazu."

Während dieses Geplänkels packten sie ihr Leergut wieder in den Rucksack und wanderten auf dem Forstweg ihrem Ziel entgegen.

*

Wie überall in der Republik wurde auch hier in der Gegend gespart. Die Folge: es dauerte seine Zeit, bis aus der nächsten grösseren Stadt ein Einsatzkommando der Gendarmerie eintraf. Sie kamen gleich mit zwei Fahrzeugen. Im Polizeiwagen fuhren zwei Beamte und der Polizeiarzt; die rückten ein bisschen zusammen, um für Luisa und Fredi Platz zu machen. Das zweite Auto sah nach einem Bestattungsunternehmen aus.

Mit einer großen Zange wurde das Vorhängeschloss geknackt und Wachtmeister Alois Huber wurde die zweifelhafte Ehre zuteil, als erster den Hüttenraum zu betreten. Nur der Lichtstrahl, der durch die geöffnete Tür ins Innere der Hütte fiel, gab eine diffuse Helligkeit. Mitten im Raum lag eine Person auf dem Bauch; vielmehr das, was von ihr übrig war. Sie musste schon ziemlich lange dort liegen. Im Rücken steckte eine fast zwanzig Zentimeter lange Klinge, wie sich später herausstellte. Huber ging erst einmal wieder nach draußen und atmete tief durch, ehe er die Anweisung gab, ein weiteres Fahrzeug zwecks Spurensicherung anzufordern. Bis diese Kollegen eintrafen, diskutierte man, wer das wohl sein könnte und wie lange die Person schon hier läge. Wer könnte es gewesen sein, der diesen Menschen erstach und dann die Hütte wieder sicher verschloss? Und warum wurde er nicht schon früher gefunden, obwohl zur Zeit so viele Wanderer unterwegs waren?

Eine knappe Stunde dauerte es, bis der Wagen mit den beiden Beamten der Spurensicherung eintraf. Dann ging es, wie hunderte Male geübt. In der Tür wurde erst einmal zusätzlich Licht geschaffen, indem man einen Scheinwerfer postierte. Die Fensterläden durfte niemand anfassen, sie blieben geschlossen, um eventuelle

Fingerabdrücke nicht zu verwischen. Erst nachdem die Spuren sowohl am Fenster als auch an den Läden gesichert waren, wurde Tageslicht hineingelassen.

Eine weitere Stunde später waren alle Arbeiten erledigt und die drei Autos verließen, sozusagen im *Gänsemarsch* den Ort des Geschehens; nicht, ohne die Hütte vorher wieder mit einem Schloss zu sichern und mit einer Polizeimarke zu versiegeln. Es sah aus, als habe man einen *Kuckuck* drauf geklebt.

Im Büro machten sich die Beamten über ihren Bericht her und die Leiche kam in die Gerichtsmedizin. Alois Huber bat den Amtsarzt, sich mit dem Bericht nicht soviel Zeit zu lassen. „Je schneller, desto besser kommen wir in dem Fall weiter", sagte er noch hinterher.

Luisa und Ferdi wurden zum Revier gebeten, um noch einmal zu schildern, wie und unter welchem Umstand sie die Leiche gefunden hatten. „Fürs Protokoll", meinte Huber ein bisschen sarkastisch.

*

Die Gartenstraße in der Waldsiedlung lag friedlich in der Morgensonne, als ein Streifenwagen langsam an den Einfamilienhäusern vorbei fuhr. Kommissar Eduard Müller hatte an der Fahrerseite das Fenster herunter gekurbelt und sein Kollege, Wachtmeister Sven Schmied an der Beifahrerseite ebenfalls. So konnten sie auf beiden Seiten der Straße die Hausnummern besser lesen. Vor manchen Häusern hatten die Besitzer sinnigerweise einen Wacholder oder Rhododendron gepflanzt, die, nicht beschnitten nach ein paar Jahren die Hausnummern verdeckten. „So etwas müsste verboten werden" moserte Sven, als er wieder mal aussteigen musste, um genauer hinsehen zu können.

Doch dann hatten sie endlich die Nummer vierzehn gefunden. Eduard Müller dachte, *wäre ich von der anderen Straße früher abgebogen, hätten wir nicht so lange suchen müssen.* Er hielt den Wagen an und sie stiegen aus, um zu läuten. Sie waren noch gut einen Meter vom Grundstück entfernt, als laut bellend eine Deutsche Dogge um die Hausecke stob. Der Hund wollte sich gar nicht beruhigen und kurze Zeit später gingen im Haus die Lichter an. Ein junger Mann, etwa fünfundzwanzig Jahre alt, trat aus der Tür, pfiff den Hund zurück und fragte die beiden Beamten, was sie zu so früher Stunde wollten oder, ob sie sich vielleicht in der Tür geirrt hätten.

Wachtmeister Schmied ergriff das Wort: „Wir wollten zu Frau Elke Hausmann; sind Sie der Sohn?"

Etwas skeptisch schaute der junge Mann auf die beiden Polizisten herab: „Nein – ich bin der Lebensgefährte von Frau Hausmann."

„Dann sagen Sie ihr bitte, sie möge sich etwas anziehen und an die Tür kommen... wenn Sie uns schon nicht herein bitten."

Der *Jüngling* verschloss die Tür und wenig später erschien die Dame des Hauses. „Was, bitte, wünschen Sie von mir? Es muss ja unheimlich dringend sein, wenn die Polizei sogar unschuldige Bürger schon vor Dienstbeginn aus dem Bett holt!"

Jetzt schaltete sich Kommissar Müller ein. „Sie sind Elke Hausmann?" fragte er und fügte hinzu: „Ihren Mann haben Sie seit dem letzten Sommer als vermisst gemeldet? Sie können uns nun hereinbitten oder mit uns zum Revier kommen, um weitere Fragen zu beantworten..."

Widerstrebend ließ sie die beiden eintreten. Nachdem ihr Gefährte das Zimmer verlassen hatte, erzählte sie dann unaufgefordert folgende Geschichte: „Im Juli des vergangenen Jahres machten mein Mann und ich, wie schon oftmals zuvor, Urlaub in den Bergen. An einem Dienstag, wir hatten am Vortag eine große Tour gemacht, wollte mein Mann wieder eine längere Strecke gehen. Ich hatte keine Lust und deshalb ging er allein. Von dieser Wanderung kam er nicht wieder ins Hotel zurück. Zwei Tage lang haben Leute aus dem Dorf, gemeinsam mit der Gendarmerie, nach ihm gesucht – vergebens. Danach habe ich den Urlaub abgebrochen und fuhr nach Hause. Das ist alles, was ich dazu sagen kann", schloss sie ihre Ausführungen.

Schmied hatte diese Aussage auf Band aufgezeichnet, mit der Bitte, im Laufe des Tages zum Revier zu kommen, um das Protokoll zu unterschreiben.

Damit verabschiedeten sie sich.

*

Als Alois Huber den Bericht der Kollegen aus dem Rheinland, die ihn um Amtshilfe baten, vorliegen und gelesen hatte, schüttelte er den Kopf. Nach seinen Recherchen musste das die Frau des Ermordeten sein. Er nahm den Telefonhörer zur Hand und wählte die Nummer seiner Kollegen. Er hatte Glück, der den Fall bearbeitende Kommissar war im Dienst. Nach ein paar Freundlichkeiten, wie es ginge und einem Dank für den Bericht, kam Huber auf den Punkt. „Ich habe noch ein paar Fragen in dieser Angelegenheit."

„Schießen Sie los", erwiderte Müller.

„Erstens, mit welcher Hand hat Frau Hausmann das Protokoll unterschrieben und zweitens: haben Sie Fingerabdrücke von der Person? Ach ja – und drittens: Welche Zeit gab sie an, zu der sie in unserer Gegend gewesen sein will?"

Einen Augenblick war vollkommene Ruhe am anderen Ende der Leitung.

„Sind Sie noch da?", fragte Huber.

„Ja, natürlich. Ich musste nur überlegen, immerhin liegt das schon eine Weile zurück. Also zu erstens: die Dame hat mit links unterschrieben; zum Zweiten: nein, wir haben keine Fingerabdrücke. Es konnte ja niemand ahnen, dass die einmal wichtig werden würden... und zu drei: Es soll, laut Aussage, Mitte Juli gewesen sein – aber das steht doch auch im Protokoll! Fingerabdrücke werden sicher noch irgendwo finden und nachreichen. Aber... warum fragen Sie, mit welcher Hand die Frau das Protokoll unterschrieben hat?"

„Unser Gerichtsmediziner hat anhand der Beschaffenheit des Einstichs herausgefunden, dass der Täter oder die Täterin Linkshänder gewesen sein muss. Und, nur zur allgemeinen Information; laut unserer Nachforschungen hat es in der Ehe der Hausmanns nicht zum Besten gestanden. Krach wegen eines Liebhabers und andere Ungereimtheiten, sogar im Urlaub. Bis zu den Fingerabdrücken – also danke für die Info." Damit legte Alois Huber auf.

*

Als die Polizei zwei Tage später wieder in der Gartenstraße Nummer vierzehn auftauchte, weil niemand ans Telefon ging, stand sie vor einem Haus, an dem sämtliche Jalousien herunter gelassen waren und auch kein Hund mehr um die Ecke geflitzt kam. Die beiden Polizisten schauten sich an: „Es scheint, als seien die Bewohner ausgeflogen ..."

Einer der Beiden ging zum Auto zurück und fragte in der Zentrale, was denn nun zu tun sei.

„Fragen Sie mal bei den Nachbarn ein bisschen herum", bekam er zur Antwort, „dann sehen wir weiter."

Die Befragung ergab nicht viel Positives. Frau Hausmann hatte im Umkreis erzählt, sie würde mit ihrem Lebensgefährten in den Urlaub fahren. Dafür bat sie einen Nachbarn, für die drei Wochen den Garten zu pflegen und nach der Post zu sehen. Er solle diese bitte sammeln und sie würde sich die Sachen nach ihrer Rückkehr abholen. Ihren Hund hätte sie in einer Hundepension untergebracht. Das Ziel ihrer Urlaubsreise hatten sie keinem verraten.

Nach Rücksprache mit dem zuständigen Richter, wurde Frau Hausmann wegen dringenden Tatverdachtes zur Fahndung ausgeschrieben. Kommissar Müller informierte seine Kollegen in Bayern über den Stand der Dinge. Es dauerte fast vier Monate, bis die verdeckt arbeitenden Ermittler Frau Hausmann – allerdings ohne ihren *Jüngling* – auf der Insel La Gomera ausfindig gemacht und nach Nordrheinwestfalen überstellt hatten. Die abgenommenen Fingerabdrücke stimmten mit denen in der Hütte überein. Da half kein Leugnen mehr. Mittels eines *guten Anwalts*, der die Tat glaubhaft als Affekthandlung darstellte, musste Frau Hausmann nur sechs Jahre ins Gefängnis. Nach Aussage seiner Klientin war das Schloss der Hüttentür nicht ganz eingerastet und folglich war es ein Leichtes, bei einem Regenschauer ins Innere zu gelangen. Dort fand sie dann auch die Tatwaffe…

Da es keine direkte Verwandtschaft gab, wurde das Haus versiegelt. Der Nachbar, der das Grundstück schon vorher in Ordnung gehalten hatte, erklärte sich bereit, auch in den *kommenden Jahren* danach zu sehen. Zudem erhielt er von Frau Hausmann, mit Genehmigung der Behörden, den Hausschlüssel, um lüften und im Winter heizen zu können. Immerhin sollte das Haus keinen Schaden nehmen. Über die Kosten würde man sich, Jahre später, oder bei einem Besuch der Verurteilten, unterhalten…

***

Das alte Haus

Irene und Jakob hatten gut gefrühstückt, die Zeitung gelesen und beim Blick aus dem Fenster stellten sie fest, dass die Sonne hinter den Wolken hervorlugte. Schnell noch das Geschirr abgewaschen, den Einkaufszettel geschnappt; sich ausgehfertig gemacht und auf

ging es zur täglichen Runde. Bevor sie das Haus verließen, fragte Irene gewohnheitsmäßig: „Hast du alles abgeschlossen?"
Sie wohnten im Erdgeschoss und man konnte nie wissen.
„Aber selbstverständlich", antwortete Jakob.
Sie gingen ihren üblichen Weg, das war in Fleisch und Blut übergegangen, und waren noch nicht weit unterwegs, als Irene stehen blieb und ihren Jakob ansah.
„Ist was?", fragte er.
„Wo hast du denn die Tasche?", fragte Irene lächelnd.
„Ähm … ich hatte sie doch an die Tür gehängt! Warte einen Moment, ich laufe schnell zurück."
Zehn Minuten später setzten sie ihren Weg fort, kauften im Lebensmittelladen, den sie liebevoll Tante Liesel – die Inhaberin hieß Lieselotte – nannten, die nötigen Artikel ein und machten sich durch das Dorf auf den Rückweg.
Wie immer, kamen sie an dem mittlerweile Einsturz gefährdeten Haus inmitten der Fußgängerzone vorbei. Zum wiederholten Male sinnierte Jakob darüber, warum die Besitzerin das alte Ding nicht verkaufte.
Irene sagte darauf: „Soviel ich hörte, soll ihr Mann an einem Silvesterabend darin verstorben sein und sie kann sich einfach von diesem Haus* nicht trennen. Der Sohn wollte es schon lange abreißen lassen, aber die Mutter blieb hart."
So gingen etliche Jahre in Land bis die Mutter das Zeitliche segnete. Sie hatte ein wahrhaft biblisches Alter erreicht. Nicht viel später rollten die Bagger an, um die Ruine abzureißen und danach etwas Neues aufzubauen. Die Arbeiten gingen gut voran, bis sie an den Kellerraum gelangten. Die Decke fiel in sich zusammen, nur ein quadratischer Betonklotz widersetzte sich dem Greifarm des Baggers. Mit einem Presslufthammer mussten die Arbeiter diesem Monstrum zu Leibe rücken und das verzögerte die Abrissarbeiten nicht unerheblich.

Irene und Jakob machten auch am darauf folgenden Tag ihren Rundgang durch das Dorf. Sie schlenderten durch die Fußgängerzone und staunten nicht schlecht. Vor der Baustelle sammelten sich nicht nur ein Haufen Neugieriger, sondern auch die Polizei.

„Was ist denn da los?", fragte Irene.

„Das werden wir gleich hören", antwortete Jakob.

Eine der Zuschauerinnen, wenn man die sensationslüsterne Menge so bezeichnen will, klärte die Beiden auf: „Stellen Sie sich vor, im Keller fand man, einbetoniert, das Skelett eines Menschen."

„Nein!"

„Doch – wie man es munkeln hört, soll das der angeblich verstorbene Ehemann der Besitzerin sein. Man erzählt sich, dass seine Frau es mit ihm nicht leicht gehabt habe – er soll getrunken haben und war gewalttätig." …

Als Irene und Jakob wieder daheim waren, diskutierten sie über das Erfahrene.

„Jetzt verstehe ich auch, warum die alte Dame dieses Haus nicht verkauft hat", sagte Irene.

„Das kann gut sein", meinte Jakob, doch nun kann man sie nicht mehr belangen. Und der Sohn wusste von all' dem nix – erzählen sich die Leute."

Nach einen knappen Jahr war der Schandfleck vergessen. Ein neues, schmuckes Haus, außen verziert und mit Fachwerk, passte sich nahtlos in das dörfliche Gebilde ein.

Dazu muss man wissen, dass dieses Gebäude ein Sinnbild Bergischer Fachwerkkunst darstellte und die typische Bauart mit Schiefer und den grünen Fensterläden aufwies. Leider zündeten böse Buben es irgendwann einmal an und übrig blieb eine zwischenzeitlich unbewohnbare Ruine.

Der Mörder ist immer der Gärtner...

Ramona Lessmann trommelte mit den Fingern auf das Lenkrad. Sie fuhr ungewöhnlich schnell und unkonzentriert. Dabei hasste sie es, Landstraße zu fahren. Diese Straße ganz besonders. Rechts und links von Bäumen und dichtem Gebüsch gesäumt, erschien sie ihr sogar bei Tageslicht immer leicht unwirklich. Um sich von dem Gefühl der gewissen Befangenheit nicht überwältigen zu lassen, schaltete sie das Autoradio ein. Nicht ganz klangrein jaulte ihr entgegen:

...der Mörder ist immer der Gärtner
und der schlägt erbarmungslos zu.
Der Mörder ist immer der Gärtner...

Ramona hörte einen unmenschlichen Schrei; sie wusste nicht, dass sie es war, die diesen Schrei ausstieß. Sie hörte auch nicht mehr das entsetzliche Krachen. Sie spürte plötzlich nichts mehr. Dunkelheit hatte ihr Empfinden ausgelöscht.

*

„Du Jörg, fahr doch mal langsam", sagte Hansgerd Joserer zu seinem Kollegen. Die beiden Polizisten waren von ihrem Streifendienst auf dem Weg nach Hause. „Da vorne stimmt was nicht!"
Jörg Hintermeier – wegen seines bayrischen Namens im Rheinland oft gehänselt – hatte ebenfalls gesehen, dass da anscheinend ein Fahrzeug verunglückt war. Er ließ den Wagen langsam auslaufen und hielt genau auf der gegenüberliegenden Straßenseite an.
„Au Backe", sagte Joserer während er auf das verunglückte Auto zuging, „da hat aber einer seine Kiste mit Karacho an den Baum gesetzt!"

Jörg hatte inzwischen auch den Wagen verlassen und steuerte auf das Unglücksfahrzeug zu. „Verdammt", rutschte ihm raus, „ruf fix einen Notarzt; hier steckt noch jemand drin!"

Erschrocken blickte auch Joserer in das Auto. „Eine Frau. Ob die noch lebt? Ich habe meine Zweifel. Wer weiß, wie lange die schon hier festklemmt und so, wie der Wagen aussieht, kriegen wir die ohne Hilfe der Feuerwehr gar nicht raus."

Jörg nickte mit einem Kloß im Hals. Er konnte schlecht Blut sehen und im Auto war jede Menge davon. Nur das Gesicht der Fahrerin – er weigerte sich innerlich, in Bezug auf diese Frau an eine Tote zu denken – war offensichtlich unversehrt. Nur mit großer Überwindung schaffte er es, die Fahrertür zu öffnen. Der Oberkörper der Frau sank ihm entgegen. Frank fing sie auf; sie war kalt. Er versuchte, nicht so genau hinzusehen und lehnte den Körper nach vorne auf das Lenkrad. Dann schlug er sich in Windeseile seitwärts in die Büsche. Joserer hörte, wie er sich erbrach.

Mitleidig hielt er seinem jüngeren Kollegen eine Packung Papiertücher hin: „Das ist nix – wie?", meinte er.

Jörg schüttelte den Kopf. „Ich kann es immer noch nicht sehen. So schnell, wie sich mein Magen umdreht, so schnell kann ich nicht weglaufen", antwortete er mit einem leicht schiefen Grinsen. „Hast Du inzwischen den Notarzt ...?" Das *gerufen* schluckte er runter. In der Ferne war bereits das quäkende Tatütata des Martinshorns zu hören. Wenige Minuten später hielten der Rettungsdienst und ein weiterer Polizeiwagen.

„'n Abend", stieg Wachtmeister Drewer aus, „was beschert Ihr uns denn zum Schichtanfang?"

„Den gleichen Mist, den wir uns für die Heimfahrt unfreiwillig beschert haben", knurrte Joserer zurück. „Aber jetzt müssen wir erst einmal zusehen, dass wir die Frau da raus kriegen. Eine weitere Person scheint nicht im Wagen zu sein; obwohl der Kofferraumdeckel klemmt. Und die Frau ist meiner Meinung nach tot.

Sie fiel Jörg entgegen als der die Fahrertür aufmachte. Er sagte, sie sei eiskalt."

Drewer seufzte und drehte sich zu dem Notarzt um, der sich zu der eingeklemmten Frau begeben und kurz danach einen undefinierbaren Laut ausgestoßen hatte.

„Was ist?", fragte Drewer unwirsch. „Dass Sie die allein nicht aus dem Fahrzeug bekommen ist uns klar. Da muss die Feuerwehr ran. Die müssten jeden Moment da sein ..."

Der Notarzt stand immer noch am gleichen Fleck und starrte in den Wagen. Drewer kam näher und stieß ihn an: „Hallo, Mann, ich rede mit Ihnen!"

Mit zitternder Hand wies der Arzt in das Wageninnere. „Sehen Sie das Blut?"

„Ja – natürlich. Eine Riesenschweinerei."

„Das kann nicht sein. Die Frau hat das Blut nicht verloren ..."

„Wieso nicht. Vielleicht ist sie irgendwo verletzt, wo wir es nicht sehen."

Der Arzt schluckte und schüttelte den Kopf. „Nein – keinesfalls. Diese Frau ist auch nicht tot ..."

„Von wegen", mischte Jörg Hintermeier sich ein, „toter geht's gar nicht!"

„Doch, das ist nämlich kein Mensch, sondern eine Wachsfigur!!!"

Als in diesem Moment die Feuerwehr am Unfallort hielt, standen sämtliche Beteiligten stumm und wie versteinert um das Fahrzeug herum.

Rolf Remisch, Reporter bei der Neuen Kneten Post, traute seinen Ohren nicht. Nachdem er von der Polizei benachrichtigt und am Ort des Geschehens eingetroffen war, wiederholte er nun noch einmal, was man ihm gerade erzählt hatte: „Sie wollen sagen, dass Sie, nachdem Sie den Unfall entdeckten, Arzt und Feuerwehr benachrichtigt hatten, der Notarzt seinerseits feststellte, dass die Fahrerin des Unfallwagens eine lebensgroße Wachsfigur gewesen sei! Habe ich das richtig verstanden?"

Drewer nickte zustimmend während Rolf Remisch sich bezeichnend an die Stirn tippte. „Entschuldigen Sie bitte, aber vergackeiern kann ich mich allein!" Wütend fügte er noch hinzu: „Und dafür musste ich auch noch hier herausfahren. Dabei lief im Fernsehen gerade Tennis. Endspiel."

„Das würde ich auch lieber sehen", knurrte Drewer. „Allerdings denke ich, dass eine weitere Person im Wagen gewesen sein *muss*, die sich – wie auch immer – davon gemacht hat. Sie müsste die *Tote* auf den Fahrersitz geschoben haben. Sei es drum! Wir stehen jetzt hier herum. Zwei Polizisten, die eigentlich schon Feierabend hätten, mein Kollege und ich, die Besatzung des Rettungsdienstes und Sie auch noch. Damit es nicht so langweilig wird, warten wir jetzt auf die Spurensicherung, die Kripo und den Polizeiarzt. Zur Besatzung des Notarztwagens gewandt meinte er: „Sie können eigentlich fahren – für Sie ist dieses makabre Kuriosum erledigt."

„Danke und gute Nacht", erscholl es unisono.

Die beiden, Notarzt und Fahrer, der auch Sanihelfer war, verließen aufatmend den Ort des Geschehens.

Das gesamte Kripoteam traf kurze Zeit später ein. Der Kripobeamte, Bernd Hellweg, hörte die Story genauso fassungslos und meinte dann: „Das lässt natürlich verschiedene Schlüsse zu.

> *Vertuschter Unfall – und wieso Wachsfigur?*
> *Wo ist ein eventuelles Unfallopfer?*
> *Makabrer Scherz – dann könnte das Blut im Auto*
> *möglicherweise nicht von einem Menschen stammen?*
> *Hinweis auf einen unaufgeklärten Mord – vielleicht, dass hier*
> *jemand ermordet wurde, den wir ganz woanders gefunden haben*
> *oder vielleicht noch finden werden ... "*

Hellweg setzte gerade zu weiteren Ausführungen an, als er abrupt unterbrochen wurde.

Drewer hatte im Auto eine Tasche gefunden, die unter den Fahrersitz gerutscht war.

„Sehen Sie sich das an", hielt er Hellweg eine Brieftasche unter die Nase. „Unsere Wachsfigur hat sogar Ausweispapiere."

Bernd Hellweg zog den Personalausweis aus der Hülle und ihm rutschte raus: „Kinners, das gibt's doch gar nicht. Hier will uns jemand schwer verscheißern. Der Ausweis lautet auf Ramona Lessmann aus Friedestadt. Wohnt Rote Mütze 11. Und – der dickste Hund ist: guckt Euch mal das Bild im Ausweis und die Wachsfrau an. Wenn ich nicht ganz blöd bin – das ist sie doch, oder?"

Hintermeier und Joserer, die gerade im Begriff waren, abzufahren, hatten die Seitenfenster noch herunter gekurbelt und bekamen die Worte mit.

„Wie bitte?" Hintermeier stieg wieder aus. „Darf ich mal sehen?"

Hellweg reichte ihm den Ausweis und Hintermeier starrt ihn ungläubig an. „Dass mir das nicht sofort aufgefallen ist", sagte er. „Die Frau kenne ich vom Sehen. Ich wohne in Friedestadt und die Rote Mütze ist sozusagen bei mir um die Ecke. Der Name sagt mir nichts, aber die Frau arbeitet bei unserem Bäcker als Verkäuferin. Was machen wir denn jetzt?"

„Gute Frage", erwiderte Hellwig. „Ich habe, ehrlich gesagt, ein äußerst unangenehmes Gefühl bei dem Gedanken, zu den Leuten zu fahren und den Mann zu fragen, ob er weiß wo seine Frau ist und, dass sie als Wachsfigur noch einmal existiert. Ich werde den Gedanken einfach nicht los ..." Hellweg unterbrach sich mitten im Satz und blickte in die Runde. „Es hilft nichts, genau das müssen wir tun. Ich werde jetzt zu Lessmann fahren."

„Und was werden Sie ihn fragen?" Hintermeier sah Hellweg zweifelnd an. „Das ganze ist so verworren, dass man dem Mann doch wirklich nicht zumuten kann, seine Frau als Wachsfigurleiche in einem völlig zerschmetterten Auto an der Landstraße nach Goosenhausen zu identifizieren – oder wie wollen Sie das sonst formulieren?"

Bernd Hellweg kaute an seinen Fingernägeln, was bei ihm immer ein Zeichen äußerster Unsicherheit war. „Ich weiß nicht, was ich ihm sagen soll. Ich weiß nur, dass wir ihm irgendetwas sagen *müssen*. Am besten suchen wir, wenn es anfängt hell zu werden, die Umgegend ab. Vielleicht tut sich noch etwas, was wir brauchen können. Trotzdem muss ich nach Friedestadt und ..."

Unwirsch drehte er sich um, als er von dem Polizeiarzt angesprochen wurde: „Hier ist leider nichts festzustellen. Das Blut müssen wir im Labor untersuchen lassen. Ich kann so nicht sagen, ob es Tier- oder Menschenblut ist."

Hellweg nickte nur noch. „Sonst ist – per Augenschein – nichts Auffälliges zu sehen?"

Der Polizeiarzt schüttelte den Kopf. „Nein, wir haben von allem was möglich war, Fotos gemacht bzw. Proben genommen. Auch von den Haaren, die wir im Fahrzeug gefunden haben. Das ist das Einzige, was auffallend ist: die Haare, die wir im Auto eingesammelt haben, stimmen nicht mit denen an der Wachspuppe überein."

„Hilft uns momentan auch nicht weiter."

Bernd Hellweg hatte inzwischen alles Nötige zum Abtransport veranlasst und bestätigte noch einmal, dass er mit seiner Crew am frühen Morgen zurück kommen wollte. Fröstelnd zog er die Schultern zusammen. Es war bereits früher Morgen. Ein Blick auf die Uhr zeigte ihm, dass es auf fünf zuging. Er verbot sich nachzurechnen, wie viele Überstunden Hintermeier und Joserer jetzt bereits wieder dazugebucht bekamen. Da hieß es immer, die Polizei müsse sparen und dann passierten die tollsten Dinge ausgerechnet dann, wenn seine Beamten eigentlich schon außer Dienst waren.

Widerstrebend ging er zu seinem Fahrzeug. Hintermeier kannte seinen Chef. „Soll ich mitkommen?", fragte er.

„Sie sollten schon seit etlichen Stunden schlafen", erwiderte Hellweg. „Aber – kommen Sie mit. Ich hasse es, solche Gänge allein zu machen."

„Ich weiß!"

Bernd Hellweg sah seinen jüngeren Kollegen von der Seite an und sagte leise „Danke", ließ die Autotür ins Schloss fallen und startete den Motor.

*

Marco Lessmann, der mit nur wenigen Stunden Schlaf nachts auskam, saß schon seit geraumer Zeit in seiner Werkstatt. Er legte gerade Hand an die letzten Modellierarbeiten seiner neuen Schaufensterpuppe, als er ein durchdringendes Klingeln und gleichzeitig einen Schrei hörte.

Marco rannte die Treppe hoch und schaltete im Schlafzimmer mit einem Handgriff den Wecker aus. Mit der anderen Hand schüttelte er seine Frau: „Ramona, um Himmels Willen, warum schreist du denn so!"

Abrupt brach der Schrei ab, Ramona schlug schlaftrunken die Augen auf und im Radio hörte man die letzten Takte von Reinhard Mey

... der Mörder ist immer der Gärtner und der schlägt erbarmungslos zu ...

***

Ein mörderischer Weg

Als sich nach wochenlangem Dauerregen endlich mal wieder die Sonne blicken ließ, erinnerte Ulrich sich an ein geflügeltes Wort der Leverkusener, die im alten Bürohochhaus, oberhalb des zehnten Stocks, arbeiteten: Wenn du rausguckst und du kannst das Siebengebirge sehen, dann regnet es bald. ... wenn du nix mehr siehst, dann regnet es. Letzteres traf, nach einem miesen Herbst, auf die vergangenen vier Wochen fast täglich zu.

„Komm Rieke, zieh deine Stiefel an und dann geht es los!"
Diese nickte, schlüpfte in die gefütterten Schuhe, band sich einen Schal um den Hals und verkündete: „Fertig! ... und wo bleibst du?"
Ulrich grinste. Es war ein altes Spiel zwischen den beiden. Derjenige, der zuerst fertig war, neckte den Anderen mit seiner angeblichen Trägheit.

Nach dem wochenlangen Regen war der Boden völlig durchgeweicht. Rieke turnte von einer trockenen Insel zur nächsten. Gemeinsam entschieden sie sich, nach rechts abzubiegen. Besser wurde der Weg allerdings auch nicht. Seufzend und mit akrobatischem Geschick balancierte Rieke am Rand des Weges entlang, bis sie vor einer gewaltigen Pfütze stand, die schräg vor ihr von einem Lehmhügel begrenzt wurde. Ulrich rief ihr zu: „Da kannst du nicht drauf treten!" Doch es war bereits zu spät. Rieke landete mit beiden Füßen bis über den Schaft ihrer Stiefeletten hinweg im Matsch und ließ einen Schrei los. „Ulrich – schau mal – da drüben!" Ulrich schaute bereits in die gleiche Richtung und musste mit aufkommender Übelkeit kämpfen. Ein kleines Stück weiter, in einem matschigen, teilweise mit dem Regenwasser der vergangenen Wochen gefüllten Erdloch, lag eine weibliche Leiche. Uli zog Rieke mit einem Ruck aufs Trockene und hielt sie fest.

„Himmel!" krächzte Rieke und schluckte, „ist die echt?" „Es sieht so aus. Wir werden die Polizei benachrichtigen müssen. Hast du das Handy dabei?",,Natürlich nicht! Und außerdem", fuhr sie zitternd fort, derweil sie angewidert auf ihre total verdreckten Hosenbeine und Schuhe schaute, „du denkst doch nicht im Ernst, dass ich allein hier stehen bleibe... Nee, bestimmt nicht."

Aus ihrem gegenwärtigen Blickwinkel sahen sie gegenüber des Weges nur einen abgestellten Kleinbagger und in dem Erdloch ein mit mittellangen, blonden Haaren umrahmtes Gesicht, das ihnen zugewandt war, sowie eine Hand, die über den linken Rand herausragte. Und an dieser Hand fehlte ein Finger. Sogar Ulrich, normalerweise hart gesottener als seine Frau, hatte mit dem Anblick ein Problem. „Lieber Himmel!", rief er, „das gibt es doch nicht! Ist das ekelhaft! Es scheint fast, als hätte da jemand Schmuck mitgehen lassen. Und weil die Frau ihn zu Lebzeiten nicht freiwillig abgeben wollte, tötete man sie und ließ den Finger gleich mitgehen. Jaaa", zog Uli das Wort in die Länge, „und was machen wir jetzt?"
„Wir gehen jetzt beide weiter nach Leichlingen"; Rieke klapperte deutlich hörbar mit den Zähnen, „und sehen zu, dass wir einen öffentlichen Fernsprecher finden. Dann sehen wir weiter."
„Es ist doch seltsam", resümierte Ulrich, „dass anscheinend noch niemand vor uns die Tote gesehen oder gefunden hat. Wir sind anscheinend die einzigen Spaziergänger, die diesen Weg benutzen."
„Sind uns denn bis jetzt andere Leute begegnet?" fragte Rieke zurück.
„Nein, da hast du recht."
Ungefähr zehn Minuten später erreichten sie die Ortsgrenze Opladen/Leichlingen und gingen ein Stück in den Ort hinein. Gott sei Dank war an der Ecke Sternstraße eine Bushaltestelle und der Bursche, der dort auf einen Bus der Linie 250 wartete, hatte nicht nur ein Handy, sondern ließ Ulrich auch damit telefonieren.

„Notruf Polizeidienststelle Opladen, Kramman", meldete sich ein Beamter und Ulrich berichtete in kurzen Worten, was Sache war. Der Beamte vergewisserte sich durch zweimaliges Nachfragen, ob er sich wirklich nicht verhört hatte und forderte Ulrich auf, an der Bushaltestelle zu warten. Es käme ein Streifenwagen der nächstgelegenen Wache.

Obwohl kein Menschenleben gefährdet war, reagierte die Polizei äußerst schnell. Man hatte Ulrichs Aussage wohl eine Dringlichkeitsstufe zugewiesen.

„So, Sie sind also Herr ..."

„Ulrich Sehgern", vervollständigte Ulrich die Frage des Beamten.

„Und Sie haben, zusammen mit Ihrer Frau, eine Leiche gefunden."

Rieke ärgerte sich zwar über die Arroganz des Polizisten, war jedoch viel zu nervös, um näher darauf einzugehen. Sie klapperte immer noch hörbar mit den Zähnen. Die begleitende Polizistin, die anfangs etwas abschätzend an Rieke rauf und wieder runter guckte, trat nun auf sie zu: „Guten Tag. Ich bin die Polizeimeisterin Jana Schlossmann; Ihnen geht es wohl nicht besonders gut?" fragte sie.

„N-n-n-nein", gab Rieke immer noch zitternd zurück, „vielleicht sind Sie es ja gewöhnt, in eine Pfütze zu treten und zur anderen Seite auf eine Leiche zu gucken."

„Wie bitte?" Die Beamtin hatte sich zwischenzeitlich über Funk die Personalien von Ulrich und Rieke bestätigen lassen und deshalb den Sachverhalt nicht vollständig mitbekommen. Offensichtlich geschockt wollte sie sich gerade an ihren Kollegen wenden, als der sich umdrehte und meinte: „Am einfachsten ist es, wenn Sie beide sich in unseren Wagen setzen. Die von Ihnen beschriebene Stelle ist mit dem Auto erreichbar."

Rieke sah an sich herunter: „So soll ich in Ihr sauberes Auto steigen?" fragte sie zurück.

„Ja", erklärte die junge Polizistin: „Zugegeben, ich habe vorhin auch gedacht: Himmel, wie sieht die denn aus. Nachdem, was wir hier nun hörten, ist verständlich, dass es gegenwärtig Wichtigeres gibt als verdreckte Schuhe. Außerdem lässt sich das Auto sicherlich leichter reinigen als die andere Geschichte zu klären sein wird. Hab' ich so das fatale Gefühl ... Kommen Sie, bringen wir es hinter uns!"

Irgendwie wirkten die burschikosen Worte von Jana Schlossmann beruhigend.

Zwischenzeitlich war anscheinend niemand des Weges gekommen; alles war genau so, wie sie es vor knapp dreißig Minuten verlassen hatten. Auch die Hand ragte noch immer am linken Rand des Erdloches heraus, was auch die Polizistin veranlasste, sich kurz zu schütteln.

„Es sieht so aus", meinte sie, „als sei der Fundort nicht identisch mit dem Tatort, obwohl der Regen der vergangenen Tage ganze Arbeit geleistet haben dürfte. Es sind weder Spuren eines Kampfes, noch Fußabdrücke zu sehen, die auf die Anwesenheit wenigstens einer, vielleicht auch von zwei Personen schließen ließen. Allerdings weiß man noch nicht, wie lange sie schon hier liegt."

„Das werden unsere Spezialisten bestimmt feststellen können", entgegnete Polizeiobermeister Klemm. „Rufst du bitte an", wandte er sich an seine Kollegin.

Noch einmal gaben Ulrich und Rieke ihr Erlebnis zu Protokoll. Man bat sie, am nächsten Tag auf der Wache zu erscheinen. Dann warteten sie gemeinsam auf die Spurensicherung und den Polizeiarzt; Obermeister Klemm würde sie nach deren Eintreffen nach Hause bringen. Der Polizeiarzt erschien zuerst und meckerte darüber, dass die beiden sich noch am Tatort aufhielten. Er befürchtete die Zerstörung eventueller Spuren.

„Ob das hier wirklich der Tatort war, wird sich erst noch herausstellen. Außerdem haben die beiden Herrschaften uns informiert",

gab Obermeister Klemm zurück „Ich werde sie jetzt nach Hause fahren. Oder können Sie verantworten, dass die Dame uns unterwegs zusammenklappt. Sehen Sie sie doch einmal an!"
Rieke machte wirklich nicht den stabilsten Eindruck. Der Polizeiarzt nuschelte ob seines rüden Tons fast ein wenig entschuldigend: „Ist schon recht."

Am nächsten Tag war der Leichenfund natürlich *der* Aufmacher für die lokalen Zeitungen und sämtliche Blätter im Umkreis. Inzwischen konnte man feststellen, wer die ermordete Frau war und auch, dass sie seit einer Weile als vermisst galt. Hannelore Dassel hieß sie, deutsche Staatsbürgerin, geschieden und arbeitete als Verkäuferin in einer Metzgerei. Ihr Chef meldete sie vor über einer Woche als vermisst, weil sie unentschuldigt drei Tage nicht zur Arbeit erschien. Er wusste, dass Hannelore Dassel allein lebte und es wahrscheinlich so schnell niemandem auffiele, wenn ihr etwas passiert wäre. Auf Hinweise aus der Bevölkerung war man zum jetzigen Zeitpunkt dringend angewiesen.

Wie sie zu Tode kam, konnte der Polizeiarzt inzwischen feststellen. Als man sie aus dem Erdloch holte, steckte ein Tranchiermesser in ihrem Rücken. Der Mörder hatte mit einem einzigen Stich das Herz getroffen und sie war nach innen verblutet. Die Polizei ging davon aus, dass der gleiche Täter ihr auch den rechten Ringfinger abtrennte. Alles deutete auf Raubmord hin. Am Hals der Leiche fand man Spuren, die darauf schließen ließen, dass die Tote eine Kette trug, die der Mörder ihr womöglich gewaltsam abriss.

Klemm, der die zur Aufklärung des Falles gebildete Sonderkommission *Baggerloch* leitete, äußerte trotz der eindeutigen Hinweise Zweifel. Im Verlauf einer Besprechung mit Alois Hengmann, seinem Vorgesetzten, bemerkte er. „Irgendwie kommt mir das Ganze konstruiert vor, ich kann mir nicht helfen ..."

Klemm nickte: „Ja, ich bin Ihrer Meinung, obwohl kein definitiver Verdacht darauf hinweist. Ich werde mir morgen den Metzgermeister einmal vornehmen."

„Tun Sie das."

Klemm hatte am folgenden Tag mit seinem Kollegen Jessen zusammen Dienst. Die beiden machten sich auf den Weg in die City und Klemm überlegte, ob er nicht vielleicht auch ein paar Kunden befragen sollte. Es wäre wichtig, über Hannelore Dassel möglichst viel zu erfahren. Erkundigungen dieser Art erwiesen sich indessen immer als besonders schwierig, wenn keine Freunde oder Bekannten im Umfeld greifbar waren. Schlecht gelaunt hielt Klemm vor dem Fleischwarenhandel.

Herbert Ganther, der eine kleine, alt eingesessene Metzgerei in der Licher Straße betrieb, kratzte sich nachdenklich am Kopf, als er das vor seinem Geschäft parkende Polizeifahrzeug bemerkte. Sein rundes Gesicht nahm eine ungesunde Röte an und seine wenigen Haare schienen sich im Nacken zu sträuben. Mit gerade einmal einem Meter achtundsechzig gehörte er nicht zu den körperlichen Riesen, was er mit seiner harten Stimme und der Kälte, die aus seinen Augen strahlte, wettzumachen versuchte.

Er knirschte mit den Zähnen. „Die haben mir noch gefehlt", fluchte er leise vor sich hin und Elke Wellmeister, seine Verkäuferin, sah überrascht hoch.

„Was ist?"

„Nichts weiter – bloß mal wieder die Polizei."

„Wieso mal wieder? War die denn schon einmal bei Ihnen und wenn ja, warum?" Die Verkäuferin wirkte etwas irritiert.

„Nein, nein", antwortete Ganther sichtlich nervös, „ich hatte vor geraumer Zeit die Dienststelle in der Heymannstraße aufgesucht, um Hannelore Dassel, meine eigentliche Verkäuferin, als vermisst zu melden. Da hat man mir ein paar unangenehme Fragen gestellt."

Klemm trat mit einem Kollegen ein; Ganther blaffte direkt los: „Was wollen Sie schon wieder hier? Als ich Frau Dassel als vermisst meldete, habe ich Ihnen alles gesagt, was ich weiß. Nämlich nichts. Außerdem könnten Sie wenigstens ein paar Meter entfernt parken, sie vergraulen mir ja die Kunden!"

„Wieso vergraulen wir Ihre Kunden? Ich habe eher einen gegenteiligen Eindruck", grinste Klemm zurück, „so besucht war Ihr Laden doch schon lange nicht." Er wurde aber sofort wieder ernst und erklärte: „Wir müssen noch einmal kurz mit Ihnen reden. Es geht nicht mehr um Ihre Vermisstenanzeige, sondern um Mord. Hannelore Dassel ist tot."

Herbert Ganther wechselte schlagartig die Farbe und hielt sich an der Theke fest. „Das kann doch nicht sein!" stammelte er.

„Leider ist das so. Deshalb kommen wir zu Ihnen; möglicherweise können Sie uns zur Person etwas mehr sagen. Sie wollen doch auch, dass der Fall umgehend aufgeklärt und, dass der Mörder möglichst schnell dingfest gemacht wird, oder?"

„Natürlich!" brummte Ganther unwirsch. „Trotzdem ist es besonders unangenehm für mich, wenn Sie hier so einfach reinschneien. Kommen Sie mit, wir gehen nach hinten."

Doch die Befragung des Metzgermeisters ergab keine neuen Gesichtspunkte. Polizeiobermeister Klemm und sein Kollege Jessen wollten gerade wieder ins Auto steigen, als sie hinter sich eine Stimme hörten: „Hallo, Sie, Entschuldigung, können Sie bitte einen Moment warten?"

Verblüfft sahen die beiden eine vollschlanke Dame mittleren Alters im Laufschritt auf sich zukommen. „Verzeihung", keuchte sie,

„dass ich so einfach hinter Ihnen herrufe, aber ..." Sie musste erst tief Atem holen, bevor sie weiter sprechen konnte. „Also", begann sie erneut, „ich bin Hedwig Fehlmann und habe hier im Schlachthaus des Metzgers etwas gefunden", deutete sie mit einer unbestimmten Handbewegung hinter sich. „Ich glaube, das könnte sie interessieren." Dabei zog sie einen äußerst geschmackvoll gearbeiteten Ring aus ihrer Tasche, den sie dem Kommissar in die Hand drückte.

„Hm", meinte Klemm, „das ist wirklich ein schöner Ring?"

„Er gehört nicht mir", bemerkte die Dame, „so ein Schmuckstück könnte ich mir nicht leisten. Ich bin bloß die Putzfrau vom alten Ganther. Das heißt – ich *war* die Putzfrau."

Klemm und Jessen sahen sich an. „Sie waren die Putzfrau vom alten Ganther?" tönte es im Duett.

„Ja. In der vergangenen Woche hat mich der Junior, der das Geschäft augenblicklich leitet, rausgeschmissen. Angeblich habe ich die Klinker im Schlachthaus nicht gewissenhaft genug abgewaschen. Das ist nicht wahr!", empörte sie sich noch im Nachhinein. „Im Gegenteil, ich habe mich bemüht, auch die Blutspuren, die fast bis zur Decke gespritzt waren, zu beseitigen. Das ist mir aber nicht vollständig gelungen, weil Ganther mir keine Leiter hinstellte. Als ich dann noch sagte, es sähe darin aus, als habe man einen Menschen abgeschlachtet; dabei habe ich das doch bloß so dahingesagt, weil alles abscheulich versaut war. Da hat er mich umgehend rausgeschmissen. So war das! Sie glauben mir doch, oder?" Aufatmend beendete sie ihre Tirade und die Polizisten versuchten beide gemeinsam, die aufgebrachte Dame zu beruhigen.

„Natürlich glauben wir Ihnen. Beruhigen Sie sich erstmal. Wir müssen natürlich Ihre Aussage aufnehmen und wenn es Ihnen Recht ist können Sie mit uns zur Wache fahren. Dort notieren wir

Ihre Personalien und fertigen gleich das Protokoll an. Andernfalls müssten sie morgen früh vorbeikommen. Wenn Sie jetzt gerade Zeit haben, nehmen wir Sie gern im Auto mit."

Sie nickte ein wenig misstrauisch, lächelte unsicher und stieg, immer noch aufgebracht und kopfschüttelnd in den Streifenwagen. Norbert Klemm setzte sich hinters Steuer, ließ den Motor an und fuhr los. Mit einem Seitenblick auf Konrad Jessen murmelte er: „Det is ja ´n Ding! Jetzt fehlt uns zu diesem Ring eigentlich nur noch der passende Finger."

In der Zwischenzeit hatte die Spurensicherung am Fundort der Leiche das gesamte Umfeld abgegrast und am Rande des Erdloches, allerdings auf der anderen Seite, den fehlenden Finger gefunden. Er wurde eilends an die Gerichtsmedizin weitergeleitet.

Die Leiche lag derweil in der Pathologie und war von Stephano Beloso, dem Gehilfen des Pathologen, vorbereitet worden. Doktor Restleben begann gerade mit der Untersuchung als Klemm und Jessen regelrecht in den Raum stürmten.

„Dr. Restleben", krakelte Jessen los, „wir haben gehört, dass der Finger gefunden sei. Haben Sie ihn schon bekommen?"

Restleben nickte, nahm das Fragment in die Hand, hielt es hoch und erwiderte: „Hm, sieht aus, als hätte sich schon ein Tier dran gütlich getan. Trotzdem, passt! Na wunderbar, sogar der Fingernagel ist noch identifizierbar."

„Jetzt müssen wir bloß noch rauskriegen, wann unsere Dame getötet wurde und wie lange sie da schon herum lag."

„Dem Allgemeinzustand nach zu urteilen", sinnierte Restleben, „liegt die Tat länger als drei Tage zurück, aber in dem Erdloch, schätze ich, lag sie ungefähr achtundvierzig Stunden. Allerdings war sie zuvor eine Weile eingefroren – Tiefkühltruhe oder so was. Genau kann ich es erst nach Abschluss der gesamten Untersuchung sagen. Ich rufe Sie an", meinte er, zog die Handschuhe aus, holte ein Brötchen aus der Aktentasche und läutete seine Frühstückspause ein. Mit einem kräftigen Ruck schwang er sich auf einen unbenutzten Seziertisch und begann fröhlich zu essen.

Jessen kämpfte mit einem leichten Übelkeitsgefühl und Klemm schluckte: „Danke, Doktor Restleben, wir erwarten dann Ihren Bescheid." Schleunigst machten sie sich aus dem Staub.

„Jetzt müssen wir *nur noch* den Mörder aufspüren." Klemm verzog das Gesicht, während er sich in Richtung Willy-Brandt-Ring in Bewegung setzte, um zur Heymannstraße zurück zu fahren.

„Und das Motiv", antwortete Jessen seufzend, „Jana Schlossmann und Gernot Hilcher haben sich um das Umfeld unserer Verblichenen gekümmert. Dabei hat weder die Wohnung der Toten irgendwelche Hinweise gegeben, noch haben die Nachbarn Brauchbares erzählen können, was Rückschlüsse auf den, eventuell auch die Täter oder Hintergründe zuließe. Ich bin fast geneigt, mir noch einmal die Putzfrau, vorzunehmen. Und, was äußerst seltsam ist, Hannelore Dassel wurde vor fast zwei Wochen von ihrem Chef als vermisst gemeldet. Zudem findet die Putzfrau einen Ring, der vermutlich der Toten gehörte. Zwei entscheidende Aspekte!"

Klemm nickte nur: „Deren Klärung noch aussteht. Komm, wir fahren mal zu Frau Fehlmann. Vielleicht ist sie ja zu Hause."

Klemm bog in die Heymannstraße ab, doch anstatt zur Wache zu fahren, lenkte er den Wagen auf der anderen Seite wieder heraus und fuhr nach Opladen.

Hedwig Fehlmann bewohnte drei Zimmer im Erdgeschoss eines Hauses *An der Robertsburg* und war erstaunt, die beiden Polizeibeamten noch einmal zu sehen. Bereitwillig öffnete sie jedoch die Tür. „Wissen Sie", meinte sie, „ich habe einen solchen Zorn auf diesen Ganther, dass ich ihm liebend gern die Pest an den Hals wünschen würde. Bloß – es nützt ja nichts. Pest ist inzwischen heilbar!"

Klemm und Jessen konnten sich das Grinsen kaum verkneifen, wurden aber gleich wieder ernst. „Frau Fehlmann", erklärte Jessen, „der Ring, den Sie uns brachten, gehörte Hannelore Dassel. War Ihnen das bekannt? Sie sagten uns seinerzeit, wo sie ihn fanden, nicht aber, ob sie auch wussten, wem er gehörte."

„Nein", wunderte sich die ehemalige Putzfrau, „das wusste ich nicht. Ich kann mich aber an etwas anderes erinnern. Ganther hatte vor etwas über zwei Wochen einen bösen Streit mit seiner Verkäuferin. Sie warf ihm vor, die Kundschaft zu betrügen, indem er Wasser ins Hackfleisch mischte. Außerdem würde er Fleischwaren von einem dubiosen Billig-Anbieter beziehen und es als „Bio" vermarkten."

„Interessant! Das ist, vor allem bei der heutigen Aufmerksamkeit der Kunden, ein Motiv."

Klemm wiegte den Kopf nachdenklich hin und her. „Hm, *könnte* ein Motiv sein, aber ich kann mir nicht vorstellen, dass man dafür einen Menschen umbringt."

„Glaubst du?", warf Jessen ein. „Es sind schon Leute für einen halben Euro gestorben."

„Stimmt. Trotzdem gefällt mir an der Geschichte etwas nicht. Ich weiß nur nicht, was. Doch zunächst einmal vielen Dank Frau Fehlmann. Sie haben uns sehr geholfen."

Aufatmend schloss die Putzfrau ihre Tür hinter den beiden Polizisten.

Nachdenklich startete Klemm den Motor und fuhr Richtung Wiembachallee. „Ich glaube, ich setze mich mal mit dem Verbraucherschutz in Verbindung. Vielleicht sehen wir dann klarer."

Jessen schüttelte etwas ratlos den Kopf: „Was erhoffst du dir davon?"

„Vielleicht, dass Hannelore Dassel ihn angezeigt hat. Und er daraufhin bitterböse Rache übte..."

Umso überraschter waren beide, als sie erfuhren, dass eine solche Anzeige tatsächlich vorlag. Allerdings nicht von Hannelore Dassel, sondern erstaunlicherweise von Hedwig Fehlmann. Sie beschuldigte ihren Chef *und* seine Verkäuferin in genau den Punkten, die sie der Polizei nannte. Verblüfft und misstrauisch geworden, holen die Beiden weitere Auskünfte ein. Unter anderem prüften sie das Bankkonto von Hedwig Fehlmann. An dem Tag als der Metzger seine Verkäuferin als vermisst meldete, wurden auf dieses Konto sechstausend Euro in bar eingezahlt. Drei weitere Zahlungen in gleicher Höhe, aber mit unterschiedlichen Namen der Einzahler, wurden ihrem Konto in Abständen von jeweils zwei Tagen gutgeschrieben. Woher und warum bekam eine Reinigungskraft plötzlich soviel Geld?

„Ich glaube", seufzte Klemm, „unsere ehrenwerte Raumpflegerin sollten wir uns morgen noch einmal ganz genau ansehen."

Jessen nickte. „Also, dann morgen früh um acht."

Mehr erschrocken als verblüfft öffnete Hedwig Fehlmann die Tür und bat die Polizisten widerstrebend in die Wohnung. Ihre Hände zitterten und sie rang sichtlich um Fassung. Überall lagen Kleidungsstücke herum und ein geöffneter Koffer stand auf dem Fußboden.

„Wollen Sie verreisen?" fragte Klemm.

„Nach all den Aufregungen muss ich einmal ein paar Tage ausspannen. Ich fahre nach Hüvede zu meiner Schwester. Das liegt im Emsland, im Großraum Meppen", fügte sie erklärend hinzu.

„Ich muss noch einmal auf den Ring zurück kommen, Frau Fehlmann. Sie sagten, Sie hätten ihn im Schlachthaus gefunden?"

„Ja."

„Warum haben Sie ihn nicht bei Herrn Ganther oder der Polizei abgegeben? Verstehen Sie, Frau Fehlmann," wurde Klemms Stimme unversehens hart, das ist doch recht ungewöhnlich, oder?"

Hedwig Fehlmann schluckte: „Nun, ich war – ich bin, wegen meiner Entlassung nicht sonderlich gut auf Ganther zu sprechen und deshalb nutzte ich die Gelegenheit, als Sie am Geschäft auftauchten, Ihnen diesen Ring zu geben."

Klemm schüttelte den Kopf und eine vage Vorstellung nahm in seiner Phantasie Gestalt an. Er lehnte sich weit aus dem Fenster, als er Hedwig Fehlmann plötzlich mit seinem ungesicherten Verdacht konfrontierte: „Nein, Frau Fehlmann, Sie haben nicht auf diese Gelegenheit gewartet, sondern Sie mussten den Ring unbedingt loswerden. Unglücklicherweise haben Sie ihn nicht einfach weggeworfen, sondern erst einmal gesäubert. Er war voller Blut, weil Sie, jawohl Sie (!), Frau Fehlmann, Hannelore Dassel ermordet haben!"

Sie verlor die Farbe. „Nein! Ich war es nicht."

Aha! Der Versuch hatte sich also gelohnt und Klemm legte nach: „Woher stammen die insgesamt vier mal sechstausend Euro, die in

Raten, seit dem Tag, als Ganther seine Verkäuferin als vermisst gemeldet hatte, in bar auf Ihr Konto eingezahlt wurden?"

Stammelnd versuchte Hedwig Fehlmann noch einige Ausflüchte, wobei sie sich dann völlig verhedderte. „Ich, ich, ich brauchte das Geld. Ich habe mitbekommen, dass Ganther es Hannelore Dassel als Schweigegeld dafür bezahlt hatte, dass sie ihn nicht beim Verbraucherschutz, womöglich noch bei der Fleischerinnung und dem Gewerbeaufsichtsamt anschwärzte. Daraufhin habe ich sie angebettelt, sie solle mir doch helfen. Ich wollte ihr das Geld zurückzahlen, in Raten. Ich brauchte es so dringend."

„Wofür?" Die grimmige Kälte in Klemms Worten ließ Hedwig Fehlmann zusammen zucken „Und warum haben Sie dann noch Anzeige erstattet?"

„Aus Rache, weil der Junior mich immer so abkanzelte. Und das Geld brauchte ich für Oliver, meinen Sohn; er hatte hohe Spielschulden und nahm Heroin."

Jessen seufzte: „Schon wieder einer!"

Klemm sah vor sich auf den Boden, als böte sich dort die Lösung des Falles. „Kann es sein, Frau Fehlmann, dass nicht Sie sondern Ihr Sohn Hannelore Dassel umgebracht hat? Hatten Sie ihm von den Unregelmäßigkeiten in der Metzgerei erzählt und er sah eine Chance, durch Erpressung an Geld zu kommen? Doch der Plan Ihres Sohnes scheiterte und er brachte sie um. Wenn es so war, warum hat er sie nicht sofort getötet, sondern erst zwei Wochen nach ihrem Verschwinden?"

Hedwig Fehlmann schluckte. Heiser erwiderte sie: „Es stimmt, dass er versuchte, sie zu erpressen, nachdem ich ihm von dem Disput, den ich belauschte, erzählte. Sie lachte ihn aus und nannte ihn einen Versager. Daraufhin hat Oliver die Nerven verloren, sie geknebelt, in unser Haus gebracht und in den Keller gesperrt. Vorher ließ er sie noch die Auszahlungsquittungen ausstellen." Sie stieß hörbar ihren Atem aus: „Er konnte sie nicht mehr gehen lassen – sie hätte ihn ins Gefängnis gebracht. Aus diesem Grunde hat er sie ermordet und in die Kühltruhe gelegt. Ich wusste nichts davon. Am vergangenen Wochenende, bevor es in der Zeitung zu lesen war, hat er es mir erzählt."

„In die Kühltruhe gelegt! Kommen Sie, Frau Fehlmann, bringen Sie uns zu ihrem Sohn. Er ist doch im Haus?"

„Ich wollte ihn doch nur beschützen. Er war ein guter Junge. Aber schwach!"

Weinend ging sie zum Ende des Flures und öffnete die Tür zu Olivers Zimmer. Bleich und ausgezehrt lag der junge Mann auf dem Bett. Die Kerzen und Blumen um ihn herum gaben seinem Gesicht im Tod jenen friedlichen Ausdruck, den es im Leben niemals hatte.

✳✳✳

Der unverhoffte Zeuge

Endlich Schulferien! Klaus kam strahlend nach Hause, das Zeugnis fiel sehr gut aus. Hatte er sich doch besonders angestrengt. Die Eltern wollten zur Belohnung mit ihm etwas Außergewöhnliches unternehmen.

Ihr gemeinsames Urlaubsziel, bisher immer die Nordsee, war für seine Eltern erschwinglich, da sich die Finanzen, seitdem sie gebaut hatten, am unteren Ende der Verbrauchsskala bewegten. Nun war die siebte Klasse für ihn beendet. Nicht nur die Belohnung, sondern auch die neue Klassenlehrerin sorgte dafür, dass in Eng-

lisch und Deutsch seine Noten im Zeugnis zufrieden stellend ausfielen.
Klaus wollte gerade die Haustür aufschließen, als jemand intensiv die Fahrradklingel betätigte. Er drehte sich um und sah seine Mutter heranradeln. Sie arbeitete nicht weit von zu Hause als Halbtagskraft in einem Lebensmittelgeschäft und kam normalerweise vor ihm heim. Doch heute, an seinem letzten Schultag, trudelte er einmal früher ein.

Sonja Mehlung begrüßte ihren Sohnemann – diese Bezeichnung hörte er gar nicht gern; war er doch in seinen eigenen Augen bereits erwachsen – mit einem dicken Kuss. Nach dem Zeugnis fragte sie nicht; Klaus' grinsendes Gesicht sagte ihr genug. Er brachte fix sein und Mutters Rad in der Garage unter, dann gingen sie gemeinsam ins Haus. Die Mutter in die Küche und er in sein Zimmer. Kurz darauf erschallte bereits das Signal: „Essen ist fertig", worauf Klaus sich schleunigst in die Küche begab. Er bekam eine deftige Gemüsesuppe serviert, die Sonja bereits am Vortag zubereitete. Vater aß mittags in der Firma, zum Abend gab es eine Brotzeit.
Klaus hatte sein Zeugnis in eine Sichthülle gesteckt und legte diese nun neben Mutters Platz auf den Tisch. Während die Suppe in den Tellern dampfte, besah Sonja Mehlung sich das Zeugnis, schaute lächelnd auf ihren Sohn und meinte: „So wie es aussieht, kann die versprochene Belohnung wirksam werden…"
Über die Art derselben ließ sie sich allerdings nicht aus. Das wollte sie ihrem Mann überlassen, wenn auch er die Schulnoten begutachtet hatte.

*

Nach dem beendeten Abendessen stand das tägliche Bierchen vor Kurt Mehlung. Dieser kramte aus der Schublade des Beistelltisches eine Straßenkarte hervor. Neugierig schaute Klaus auf die ausgebreitete Karte und konnte nicht glauben, was er da sah. In großen Buchstaben stand geschrieben: Europakarte Teil 1 Deutschland, Österreich, Italien...Sein Vater wies mit dem Zeigefinger auf eine bestimmte Stelle. Klaus beugte sich noch etwas tiefer und las: *Rimini*. „Da fahren wir für achtzehn Tage hin; schließlich müssen gute Leistungen belohnt werden. Trotz des schmalen Geldbeutels werden wir mit dem Auto fahren. Einen Teil der Vorbereitungen haben wir bereits ganz stillschweigend getroffen", schmunzelte der Vater, „und den Rest treffen wir morgen. Am Sonntag geht es los und das bedeutet vor allen Dingen, beizeiten aufzustehen. So gegen vier in der Früh wollen wir abfahren. Die erste Etappe werden wir allerdings aufteilen, denn wir planen, nicht auf direktem Wege nach Rimini zu fahren, sondern zwei Tage einen *Abstecher* nach Wien zu machen. Dann geht es weiter nach Italien. Zwar müssen wir wegen Corona mit Einschränkungen rechnen, aber das nehmen wir hin."

Klaus strahlte über das ganze Gesicht und fiel seinen Eltern abwechselnd in die Arme. Er freute sich riesig; seine Schulkameraden erzählten in jedem Jahr nach den Ferien, welches Land sie diesmal bereist hatten – er konnte immer nur von der Nordsee berichten. Er nahm sich vor, mit seiner neuen Digitalkamera, dem Weihnachtsgeschenk seiner Eltern ganz viele Fotos zu machen.

Samstagabend war alles geregelt und es ging relativ früh in sämtliche Betten; schließlich sollte nicht nur der Fahrer ausgeschlafen sein.

Von Küppersteg fuhren sie in Richtung Opladen, um hinter der Brücke abzubiegen und auf den Autobahnzubringer zu gelangen. Kurt Mehlung hatte schon den Blinker gesetzt und Klaus schaute aus dem Seitenfenster, als er sie sah. Eine einsame, ältere Frau lehnte am Brückengeländer und schaute in die Tiefe. Es war noch zu dunkel, um ihr Gesicht zu erkennen... dann waren sie schon vorbei. In den nächsten Stunden gab es unendlich viel zu beobachten: welche Automarken waren unterwegs; wie veränderte sich der Himmel, bis die Sonne aufging… Auch die Landschaftsbilder waren neu für ihn und er konnte sich nicht satt sehen. Seine Eltern störte er nur gelegentlich mit einer Frage, wusste er doch, dass man sich im Straßenverkehr voll konzentrieren musste. Und Mutter, die wie immer als Navigationsgerät fungierte, war ebenfalls sehr aufmerksam. An die Frau auf der Brücke dachte er schon lange nicht mehr.

*

Dieter Knobel kam aus Köln; er hatte bei einem Freund in dessen Geburtstag hineingefeiert. An der Autobahnausfahrt schaltete die Ampel gerade auf rot und er musste stark abbremsen. Um diese Zeit, er blickte kurz auf die Uhr im Armaturenbrett – es war um fünf in der Früh – waren so gut wie keine Fahrzeuge unterwegs. *Warum die die Ampeln in der Nacht nicht abschalten,* dachte er, als es erst gelb und dann grün wurde. Dieter bog rechts ab und wollte gerade wieder beschleunigen, als er sah, dass ein Gegenstand auf seiner Fahrbahn lag. Ist das etwa ein Mensch? Er blendete auf und identifizierte den vermeintlichen Gegenstand … tatsächlich eine Person! Sofort schaltete er die Warnblinkanlage ein, stellte das Auto vor der Person ab und vergewisserte sich, dass von hinten kein Fahrzeug kam. Am Straßenrand wählte er dann den Notruf. Es dauerte eine kleine Weile, bis sich jemand meldete. „Ja bitte – Polizeiwache Opladen, Kummer am Apparat. Womit kann ich Ihnen helfen?"
Dieter schilderte seinen Standort und weshalb er anrief.
„Bleiben Sie bitte vor Ort; wir sind sofort da…" Damit brach das Gespräch ab. Es dauerte keine fünf Minuten, die allerdings unendlich lang werden können, wenn man wartet, bis er das typische Ge-

räusch vernahm. Erst hielt auf der zweiten Fahrbahn neben seinem Auto ein Polizeiwagen und zwei Beamte stiegen aus. Gleich darauf erklang eine zweite Sirene – tatütata – und Krankenwagen, sowie Notarzt kamen angerauscht.

Die beiden Sanitäter wollten sich gerade um die Verunglückte kümmern, als eine relativ junge Ärztin dem anderen Fahrzeug entstieg und auf die Gruppe zuging. Sie stellte ihren Koffer ab und bat einen der Beamten, ihren Wagen so zu stellen, dass sie etwas mehr Licht bekäme. Sie fühlte den Puls und mit Hilfe eines Sanitäters drehten sie den Körper der Frau etwas zur Seite. Kopfschüttelnd meinte Jutta Volker, so hieß die Ärztin: „Sie können wieder fahren – der Frau kann keiner mehr helfen."

Bevor Kommissar Kummer einen Bestatter aus dem Bett klingelte, untersuchte er die Tote nach eventuellen Papieren und wurde fündig. Er nahm die diversen Nachweise an sich, ging zu seinem Wagen zurück, setzte sich hinein und wählte von dort aus eine Telefonnummer. Inzwischen hatte der zweite Beamte die Personalien von Dieter Knobel aufgenommen, so dass dieser endlich heimfahren konnte. Eigentlich wollte er schon lange im Bett sein. *Gut, dass ich so streng mit mir war,* dachte er, *und keinen Tropfen Alkohol getrunken habe...*

*

Total kaputt kamen die Mehlings nach achtzehn Tagen wieder zu Hause an. Sie hatten vorher ausgemacht, auch die Rückfahrt aufzuteilen, doch wie das manchmal so geht! Am Strand lernten sie ein nettes Ehepaar mit einem Sohn in Klaus' Alter kennen, die darauf bestanden, vor dem eigentlichen Abreisetag noch gemeinsam Abschied zu feiern. So mussten Mehlings einen Tag dranhängen. Wegen des Alkoholspiegels! Mit nur kurzen Unterbrechungen zum tanken und Füße vertreten, fuhren sie mehr als eintausend Kilometer in einem Rutsch nach Hause.

Nun gut, Vater Mehling konnte noch zwei freie Tage für sich verbuchen; er musste erst am kommenden Montag wieder zur Arbeit. Doch Sonja durfte nur Donnerstag und Freitag daheim bleiben, am Samstag trat sie wieder ihren Dienst an. Die meiste freie Zeit verblieb Klaus; er hatte noch volle vier Wochen Ferien.

Am nächsten Tag kümmerte Sonja sich um die Wäsche, die unliebsamen Hinterlassenschaften eines dreiwöchigen Urlaubs! Klaus traf sich mit einigen Schulfreunden, die zu Hause geblieben waren. Kurt setzte sich ins Auto und fuhr zur Tankstelle. Zum Mittagessen sah sich die Familie wieder; heute gab es nur Pizza. Sonja konnte in dem Durcheinander nicht kochen und außerdem befanden sie sich in Gedanken alle noch in Rimini.

Noch bevor die Pizza aus dem Ofen genommen wurde erzählte Vater Mehlung einige Neuigkeiten. „Stellt Euch vor, den Apotheker Hinzel haben sie verhaftet."

Verblüfft schauten Mutter und Sohn ihn an: „Wie bitte! Warum das denn? Hat er Medikamente verschoben?"

„Nein, viel spektakulärer, er soll seine Frau umgebracht haben…!"

„Was soll der?", fragte Sonja verblüfft zurück.

„Stand, während wir weg waren, einige Tage groß in der Zeitung. Das muss wohl auf der Brücke passiert sein. Just an dem Morgen, als wir in den Urlaub fuhren. Die Polizei fand bei ihr einen Abschiedsbrief, in dem sie ihren Mann dieser Tat beschuldigte. Er soll sie schon jahrelang geschlagen und getreten haben. Wörtlich stand in dem Brief: *wenn mir etwas zustößt, hat mein Mann mich endlich erwischt!* Das mit den Schlägen hat die Polizei im Übrigen bestätigt. Der Hinzel bestreitet dagegen alles, doch die Anschuldigungen sind nun mal äußerst schwerwiegend und er sitzt derzeit in Untersuchungshaft."

„Das kann doch gar nicht sein", meldete sich Sonja wieder, „der war doch immer so nett!"

„Ich wollte es auch nicht glauben, aber man schaut einem Menschen immer nur bis vor die Stirn. Es muss schon sehr schlimm hinter der Fassade zugegangen sein. Warum sollte sonst so etwas passieren?"

Klaus war während der Unterhaltung seiner Eltern immer stiller geworden, so dass es seinem Vater auffiel. „Was ist los?", wandte er sich an seinen Sohn.

„Ich glaube das mit dem Mord nicht. An dem Morgen, als wir in die Ferien fuhren, sah ich eine Frau auf der Brücke stehen, konnte sie aber nicht erkennen, weil es noch nicht hell genug war. Von einem Mann war aber nirgendwo etwas zu sehen. Vielleicht war das die Frau und sie hat, weil sie nicht mehr weiter wusste, Selbstmord begangen."

„...und wollte sich mit dem Brief an ihrem Mann rächen", resümierte Kurt Mehling.

„Ihr geht am besten nach dem Essen zur Polizei und du", wandte sie sich an ihren Sohn, „berichtest, was du an dem Morgen gesehen hast."

Der Zufall wollte es, dass Kommissar Kummer Dienst tat als die beiden, Vater und Sohn, braun gebrannt, im Polizeirevier erschienen.

„Was kann ich für Sie tun?", fragte Kummer die Zwei.

„Mein Sohn hätte zu dem Fall Hinzel eine Aussage zu machen."

„Hinzel... Hinzel..., ach – der seiner Frau möglicherweise auf der Brücke etwas angetan haben soll. Und was hast du gesehen oder gehört, junger Mann?" Kummer stellte ein Tonbandgerät an und forderte Klaus auf, zu berichten.

Dieser musste schlucken; wenn er etwas hasste, dann die überhebliche Art, ihn als minderbemitteltes Kleinkind zu behandeln. Trotzdem erzählte er, was er auf der Fahrt in den Urlaub gesehen hatte.

„Das ist ja ein Ding", entfuhr es dem Kommissar, dann könnte es doch sein, dass der Hinzel, was den Mord an seiner Ehefrau angeht, die Wahrheit sagt! Ja, vielen Dank, dass du so aufmerksam warst. Sie hören von uns", bemerkte Kummer und entließ die Beiden, nachdem das Protokoll unterschrieben war, nach Hause.

*

In dubio pro reo – im Zweifel für den Angeklagten! Nach Lage der Dinge konnte dem Apotheker Hinzel, außer, dass er seine Frau immer wieder geschlagen haben sollte, nichts nachgewiesen werden und er wurde aus der Untersuchungshaft entlassen. Die karge Entschädigungssumme stockte er auf und überwies diese runde Summe ohne Kommentar an seinen Retter. Ein halbes Jahr später verkaufte er seine Apotheke, gab das Grab seiner Frau in Pflege und verschwand aus der Stadt.

Die Kunden gingen inzwischen ohnehin zur Konkurrenz; mit einem Menschen, der seine Frau schlug, wollte niemand mehr etwas zu tun haben.

Klaus war bezüglich der Geldzuwendung sehr überrascht und verwandte sie, um einen Karatekurs zu bezahlen. Das wollte er immer schon lernen; es passierte soviel unter den Jugendlichen und er fand, dann könne er sich besser wehren.

Natürlich war der Vorfall nach den Ferien in der Schule noch ein Thema und die Meisten waren der Meinung, dass der Hinzel großes Glück gehabt habe, dass er nicht für die erlittene Pein seiner Ehefrau im Gefängnis schmoren müsse.

Hildegard Knef sang ... war's nicht Offenbarung, dann war es Erfahrung – was macht das schon ...
Sie hatte wohl Recht – Erfahrungen macht jeder, das nennt man dann Leben!

Der Birkenhofbauer

Dreihundert Jahre war der Hof bereits alt und bis zum heutigen Tag im Familienbesitz. Immer in der gleichen Familie; bislang gab es in jeder Generation männliche Nachkommen. Betrachtet man das Landleben etwas genauer, ist es nicht selbstverständlich, dass gerade der älteste Sohn immer Lust hat, sich ein Leben lang der Natur und den Lebewesen unterzuordnen. Vom frühen Aufstehen bis zum Spät-ins-Bett-gehen mal abgesehen. Heute leben auf dem Birkenhof der Altbauer Josef Mooser, seine beiden Söhne Fabian und Florian und Tochter Waltraut.

Fabian, der Ältere, war mit einem Mädchen aus der Gegend verlobt und es war ausgemacht, dass er den Hof einmal übernahm.

Florian, der Mittlere, war zwar auch schon über Zwanzig, doch eine feste Freundin war nicht in Sicht.

Waltraut war die Jüngste im Bunde; gerade achtzehn und Vaters Liebling. Auch hatte sie ein besonders inniges Verhältnis zu den Tieren auf dem Hof. Sobald sie irgendwo auftauchte, wurde sie in vielfältiger Sprache begrüßt. Manchmal konnte man den Eindruck gewinnen, Mensch und Tier sprachen miteinander.

Nachdem dem Altbauern vor zwei Jahren die Frau verstarb, saß er die meiste Zeit im Wirtshaus. Dort verweilte er bei einigen Maß Bier bis zum Mittag; dann ging er heim um sein Essen zu bekommen und sich danach zur Ruhe zu legen. Nachmittags marschierte er über den Hof. Immer fand er irgendetwas: „Fabian, das habe ich aber früher so gemacht", moserte er, oder – „Florian da muss aber noch etwas mehr Stroh unter die Kälber!"

Waren beide Brüder sich einig und gut gelaunt, machten sie eine Faust in der Tasche und dachten: lass den Alten reden, *wir* machen die Arbeit; oder: meckern kann jeder, du sitzt den ganzen Morgen im Wirtshaus; es könnte nicht schaden, wenn du auf dem Hof noch ein bisschen helfen würdest.

Waren die zwei nicht so gut drauf, hieß es dann eher: Mach es selber, oder lass es unsere Schwester machen, die kann in deinen Augen doch sowieso alles besser!

In gewisser Weise hatten die Brüder sicher recht; gebrechlich oder alt war der Vater noch nicht. Im Wirtshaus sitzen und Trübsal blasen, brachte ihm die Frau und seinen Kindern die Mutter nicht zurück. Überdies brauchte er sich nicht zu beschweren, dass das Geschehen auf dem Hof meist an ihm vorbei lief, wenn er sich nicht an allem beteiligte. Schließlich war er gerade über die Fünfzig.

So gingen die nächsten Jahre dahin; sie hatten gerade eben ihr Auskommen. Nicht, dass es ihnen schlecht ging, das könnte man nicht behaupten, doch es wurde mit jedem Jahr schwieriger. Die Preise stiegen permanent, und nicht nur für ihre Produkte: Rindfleisch, Getreide – sogar für die Eier von freilaufenden Hühnern gab es immer weniger Geld.

In diesem Jahr feierte Fabian, der ältere der beiden Brüder, seinen dreißigsten Geburtstag. Im Juli, was in der Landwirtschaft ein ungünstiger Monat war. Die Heuernte war im vollen Gang, so dass er seinen Geburtstag meistens nicht an dem eigentlichen Tag feiern konnte, sondern warten musste, bis alles unter Dach und Fach war. Dann war es auch die ganze Zeit über sehr feucht und die Ernte zog sich hin. Am letzten Juliwochenende wurden dann die Freunde eingeladen und bei Grillwürstchen und Bier der Tag nachgefeiert. Alles verlief friedlich, sogar Josef, der Altbauer, ließ sich das Bier schmecken. Als die Gäste gegangen waren und nur noch die Familie zusammen saß, schaute Fabian seine Braut an und dann in die Runde. Er bat um Ruhe.

Alle waren gespannt, was er wohl zu vermelden hätte. Er holte einmal tief Luft und verkündete: „Susi und ich werden am Jahresende heiraten. Wie Ihr wisst, hat jeder zurzeit seine Kammer; die Küche benutzen wir gemeinsam. Damit ist dann Schluss. Ihr, Florian und Waltraut, macht euch bitte schon mal Gedanken ... Vater wird natürlich bei uns wohnen bleiben."

Dass irgendetwas geschehen würde hatten sie schon eine ganze Weile vermutet; trotzdem waren sie verblüfft; so sehr, dass das Thema an diesem Abend nicht mehr abschließend diskutiert werden konnte. Jeder ging mit eigenen Gedanken aufs Zimmer. Am folgenden Morgen beim Frühstück waren sie nur zu dritt. Vater Josef fragte: „Wo ist denn Florian abgeblieben? Das ist etwas ganz neues, nicht pünktlich zum Frühstück zu erscheinen. Waltraut gehe bitte nachsehen."

Langsam stand diese auf und machte sich auf den Weg. Die Stiege nach oben war schmal, doch mit einem dicken Läufer belegt.

Man hörte kaum, wenn jemand rauf- oder runterging. Oben angekommen, klopfte sie an Florians Zimmertür – nichts rührte sich. Sie wiederholte das Klopfen etwas lauter – nix! *Mensch*, dachte sie, *soviel hat er doch gestern gar nicht gebechert ...* Sie drückte die Klinke herunter; die Tür schwang leise auf; das Zimmer war leer. Waltraut schaute sich eingehend um. Die Schranktüren und die Schubladen waren halb geöffnet, das Bett unberührt.

Sie drehte sich um und rannte die Treppe hinunter. Auf halber Höhe rief sie: „Er ist weg! Der Florian ist weg ..."

„Wie – weg?" kam es wie aus einem Mund.

„Wie es aussieht, hat er das Nötigste zusammen gepackt und ist bei Nacht und Nebel abgehauen."

Nun standen auch Josef Mooser und Fabian auf. Gemeinsam gingen sie in Florians Zimmer. Nach einer gründlichen Prüfung stand fest: es fehlten zwei Koffer und alle persönlichen Sachen. „Was nun?" fragten die drei.

Alt genug war er ja; doch ohne Abschied! Einfach weg? Hatte es mit Fabian's Hochzeit zu tun? ... und wo war er überhaupt hin?

Eine feste Freundin hatte er nicht? Fragen über Fragen. An diesem Morgen gab es kalten Kaffee!

„Nun muss die Arbeit auf diesem Hof durch drei geteilt werden", sagte der Vater und sah in die Runde.

„Wieso denn das?" meinte Fabian, „Susi zieht vorläufig in Flori's Zimmer. Ich werde gleich heute mit ihr sprechen. Sie wollte sowieso von daheim weg und würde uns dann helfen."

Erstaunt sahen sich Vater und Waltraut an. War das etwa vorher abgesprochen zwischen den beiden?

Waltraut nahm sich vor, nach getaner Arbeit ins Dorf zu gehen und sich ein wenig umzuhören. Vielleicht gab es jemanden, der ihren Bruder in der vergangenen Nacht gesehen hatte.

Der Vormittag verlief wie gewohnt; doch musste jetzt jeder erst einmal einen Teil der Aufgaben von dem so plötzlich verschwundenen Bruder übernehmen. Da Waltraut für das leibliche Wohl zuständig war, überlegte sie, welches Gericht am schnellsten fertig zu stellen sei. Es gab eine Vorsuppe und dann, entschied sie, den eingefrorenen Gulasch aufzutauen und zu servieren.

Die Vormittagsarbeit war erledigt, nun saßen sie in der Küche am Tisch und löffelten die Suppe. Es herrschte eine gedrückte Stimmung; jeder beschäftigte sich mit Florians Verschwinden.

Nach dem Essen verzogen Vater und Sohn sich für eine Stunde auf ihre Zimmer. Waltraut wusch das Geschirr ab und ging danach ins Dorf. Vater und Sohn verließen gerade das Haus, als sie wieder zurück kam. Der Altbauer sah seine Tochter fragend an; Fabian ging einfach weiter in Richtung Stallungen. Interessierte ihn der Verbleib seines Bruders nicht? Ihr Verhältnis war nicht immer einvernehmlich gewesen, doch wenn plötzlich einer verschwand?

Waltraut konnte ihrem Vater nichts sagen; sie hatte einige Bekannte gefragt, doch keiner hatte ihn gesehen oder gehört.

Im Laufe der Woche hatte Florian sich nicht gemeldet und alle waren inzwischen überzeugt, dass er auf- und davon gegangen sei. Die restlichen Sachen wurden aus seinem Zimmer geräumt, zusammen gepackt und auf dem Dachboden verstaut. Am darauf folgenden Wochenende wurde der Raum renoviert, dann zog Susi ein. Nun waren zwei Frauen im Haus, ob das wohl lange gut ging?

Vater und Waltraut hatten gewaltige Bedenken und, wie sich bald herausstellte, sollten sie sich nicht irren. Nach nur wenigen Wochen benahm Susi sich, als sei sie bereits mit Fabian verheiratet und die neue Hausherrin. Waltraut litt am meisten darunter; sie war gewöhnt, selbstständig auf dem elterlichen Hof zu arbeiten und nun wurde sie dauernd von jemandem herum kommandiert. Ihr Bruder stellte sich auf die Seite seiner künftigen Frau und der Vater hielt sich zurück. Hatte er resigniert oder war es einfach nur Bequemlichkeit? Waltraut machte sich ernsthafte Sorgen. Seit Florians Verschwinden ging der Bauer zwar wieder seiner Arbeit auf dem Hof nach, dafür war er abends kaum zu Hause. Das Wirtshaus hatte ihn wieder!

So gingen die Monate dahin; der Herbst war vorbei, die Ernte eingebracht und die Felder mit der Wintersaat vorbereitet.

Sie saßen gemeinsam beim Abendessen, als Fabian sich zu seiner Schwester umdrehte. „Hast du dir nun mal Gedanken gemacht, was du tun willst? Wenn wir zum Jahresende heiraten, brauchen wir mehr Platz. Anbauen können wir nicht, dafür reicht unser Gespartes nicht aus", sagte er zu ihr.

Mit zornigem Gesicht schaute Waltraut ihren Bruder an: „Willst du mich jetzt auch aus dem Haus treiben wie du es mit Florian gemacht hast?" Sie warfen sich noch eine ganze Weile böse, nicht druckreife Worte an den Kopf. Waltraut sah zu ihrem Vater, doch der sagte keinen Ton, sondern zog seine Joppe an und verschwand in den Dorfkrug. Sie fühlte sich völlig allein gelassen und die ersten Tränen wollten laufen, doch dieses Schauspiel gönnte sie ihrem Bruder nicht und ihrer zukünftigen Schwägerin gleich gar nicht. Mit einem Ruck schob sie ihren Stuhl zurück und rannte in ihr Zimmer. Dort warf sie sich aufs Bett und heulte sich die Seele aus dem Leib. Mitten in der Nacht wachte Waltraut auf und stellte fest, dass sie in ihren Sachen eingeschlafen war. Sie knipste die kleine Nachttischlampe an und setzte sich auf die Bettkante.

Was nun, begann sie ihre Überlegungen. Soll ich mich vertreiben lassen? Soll ich um den Platz in meinem Elternhaus kämpfen? Habe ich überhaupt eine Chance gegen Fabian und Susi? Und ... kann ich den Vater mit den beiden allein lassen?

Für den Rest der Nacht kreisten viele Fragen in ihrem Kopf herum; an Schlaf war nicht mehr zu denken. Zu einem Resultat kam sie allerdings ebenso wenig. Mit Kopfweh ging sie am Morgen in die Küche und bereitete das Frühstück. Keiner sollte ihr nachsagen, sie würde ihre Pflichten vernachlässigen, solange sie im Hause war.

Als die anderen aus ihren Zimmern kamen, hatte Waltraut bereits gefrühstückt. Sie war draußen, da im Gemüsegarten Unkraut gejätet werden musste. Die Sonne stand schon recht hoch, die Vögel zwitscherten um sie herum und sie bückte sich gerade zu einem besonders dicken Löwenzahn herunter als sie einen Schatten bemerkte. „Vater ... was machst du denn hier? Wieso bist du nicht im Stall?"

„Weißt du, Waltraut, ich habe keine Lust mehr. Ewig der Zank, keiner kann es mehr mit dem anderen. Am liebsten würde ich der Mutter nachfolgen", sagte er zu seiner Tochter. „Mein Testament habe ich bereits gemacht und beim Notar hinterlegt. Gestern war ich auch beim Beerdigungsinstitut; sollte mir einmal etwas zustoßen oder der Herrgott holt mich einfach, dann ist alles geregelt."

Sprachlos, mit offenem Mund, lauschte Waltraut ihrem Vater, sie begriff ihn nicht. Er drehte sich um und schlurfte ins Haus zurück, ohne ein weiteres Wort zu sagen. Sie legte ihre Hacke weg und setzte sich auf die Gartenbank, die unter einem weit ausladenden

Kirschbaum stand. Was der Vater da gerade gesagt hatte, musste sie erst einmal verdauen. Nach einer halben Stunde war sie zu einem Entschluss gekommen und nahm ihre Arbeit wieder auf. Sie würde den Kampf mit Bruder und Schwägerin aufnehmen; keinesfalls durfte sie ihren Vater allein lassen. Sie würde einfach mit den beiden nicht mehr sprechen, egal was man ihr an den Kopf warf. Die lachten sich wahrscheinlich ins Fäustchen, wenn auch sie stillschweigend das Feld räumte – so, wie Florian vor einigen Monaten. Bis heute hatte niemand mehr etwas von ihm gehört.

Die Wochen schlichen dahin. Dezember. Die Natur hatte sich schlafen gelegt und Petrus schickte zum Jahresende eine dicke Schneedecke über das Land. Die Bauern waren froh, so konnten die Nachtfröste der Wintersaat nichts anhaben. Draußen war kaum etwas zu tun, dafür reichte die Zeit nun, um Gerätschaften zu reparieren; hier und da einen Besuch zu machen ... und zum heiraten. Auf dem Birkenhof war alles für das Fest gerichtet. Susi war bereits hoch schwanger. Es wurde Zeit.

Sie waren immer noch zu viert auf dem Hof und das Zusammenleben oft bis zum Unerträglichen angespannt.

Die Hochzeitsfeierlichkeiten liefen ohne Störungen ab. Susi und Fabian hatten sich entschlossen, den Saal im Dorfkrug zu mieten.

Am 24. Dezember waren Vater, Fabian, Susi und auch Waltraut in ihre Zimmer gegangen, um sich für die Christmette umzuziehen. Trotz aller Differenzen in der Familie, wollten sie an diesem Tag gemeinsam in die Kirche gehen, um den Leuten im Dorf nicht weiteren Stoff zum Tratschen zu geben.

Waltraut hielt sich in der Küche auf, als nacheinander Susi und ihr Bruder die Treppe herunter kamen. Zu dritt warteten sie noch auf den Altbauern. Nach einer viertel Stunde schauten alle nervös auf die Uhr, Vater war immer noch nicht unten. Fabian rief ihn lautstark. Keine Reaktion. Waltraut ging die Treppe hoch, um nachzusehen. Als sie vor seiner Zimmertür stand, wunderte sie sich, dass überhaupt keine Geräusche aus dem Raum drangen. Sie klopfte an – nichts, drückte die Klinke herunter und trat ein. Er lag, bekleidet mit seinem besten Anzug, auf dem Bett und schlief.

Langsam ging Waltraut an das Bett und wollte ihn wecken. Sie schüttelte ihn sanft an der Schulter: „Vater aufwachen. Wir müssen in die Kirche." Vater hörte sie nicht. Er würde nie wieder hören. Am Heiligen Abend war er für immer gegangen.

Waltraut ging zurück zur Tür und rief den beiden unten zu: „Ihr müsst allein in die Mette gehen. Ich bleibe bei Vater."

„Was ist denn nun schon wieder", antwortete Fabian ungehalten.

„Vater ist von uns gegangen – betet für ihn."

Dann drehte sie sich um, ging ins Zimmer zurück, setzte sich an sein Bett und ließ ihren Tränen freien Lauf. Bruder und Schwägerin hingegen verließen teilnahmslos das Haus. Noch bevor Fabian und Susi aus der Kirche zurück waren, hatte sie den Hausarzt verständigt. Als dieser einen normalen Herztod bescheinigte, rief Waltraut das Beerdigungsinstitut an. Da diese Einrichtungen Tag und Nacht besetzt sind, dauerte es nicht lange und der Vater wurde abgeholt.

Nun stand sie ganz allein. Der Vater war nicht mehr, Bruder Florian verschollen, mit Fabian und seiner Frau Susi war kein Auskommen. Was nun?

Nach den Feiertagen ließ Waltraut eine Anzeige in der überregionalen Zeitung schalten. *Am 24. Dezember 2001 ist unser lieber Vater entschlafen. Die Beisetzung findet am 29.12.01 um 10:00 Uhr statt.*

Im Stillen hoffte sie, ihr Bruder Florian würde die Anzeige lesen.

Am Tage der Beisetzung – Fabian hatte seinen Vater noch nicht einmal mehr sehen wollen – ging sie erst wenige Minuten vor der angesetzten Trauerfeier von daheim los. Erfahrungsgemäß war es in der Kapelle durch den Steinfußboden sehr kalt; sie wollte sich nicht unbedingt mehr eisige Füße holen als nötig.

Als die restliche Familie dann die Kapelle betrat, war diese bereits gut gefüllt. Bei dem Wetter wollte niemand draußen warten. Normalerweise betraten die Trauergäste die Kapelle erst, wenn die Familienmitglieder Platz genommen hatten. Die erste Reihe wurde ohnehin dafür freigehalten. Beim Näherkommen stutzten alle und verhielten kurz ihren Schritt. Da saß doch tatsächlich jemand auf *ihrer* Bank. Nach genauerem Hinsehen hätte Waltraut fast einen Schrei ausgestoßen; sie konnte ihn gerade noch unterdrücken. Dort saß Florian, ihr verschollener Bruder. Waltraut und Florian nahmen sich fest in die Arme; Susi und Fabian würdigten ihn keines Blickes.

Nach der Beisetzung traf man sich im Dorfkrug. Dort war für Freunde und Weggefährten des Verstorbenen ein kleiner Imbiss vorbereitet. Waltraut und Florian setzten sich nebeneinander. Sie war neugierig, was der Bruder alles zu berichten hatte. Er informierte seine Schwester eine halbe Stunde ohne Unterbrechung; der Kaffee in beiden Tassen wurde kalt.

Florian war in der besagten Nacht mit einem Freund vom Wehrdienst in dessen Wohnort gefahren. In der nahe gelegenen Stadt hatte er auf einer Werft Arbeit bekommen und auch ein Zimmer gefunden. Seinen Freund hatte er verdonnert, keiner Menschenseele etwas zu erzählen. Das sei in groben Zügen eigentlich alles, meinte Florian zu seiner Schwester.

„Wo wohnst du und wie lange bleibst du?" fragte Waltraut.

Florian lächelte und schaute an die Decke. „Hier oben wohne ich. Und wie lange ich bleibe? Ich bleibe hier, bis wir beim Notar waren. Vater hat doch sicher ein Testament hinterlassen, oder?"

Waltraut bestätigte das; sie konnte auch schon einen Termin nennen. Der 13. Januar des kommenden Jahres. Also in wenigen

Tagen.

Die anderen Gäste, auch Fabian und Susi, waren schon längst gegangen als Waltraut und Florian sich kurz vor Mitternacht voneinander verabschiedeten.

Die Testamentseröffnung fand vormittags um elf Uhr statt. Die Geschwister saßen dem Notar gegenüber und waren gespannt, was ihr Vater beschlossen hatte. Und dann kam es ganz dicke als der Notar das Siegel erbrach und ihnen vorlas: „Ich, Josef Mooser bestimme, dass

1. meine Tochter Waltraut den Birkenhof mit allen beweglichen und unbeweglichen Gütern zu 100 Prozent erbt.
2. Will oder kann sie den Hof nicht selbst bewirtschaften, darf sie ihn an einen ihrer Brüder verpachten
3. Der Pachtzins ist mit einem Gutachter auszuhandeln
4. Die festgesetzte Summe geht zu gleichen Teilen an die Geschwister

Dies alles ist hier und heute vor dem anwesenden Notar festzulegen.

Unterschrift und Datum: Josef Mooser
August 2019

Man konnte eine Stecknadel fallen hören; so ruhig war es plötzlich im Raum.

„Ich gebe Ihnen eine Stunde Zeit", sagte der Notar zu den Geschwistern und verließ das Büro.

In einem Nebenzimmer der Kanzlei wurde allen von der Sekretärin

Kaffee serviert, danach waren sie wieder allein. Die drei Geschwister hatten das Gehörte unterschiedlich aufgenommen.
Fabian, der glaubte, ihm würde der Hof zustehen, war reichlich blass um die Nase. Florian lächelte schadenfroh in sich hinein und Waltraut sah man an, dass sie damit nun gar nicht gerechnet hatte.

Sie einigten sich:

Florian blieb in der Stadt und arbeitete weiter auf der Werft;

Waltraut verpachtete den Hof an Fabian und seine Frau –

sie waren einverstanden.

So blieb der Hof im Ganzen erhalten; Waltraut packte ihre Sachen und wanderte nach Italien aus. In das Land ihrer Träume. Sie hatte nie ein Wort darüber verloren und heimlich vor Jahren bereits die Sprache gelernt. Jetzt würde sie diesen Traum endlich verwirklichen. Ihren Anteil an der Pacht sollte Fabian auf ein Konto bei der Sparkasse überweisen – sie würde es sich dann schon zu gegebener Zeit abholen.

***

Die jungen Alten
Wer sind sie? ...und: Ab wann ist man alt?

Etwa die Frauen, die statt ab zwanzig, erst ab dreißig Jahren Kinder bekommen? Zugegeben – sie werden durch ihre Kinder bis ins Älterwerden gefordert und das hält sie jung. Sowohl geistig, als auch körperlich.

Oder Frauen, die im Familienverband leben, sich um Enkelkinder kümmern; mit ihnen spielen, wandern, oder auch Schulaufgaben machen – sie sind oft alt und bleiben doch jung!
Frauen, die bis zur Rente im Beruf stehen; sich pflegen, immer geistig gefordert wurden und nach Beendigung ihres Berufslebens immer noch wie fünfzig und nicht wie fünfundsechzig aussehen …
Das gleiche gilt natürlich auch für Männer – außer Kinder kriegen natürlich!

Dann gibt es Menschen, die sind mit 40 alt; und es gibt solche, die mit 70 oder 80, wie zuvor geschildert, immer noch jung geblieben sind.

Fazit: Wenn man seinen Geist ein Leben lang fordert, wird man vielleicht alt an Jahren. Altern fängt demnach also – wie alles – im Kopf an; immer vorausgesetzt, die Gesundheit spielt uns keinen Streich.

Wenn man jung ist, sollte man ans Alter denken und alles, was damit zusammenhängt, keinem Fremden überlassen.

Von den Älteren hört man oft: *„Sie –sind ja noch jung!"*
Und die Jungen denken, oder sagen   *„Oh; Gott – so gerade noch ein UHU = gerade noch so unter Hundert."*

Trifft das zu? Es ist ganz sicher nicht generell zu beantworten. Fakt ist, dass unsere Alten – also letztendlich auch wir – jünger geworden sind. Doch unseres Erachtens birgt gerade diese Tatsache ein nicht zu unterschätzendes Gefahrenpotential, u. a. auch für die Gesundheit.

Hier geht es nicht darum, dass die Medien und/oder ganze Industriezweige darauf ausgerichtet sind, uns älteren Menschen einzureden, was wir bräuchten, um gesund zu bleiben oder zu werden. Hier geht es darum, dass das mediale Spiegelbild der jungen Alten verschiedentlich die Mitmenschen animiert, von uns *zuviel zu verlangen*. Eben mit der Maßgabe: „Ach – du bist doch noch so jung." Dabei geht er/sie vielleicht bereits auf die siebzig. Man sieht es nur nicht.

Um aber nicht als alt und damit in unserer heutigen Gesellschaft als untauglich abgestempelt zu werden, reißt der/die Betreffende sich zusammen und tut, was Andere erwarten. Die Folgen können fatal sein. Das ist uns allen klar.

Was können, und vor allen Dingen wollen (!),wir dagegen unternehmen und wie können wir unsere Rechte wahren, alt werden zu dürfen und eben nicht mehr alles zu können, zu müssen und – vor allen Dingen zu wollen?
Lassen Sie sich nicht nötigen: Kein Mensch muss müssen!

Zunächst einmal vertreten wir die Meinung, dass wir als alternde, ältere und alte Menschen klipp und klar sagen sollten: Das möchte ich nicht (mehr); den Ausspruch: das kann ich nicht (mehr) sollte man nur sehr gezielt einsetzen. Zum Beispiel dann, wenn wir etwas aufs Auge gedrückt bekommen, was wir absolut nicht wollen, aber keine Chance sehen, uns mit Eleganz aus der Affäre zu ziehen. So etwas kommt schließlich vor und wir denken: in einem solchen Ausnahmefall kann man auch einmal zu einer Ausrede greifen. Wir dürfen das!

Wir dürfen überhaupt viel, wir haben es uns nämlich verdient. Fast alle von uns wurden in unserem Berufs- und/oder Arbeitsleben fremdbestimmt; jetzt bestimmen wir über uns selber. Dazu gehört nicht nur, dass wir anziehen, was uns gefällt, dass wir reisen, wohin es uns gefällt oder was der Geldbeutel zulässt; nein – dazu gehört auch, dass wir bestimmen, was mit uns geschieht, wenn wir nicht mehr in der Lage sein sollten, für uns selbst Sorge zu tragen. Sei es, dass wir uns nicht mehr verständlich artikulieren können; sei es, dass wir körperlich auf fremde Hilfe angewiesen sind. Wir sollten unbedingt Vorsorge treffen. Die Patientenverfügung ist eine solche Vorsorge. Ganz gleich, wie die Öffentlichkeit darüber diskutiert, wenn sie differenziert abgefasst ist, hat das Schriftstück Gültigkeit. Lassen Sie sich beraten, am besten von einem Notar, der ein solches Dokument auch beglaubigt. Somit ist es auch von Seiten der Ärzte nicht anfechtbar.

Ferner müssen wir uns alle, und ganz bestimmt ab einer gewissen Altersgrenze, damit vertraut machen, dass unsere Zeit auf Erden begrenzt ist. Auch dafür gilt es, Vorsorge zu treffen. Der Gedanke, eines Tages gehen zu müssen, ist sicherlich mit Vorbehalten behaftet, aber es ist eine unumstößliche Tatsache. Mein Mann und ich haben diese Vorsorge schon vor etlichen Jahren getroffen. Bedingt durch die Tatsache, dass meine Eltern [R. Krohn] , (d.h. jetzt nur noch meine Mutter, da mein Vater inzwischen verstarb), im Nördlichen Emsland wohnen und wir bei jedem Besuch über 250 km pro Strecke fahren müssen, kann es auch in jüngeren Jahren passieren, dass man vielleicht einmal nicht mehr nach Hause kommt. Weiß man das heute? Bei dem Verkehr? Diese Möglichkeit sei nur als Beispiel angeführt.

Wir haben also ein Bestattungsinstitut unseres Vertrauens ausgesucht und dort alles in die Wege geleitet. Diese Maßnahme erleichtert den Hinterbliebenen den technischen Ablauf, man selbst hat ein sicheres Gefühl und außerdem ist das meistens kostenlos.

Und noch ein ganz wichtiger Hinweis: Die Rentengesetzgebung für Hinterbliebene hat auch verschiedene Änderungen erfahren. Abgesehen davon, dass der Prozentsatz regelmäßig gesenkt wurde, werden in kommenden Zeiten weitere Senkungen vermutlich nicht ausbleiben. Um eine reibungslose Fortzahlung der eigenen und zusätzlich der Hinterbliebenenrente zu gewährleisten, ist es *auf jeden Fall erforderlich, innerhalb eines gewissen Zeitraums nach dem Ableben* eines Partners den Antrag auf Hinterbliebenenrente zu stellen. Geschieht das nicht, muss der gesamte Rentenantrag neu gestellt werden, mit allen dazu gehörenden Papieren, was aufgrund des Alters große Schwierigkeiten aufwerfen kann, da man (z.B. nach dem Ableben des männlichen Partners) vermutlich keinen Lehrvertrag mehr hat; Entlassungspapiere aus dem Krieg, aus der Gefangenschaft oder ähnliches.

Außerdem erlischt, falls man beim Partner mitversichert ist, nach kurzer Zeit die gesetzliche Krankenversicherung. Und neu in eine Krankenkasse aufgenommen zu werden, ist heutzutage problematisch. Wir haben nicht umsonst einen hohen Prozentsatz Menschen in Deutschland, die nicht krankenversichert sind. In dieser Zahl sind allerdings ein nicht unerheblicher Teil derer vertreten; u. a. verwitwete Partner, die von dieser Regelung nichts wussten.

Bitte denken Sie daran: unbedingt Vorsorge treffen und zwar, solange Sie noch ein(e) junge(r) Alte(r) *sind!!!*

Und noch einmal: leben Sie Ihr Leben jetzt und so wie Sie es möchten – lassen Sie sich vor allen Dingen nicht nötigen: Kein Mensch muss müssen!

Der Lottogewinn

Robert war der Älteste von vier Freunden; sie kannten sich schon, als noch keiner von ihnen verheiratet war. Die anderen Drei, Kurt, Michael und Günther waren zwei Jahre jünger als er. Über ihr gemeinsames Hobby Fußball – wie könnte es anders sein, war es die Werkself von " *unserem Werk* " – lernten sie sich kennen.
Am Anfang sahen sie sich im Bus zum Stadion. Man kam ins Gespräch und fand sich sympathisch. Bald sprachen sie sich ab und standen zur gleichen Zeit an der Haltestelle. Nach einem gewonnenen Spiel ihrer Mannschaft, trafen sie sich noch im Heidestübchen auf ein frisches Kölsch und um über das Spiel zu diskutieren. Gerade machte Kurt eine negative Bemerkung über die Stürmer; der Wirt widersprach als er das hörte. „Was willst du denn? Hauptsache, sie haben gewonnen, ob mit einem Tor oder mehreren. Drei Punkte sind drei Punkte! Und, wenn du noch lange meckerst, krieg'ste kein Bier mehr … basta!"
Leise meldete sich Michael und sagte, zu den Anderen gewandt: „Was haltet Ihr von einer Pizza?"
„Okay", kam es im Chor, „gehen wir – wer zahlt?"
„Ich", warf Günther ein, „hatte vorige Woche drei Richtige…!"
„Du meinst wohl *wir* hatten drei Richtige", konterte Robert.
„Ist ja gut; war nicht so gemeint", murmelte Günther darauf.
Sie machten sich auf den Weg zu ihrer Lieblingspizzeria in Lützenkirchen und Robert fragte per Handy nach, ob Fabio für vier hungrige Seelen einen Tisch frei hätte.

*

Die Jahre vergingen und sie waren immer noch Freunde.
An diesem Wochenende spielte ihre Mannschaft auswärts und sie saßen im Heidestübchen beim Kartenspiel. Inzwischen hatten alle

Familie; da saß das Geld nicht mehr so locker. Während Kurt die Karten austeilte, unterhielten sie sich noch lautstark über das letzte Spiel. Günther hatte einen Trumpf zur falschen Zeit ausgespielt, Michael hatte vergessen, dass eine bestimmte Karte – die Herzdame – schon gespielt war ... Im Hintergrund dudelte das Radio als Robert dazwischen rief: „Seid doch mal ruhig, sie sagen gerade die Lottozahlen. 7 – 14 – 21 – 28 – 35 – 42 und die Zusatzzahl: 49!"

„Ich denke ... das sind unsere Zahlen", sagte Kurt. Zu Robert gewandt fragte er: „Hast du unseren Schein dabei? Ich glaube, in der zweiten Reihe haben wir genau diese verrückten Zahlen, wie du damals sagtest, getippt."

Jetzt wurde es still am Tisch. Robert kramte die Brieftasche aus seiner Jacke und entnahm ihr einen großen DIN A 4-Bogen und den Lottoschein. Beides legte er auf die Mitte des Tisches.

Michael machte einen langen Hals und hob seine Stimme, als er sagte: „Tatsächlich, das sind alle unsere Zahlen ...!"

„Schrei nicht so", warnte Robert, „muss ja nicht gleich jeder mitbekommen, oder?"

„Aber was anderes! Seht Ihr auch, was ich sehe?"

„Na klar", kam es wie aus einem Mund. „Links liegt unser Lottoschein und rechts die Aufstellung, wer jeden Samstag seinen Obolus entrichtet hat."

„Ja, dann schaut mal genau hin; denn den zu erwartenden Gewinn werden wir nur durch drei teilen."

„Wieso?", schallte es zurück.

Mit dem Zeigefinger tippte Robert auf die Spalte des aktuellen Samstages – nur drei hatten bezahlt!

Kurt bekam einen roten Kopf. „Mensch, das habe ich völlig vergessen; hättest ja auch mal was sagen können!"

Robert, Günther und Michael sahen zu Kurt und sagten nichts. Robert meldete sich erneut zu Wort: „Tut mir Leid, doch hier steht es schwarz auf weiß, du hast nicht bezahlt. Und wer nicht zahlt, hat keinen Anspruch auf einen Gewinn – logo, oder?"

„Das könnt Ihr doch nicht machen, wir sind doch Freunde!"

Niemand nahm Stellung. Ruckartig stand Kurt auf, zog seine Jacke an und sagte: „Ihr hört von mir – *Freunde!*" Dann drehte er sich zur Theke, um seine Zeche zu bezahlen. Beim Rausgehen würdigte er seine vermeintlichen Freunde keines Blickes.

Wie sagt doch der Volksmund: beim Geld hört die Freundschaft auf ...

Tatsächlich teilten die Drei sich den Gewinn, der zwar nicht so üppig ausfiel, weil die Superzahl fehlte, aber 300.000 €uro sind immerhin auch Geld. Von ihrem ehemaligen Mitstreiter Kurt hörten sie, trotz seiner Ankündigung, nichts mehr.

Ihnen erging es auch nicht besonders gut; klar, dass irgendjemand die Geschichte mitbekam. Wenn sie sich jetzt nach dem Spiel in ihrer Stammkneipe trafen, blieben sie meist unter sich.

Günther sagte einmal zu seinen Freunden: „Ich glaube, so ganz richtig haben wir nicht gehandelt. Kurt hatte bis auf dieses eine Mal immer prompt bezahlt." Robert meldete sich zu Wort: „Ihr habt aber auch nicht dagegen gesprochen, wenn ich mich recht erinnere. Wenn wir normal weiter leben und nicht unser Geld hervorkehren, haben die Leute das hier bald vergessen."

„Habt Ihr schon gehört, Kurt ist Vater geworden und am Wäldchen, wo die neue Siedlung entsteht, soll er bauen. Abgesehen davon, dass er ein neues Auto fährt, obwohl seine Frau nicht mehr arbeitet", gab Günther zum Besten.

„Wo mag der das Geld herhaben? Oder habt Ihr doch mit ihm geteilt?", fragte Robert.

„Nein", antworteten die Beiden einstimmig.

*

Beim nächsten Heimspiel standen die drei Freunde am Kartenhäuschen für den Block C, als Michael seine beiden Kumpel anstieß: „Seht mal, wer da am Prominenten-Eingang steht!"

Alle Köpfe ruckten nach rechts und sie machten große Augen. Kurt mit Gattin; sogar ihr Kind hatten sie in einer Tragetasche dabei.

„Wo will der denn hin?", ließ Robert sich hören, „der hat sich wohl vertan!"

„Aber mit Kind ...? Der wird schon wissen, was er macht", entgegnete Günther.

Als die Drei ihre Eintrittskarten hatten, marschierten sie zu ihren Plätzen. In sämtlichen Köpfen spukte während des ganzen Spiels die Frage herum, woher Kurt plötzlich das Geld hatte, um am VIP-Eingang zu stehen. Nach dem Spiel trafen sie sich wieder zum Bier im Heidestübchen. Die Gaststätte war immer gut besucht, doch bei Heimspielen der Fußballmannschaft ging es besonders hoch her. Umso verwunderlicher war, dass ein Tisch zwar fein eingedeckt, aber nicht besetzt war.

Robert war neugierig und fragte den Wirt, ob er hohe Gäste erwarte. Der grinste bis über beide Ohren, bevor er antwortete: „Euer ehemaliger Freund Kurt mit seiner Familie kommt heute zum Essen, und er wird sogar allen Gästen ein Getränk spendieren. Nur wenn drei bestimmte Leute kämen, die kriegten nix ... sagte er."

Damit drehte der Wirt sich um und bediente weiter.

Die Drei guckten sich betreten an und ihre Mienen sprachen Bände. „Kommt, wir zahlen", sagte Robert. „Ich glaube, wir müssen uns eine andere Schänke suchen."

Im Rausgehen wurden sie noch kurz aufgehalten. Das *Tageblatt*, wie er im Ort genannt wurde, raunte ihnen zu: „Warum bleibt Ihr nicht? Gleich kommt Kurt und gibt einen aus; der hat vor drei Wochen im Lotto gewonnen!"

Auf dem Weg nach Hause, wie konnte es anders sein, begegnete ihnen Kurt mit seiner Familie. Robert, Günther und Michael blieben stehen, sagten die Tageszeit, wollten sich keine Blöße geben. Auch Kurt begrüßte die *Ehemaligen*, wie er sie für sich nannte und sprach, bevor er ins Gasthaus abschwenkte: „Ach – übrigens, ich hatte jede Woche für mich einen Extraschein mit den gleichen Zahlen getippt!" – drehte sich um und ging lächelnd mit Frau und Kind delikat essen...

***

Sturm

Leise wiegt der Baum seine Äste im Wind. Der Wind verstärkt sich, wird zu einem Sturm.
Der Baum beugt sich der stärkeren Macht. Biegt sich oft bis fast zum Boden.
Der Sturm rast.
Er zerrt an dem Baum. Aber er schafft es nicht. Der alte, knorrige Baum holt tief Luft und richtet sich zwischen zwei Böen wieder auf. Schöpft Kraft. Widersteht.
Der Sturm resigniert und zieht weiter. Reißt und zerrt am nächsten Baum. Er hatte geglaubt, der alte, knorrige Baum ist so starr, dass er sich nicht mehr beugen kann. Das war ein Irrtum, deshalb hat er sich nun eine junge Pflanze gesucht.
Verzweifelt ducken sich die Äste nah an den Boden. Der Sturm lacht. Aber die Äste sind biegsam. Sie haben noch nicht die Kraft des alten Veteranen, dafür sind sie geschmeidig und schaffen es, sich dem Wind anzupassen. Dem Sturm gefällt das nicht. *Er* hat die Kraft und will siegen. Allein gelingt es ihm nicht. Er holt Verstärkung. Den Hurrikan. Das ist unfair. Gewalt ist immer unfair.

Der alte Baum bricht nun doch; seine Kraft reicht nicht aus, dieser Gewalt zu trotzen.
Der junge Baum wird entwurzelt.
Gewalt hinterlässt immer nur Zerbrochenes und Entwurzeltes.

***

Erste Begegnungen

Es war einmal...
...ein kleines, unscheinbares Mädchen. Ein hässliches Kind. Kontaktscheu, unbeweglich, viel zu dick. Sie wurde ein unbeherrschter Teenager; oder sollte ich besser Backfisch sagen? Das Wort Teenager wurde erst in der Mitte der Sechziger modern. Giftig in Worten und Gedanken. Sie entwickelte sich zu einer wunderbaren Frau, die ihr Leben beherrschte, sich und ihren Körper. Sie lernte, damit umzugehen, wie mit einem kostbaren Instrument.
Als sie dieses Ziel erreicht hatte, musste sie gehen. Sie starb mit 48 Jahren an Brustkrebs.

Sabine

Das Kind fragte die Mutter: „Was ist >Sechs-ä-piel<?"
„Das kann ich dir nicht erklären. Das wird dich das Leben lehren."
Eine wahrlich erschöpfende Auskunft, für diese Zeit nicht ungewöhnlich.
Sex, Sexualität.
Begriffe, die hinter vorgehaltener Hand nur ganz verschämt im Flüsterton ausgesprochen wurden. Die Männer hatten dabei ein dreckiges Grinsen auf dem Gesicht, die Frauen wurden rot.

Das Kind zog sich in sich zurück. Es war eigentlich kein *es* mehr, dreizehn Jahre, ein Mädchen und man schrieb das Jahr 1960.

Mit einer Größe von knapp 1,40 m war sie stark übergewichtig. Unbeweglich, fett. Das bekam sie auch zu spüren. Schlank sein ist offensichtlich nicht unbedingt eine Modeerscheinung unserer Zeit. Die anderen Kinder hänselten sie. Aber Sabine hatte etwas, was alle anderen Mädchen noch nicht hatten. Die Periode. Sie zählte gerade mal zehn Jahre als die erste Menstruation einsetzte und sie nicht wusste, was das war.

Während sie mit ihrer ersten Periode kämpfte und ihre Mutter fragte, ob sie krank sei und nun sterben müsse, bekam sie, wie immer, eine ausweichende Antwort.

„Das hast Du jetzt einmal im Monat und jetzt kannst du auch Kinder bekommen. Lass dich bloß nicht mehr von einem Jungen anfassen!" Was Sabine dazu veranlasste, dem Nachbarsjungen nicht die Hand zu geben.

Soviel zum Thema der weiblichen Sexualität *vor* Oswald Kolle!

Ein paar Jahre später … Keine ihrer Fragen wurde je beantwortet und das Vertrauen zur Mutter war nachhaltig ver- und zerstört. Sabine entschied sich – wohl eher unbewusst –, ihr Leben allein in die Hand zu nehmen, machte die ersten Erfahrungen mit Jungen und/oder Männern und fiel entsprechend auf die Nase.

Trotzdem: *das Kind* entwickelte sich. Möglicherweise war Sabines Entwicklung schwieriger als bei aufgeklärten Mädchen, dafür entschieden intensiver.

Sabine begann, immer noch klein und fett, ihre Ausbildung zum Industriekaufmann – ach nee, heute sagt man ja Kauf*frau*!, in einer Textilfabrik. Was sie aufgrund mangelnder Schönheit nicht erreichte, machte sie mit ihrem giftigen Mundwerk wett. Je öfter sie

bemerkte, dass sie bei Jungen nicht ankam, umso giftiger wurde sie. Ihre Minderwertigkeitskomplexe nahmen astronomische Ausmaße an und niemand bemerkte es. Im Gegenteil. Die Mutter war stolz darauf, dass ihre Tochter mit Jungen nichts im Sinn hatte.
Irrtum.
Die Jungen beachteten Sabine nicht, aber Sabine sehr wohl die Jungen. Den ersten Kontakt knüpfte sie, gerade mal vierzehn Jahre alt, mit einem Lehrling aus der Nachbarschaft. Der Erste, der vernünftig mit ihr sprach und sie nicht nur belächelte. Sie fühlte sich nun endlich in ihrem Leben beachtet und verliebte sich Hals über Kopf. An ihm gefiel ihr einfach alles. Liebe macht blind!
Liebe?
Natürlich nicht. Nüchtern betrachtet nicht einmal Verliebtheit. Nur eine verständliche Reaktion. Sabine übersah sogar, dass er bereits als Junge eine dicke Brille trug und sie für jedes Fußballspiel versetzte. Und das, wo sie doch nur mit Lügen mal abends eine halbe Stunde nach Feierabend herausschinden konnte.
Irgendwann, es dauerte nicht lange, war dieser Spuk vorbei.
Sabine wurde wieder nüchtern. Aber sie hörte auch in sich hinein. Die Schmetterlinge im Bauch hatten sie geweckt. Jetzt wollte sie mehr. Dessen ungeachtet war ihr ihre eigene Sexualität fremd. Mit den Händen begann sie ihren Körper zu erforschen und fand die Stelle, die für die Schmetterlinge zuständig war.
„Jetzt kannst du auch Kinder bekommen! Lass dich bloß von keinem Jungen anfassen!", tönte es in ihr nach.
Und dann ging sie Hartmut auf den Leim.
Er fuhr eine Kreidler Florett und sie flog sowohl auf das Moped als auch auf Hartmut. Der war schon ein bisschen ein anderes Kaliber und wollte mehr. Sabine hatte Angst.
„Nein!"
„Warum nicht?"

„Blöde Frage – ich will kein Kind kriegen. Meine Mutter schlägt mich tot."

„Quatsch! Ich pass doch auf. Und – so schmeichelte er ihr – ich liebe dich doch."

Sie schmolz dahin.

Liebe. Das Zauberwort.

Sie hatte bislang nur die Liebe ihrer Mutter gespürt, die sie einkreiste. Die gänzlich Besitz von ihr ergriff und ihr die Möglichkeit der freien Entfaltung, einer normalen Entwicklung, völlig versagte. Gehemmt gegenüber dem anderen Geschlecht, gedrillt auf Gehorsam, ergab sie sich in das erste sexuelle Erlebnis ihres Lebens. Irgendwie musste sie es tun, sie war von der versprochenen Liebe überzeugt, entwickelte parallel dazu panische Verlustängste und dass das Erlebnis mit der stillen Frage: *war's das?* endete, müsste eigentlich nicht extra erwähnt werden.

Hartmut hatte bekommen, was er wollte und entschwand.

Samt seiner Kreidler Florett.

Wer, zum Teufel, behauptet eigentlich, dass Frauen den Liebesentzug als Strafe praktizieren? In diesem Fall scheint es mir eher umgekehrt.

Sie geriet in Panik. Bekam sie nun ein Kind? Das Wort schwanger sprach man nicht aus. Bestenfalls war die Nachbarin von gegenüber in Hoffnung, anderen Umständen oder erwartete Jugend.

Als Sabine, mit gründlicher Verspätung, feststellte, dass sie nicht schwanger war, begann sie, nachzudenken und kam zu dem Entschluss, dass es wohl doch besser sei, sich rar zu machen. Sie hatte beileibe nicht das Bedürfnis, diese Ängste noch einmal zu erleben.

Da hörte sie es wieder: „...und lass dich bloß von keinem Jungen anfassen!"

Nein, dachte sie, ganz bestimmt nicht mehr.

Einige Zeit später lernte sie dann Lorenzo, einen Sizilianer kennen. Gegenüber ihrer Arbeitsstelle hatte sich jemand erbarmt und ein Unternehmen beauftragt, den dort noch vorhandenen Trümmerhaufen aus dem letzten Krieg zu beseitigen. Lorenzo arbeitete auf dieser Baustelle und war ganz einfach ein netter Kerl. Er zwinkerte ihr zu und sie zwinkerte zurück. Lorenzo war nicht aufdringlich. Jedenfalls nicht am Anfang und Sabine schwebte im siebten Himmel. Eines Tages wurde aus dem Blickkontakt, den sie immer nur lächelnd erwidert hatte, mehr. Er lud seine deutsche Zwinkerfreundin ins Kino ein. Außerdem waren die Italiener, resp. Sizilianer nicht *unhübsch…*

12 Uhr mittags – mit Grace Kelly.

Im abgedunkelten Vorführraum kam Lorenzo auf den Kernpunkt dieser Einladung. Langsam tastete seine Hand unter ihren Rocksaum und schlich im Schneckentempo zu Sabines Strapsen. Sie hielt die Luft an und seine Hand fest. Gott sei Dank war es dunkel, sonst hätte jeder in ihrem Dunstkreis gesehen, dass sie feuerrot geworden war.

„…und lass dich bloß von keinem Jungen anfassen!"

Lorenzo versuchte es ein zweites Mal. Aber Sabine, immer noch hartnäckig, atmete auf, als der Film zu Ende war. Draußen machte sie ihren *kleinen Freund* zur Schnecke, was der nun gar nicht verstand. Hatte Sabine ihm doch wochenlang signalisiert, dass sie…! Anscheinend nicht.

Gegenseitig voneinander enttäuscht traten sie den Heimweg an und Sabine verfluchte die Tatsache, dass die Baustelle noch eine ganze Weile weiterhin bestehen würde. Ihre kameradschaftliche (!) Geste war offensichtlich gründlich missverstanden worden.

Wirklich?

War es nicht vielmehr so, dass Sabine den Blickkontakt auslöste, dabei ein bisschen ihre, neu erkannte?, Macht ausprobieren wollte, aber ängstlich darauf achtete, sich nicht aus der Hand zu geben?

Oder andersherum: Hatte Lorenzo den Blickkontakt gesucht, um endlich in der fremden Umgebung eine *Anlaufstelle* zu haben? Dabei ist er vielleicht übers Ziel hinaus geschossen, weil er Sabine auf dieser Basis an sich binden wollte?
Eher unwahrscheinlich.
Letztlich zahlten beide Lehrgeld. Sabine, die einmal mehr die warnenden Worte ihrer Mutter hörte ... Männer wollen sowieso bloß immer das Eine. Und Lorenzo, der eine unerwartete, für ihn unerklärliche Zurückweisung hinnehmen musste, die einer Niederlage nicht unähnlich war.
Sie war ihm nicht zu Willen!
Irgendwann verschwand die Baustelle, mit ihr Lorenzo und Sabine atmete auf.

Blut geleckt – konnte sie es nicht lassen !?
Werner kam. Werner, der auf den schönen Familiennamen Häublein hörte, ein auffallend langes Gesicht hatte und ein unverschämtes Grinsen auf demselben. Das erste, was dem dreisten Kerl einfiel, war, im Vorbeigehen, an Sabines BH zu zupfen. Sie drehte sich empört um und zischte: „Lassen sie das! Was fällt ihnen ein?"
Mit immer noch grinsendem Gesicht antwortete er: „Nix, was du nicht auch willst!"
Wutentbrannt holte Sabine aus und wollte ihm eine langen. Mitten im Feindflug hielt Werner die Hand fest: „Lass es gut sein. Geh am Freitag mit uns kegeln und dann sehen wir weiter."
„Okay."
Schneller Sieg von Werner?
Vielleicht.
Sie schlief zwar nicht gleich mit ihm, aber abgeneigt war sie auch nicht. Das Draufgängertum hatte ihr, ganz wie Werner es vermutete, imponiert und gefallen. Aber dann kam es wieder: „...und lass dich bloß von keinem Jungen mehr anfassen."

Innerlich von Ängsten zerfressen tat sie genau das, was ihre Mutter ihr immer eingebläut hatte: sie brachte Werner mit nach Hause. Zum Begutachten. Mit dem Erfolg, dass er sie – wie zuvor selbst vorgeschlagen – freitags mit zum Kegeln nahm und dann schnellstens das Weite suchte. Er hatte nichts weiter als ein unverbindliches Abenteuer gewollt, beileibe keine feste Bindung. Sabine dagegen hatte keine andere Möglichkeit gesehen, um überhaupt mitgehen *zu dürfen*. Denn trotz ihrer Volljährigkeit galt daheim ein Motto: solange du deine Füße unter unseren Tisch stellst! Kennen wir doch irgendwo her.

Episode Werner war zu Ende ehe sie begonnen hatte.

1968!

Sabine geriet langsam in Panik. Immerhin war sie schon fast zweiundzwanzig und hatte immer noch keinen festen Freund. Sie suchte diesbezüglich die Schuld zwar teilweise bei sich, kam aber nicht auf die Idee, dass ihr übles Mundwerk nicht als Schlagfertigkeit gewertet wurde, sondern eher als Ausdruck ständigen Missfallens irgendwem und irgendetwas gegenüber. Sabine isolierte sich, ohne es zu merken. Was die aufgestauten Komplexe beileibe nicht verringerte. Niemand, am wenigsten sie selbst, kam auf die Idee, dass ihr ganzes Problem hieß, eine *Frau* zu sein. Von ihrer Mutter infiziert, hasste sie alles, was damit zusammenhing; angefangen mit der Tatsache, dass sie sich auf der Toilette setzen musste. Zugleich forderte der Körper sein Recht. So sehr sie versuchte, ihre Bedürfnisse zu unterdrücken, umso mehr wehrte sich ihre Natur dagegen. Ein Erbteil ihres Vaters, der körperlichem Kontakt nicht abgeneigt war. Gott sei Dank näherte er sich nie seiner Tochter. Aber ein Mädchen, eine Frau, hatte gefälligst keine Bedürfnisse zu haben. Sie hatte *anständig* zu sein.

Also wählte Sabine einen anderen Weg. Sie schrieb auf ein Zeitungsinserat. Es meldete sich lediglich einer. Erwin Becker. Der Vorname hätte ihr schon zu denken geben müssen. Erwin. Klang nicht gerade sehr jugendlich. Aber Sabine wollte nur noch einen Mann und zwang sich, beim persönlichen Kennenlernen, ihn auch noch nett zu finden. Das Spiel mit den Augen hatte sie immer noch nicht gelernt, aber sie beherrschte zumindest ihre Klappe ein bisschen besser. Immerhin so gut, dass Erwin sogar wiederkam. Zögernd gewöhnte Sabine sich an ihn und gab seinen Wünschen nach. In ihrem Hinterkopf hallte noch immer: *„...und lass dich jetzt bloß nicht mehr.... usw."*

Aber Sabine ließ es zu und es machte ihr sogar Spaß. Sie heirateten. Doch das war auch das einzige, was die Beiden verband. Nach einigen Jahren war nichts mehr da und zum ersten Mal in ihrem Leben entwickelte sie Eigeninitiative. Sie pfiff darauf, was die Eltern sagten; sie pfiff auf die lieben Nachbarn und auf ihren Mann. Sie reichte die Scheidung ein.

Ihr war endlich die ganz große Liebe begegnet.

Diesmal spielte sie Vabanque. Ihr war völlig egal, was daraus wurde. Sie wollte nur noch eines: frei sein für *den* Mann, den sie unbedingt wollte. Er wusste nichts davon. Auf einer mehr oder minder (wohl eher minder in diesem Fall) harmlosen Basis flirtete er mit Sabine und sie schmolz dahin. Es interessierte sie nicht einmal, dass er verheiratet war.

Eines Tages fand sie heraus, dass seine Ehe auf äußerst tönernen Füßen stand, bzw. nur noch auf dem Papier. Ausgezogen war er bereits – nur die Scheidung ließ auf sich warten. Für Sabine gab es kein Halten mehr. Über Nacht hatte sie sich zu einer Spinnenfrau entwickelt. Ungefähr nach dem Motto: ich kriege dich – und wenn du nicht so willst wie ich mir das vorstelle, dann werde ich wenigstens einmal mit dir schlafen. Was in diesem Fall wohl einem Gefressenwerden gleichkam.

Er wollte eigentlich gar nicht, aber Sabine war dieses Mal die Stärkere. Sie hatte sich den Mann in den Kopf gesetzt und war bereit, jeden Preis dafür zu zahlen.

Sie zahlte – sechsundzwanzig Jahre lang.
Sie musste mit achtundvierzig Jahren gehen. Brustkrebs. Sie ging
nicht gern. Sie ließ den einzigen Mann zurück, der in ihrem Leben
Bedeutung hatte.
Ihre letzte erste Begegnung.

***

Ich wollte dir doch noch soviel sagen...
Nach einem ganzen Leben

Die Leute gingen; sie wussten alle, wo das Reue-Essen stattfand.
Viele fanden sich zu seiner Beisetzung ein, er war, wie man sagt,
bekannt *wie ein bunter Hund.*

Die Friedhofsbediensteten warteten diskret hinter einem Rhododendron; sie wollten das Grab zuschaufeln und heimgehen. Diese
Beisetzung war die letzte, außerdem war es heiß und der Feierabend wartete.
Nur Klara, von den Leuten im Dorf Klärchen genannt, stand noch
am offenen Grab. *„Ich wollte dir noch soviel sagen... "*
Sie konnte sich nicht trennen. Es gab ihn nicht mehr, ihren Fritz.
Ihren Fritz? Nachdenklich starrte sie in die Grube und plötzlich
lief ihr ganzes Leben wie ein Film vor ihrem geistigen Auge ab:

Daheim war sie die Ältere; die jüngere Schwester hörte auf den
Namen Sofie. Bei der Schwester konnten Eltern, Onkeln und Tan-
ten den Namen wenigstens nicht verniedlichen. Nur bei ihr. Statt
Klara, und das war ja auch kein hässlicher Name, wurde sie Klärchen gerufen. Das hielt sich hartnäckig bis ins Alter und ärgerte sie
immer wieder. Sie versprach sich schon damals, als junges Mäd-

chen selbst, sollte ich einmal Mutter werden: meine Kinder bekommen Namen, die man auf keinen Fall verhunzen kann.

Klara und Sofie kamen gut miteinander aus. Schwesterliche Zwistigkeiten gab es kaum, jedenfalls bis, nun, bis beide begannen, sich für das andere Geschlecht zu interessieren. Die Mädchen galten als hübsch. Klara war ein wenig schlanker als Sofie; beide hatten lange dunkle Haare und hielten auf sich. Sie gingen grundsätzlich chic angezogen und es wunderte niemanden, dass die Burschen hinter ihnen her pfiffen.

Zu der damaligen Zeit sicher nicht an der Tagesordnung, wurden beide Mädchen von den Eltern aufgeklärt und wussten, was passieren konnte, wenn es zu mehr als einem Austausch von Küsschen oder Händchen halten kam. Vor allem der Vater hatte ihnen ans Herz gelegt: Erst wenn ihr überzeugt seid, dass es der Richtige fürs Leben ist, dann erst solltet ihr mit ihm ins Bett gehen. Ihr müsst ihn heiraten können.

Bis dahin also gab es die beiden immer im Doppelpack. Egal ob ins Kino oder auf den Tanzboden; Klara und Sofie gingen gemeinsam aus. Manchmal war es für Sofie ziemlich schwierig, sich auf *alt* zu trimmen, denn an der Kinokasse durfte nicht auffallen, dass sie zwei Jahre jünger war.

Es war an einem Samstag, als Klara ihn zum ersten Mal sah. Sie ging allein zum Schützenball. Sofie lag mit einer ausgewachsenen Grippe im Bett und musste schwitzen. Klara bot ihr natürlich sofort an, auch daheim zu bleiben. Aus schwesterlicher Solidarität sozusagen. Doch Sofie redete es ihr aus. Von ihrem eigenen Taschengeld drückte sie ihrer Schwester sogar noch ein paar Euro in die Hand und meinte: „Amüsier dich gut – am besten für mich mit."

*

Fritz war Einzelkind. Seine Eltern arbeiteten beide, verdienten gut, aber er war viel auf sich gestellt. Sie hatten ihren Jungen so gut es ging erzogen und es gab selten Probleme. In der Schule lief es leidlich, nicht überragend, aber zumindest blieb er nie kleben. Einfach ein ruhiger Typ.

Während seine Kameraden Fußball spielten, rumtobten, sich balgten oder anderen Leuten Streiche spielten, saß er lieber zu Hause und hörte Musik. Zudem hatte er sich im Laufe der Jahre zu einer Leseratte entwickelt. Von dem einen oder anderen wurde er deshalb manchmal als Spinner abgetan, doch das konnte ihm wenig anhaben. Er war sehr in sich gefestigt.

Von seinen Eltern bekam er schon früh jeden Monat einen gewissen Betrag als Taschengeld, damals nicht unbedingt selbstverständlich. Da er nicht rauchte und auch sonst keine Laster hatte, sparte er das Geld.

Nach Beendigung seiner Schule stellte sich die Frage: was werde ich denn nun? Seine Eltern hätten es schon gern gesehen, wenn er noch eine weiterbildende Schule angehängt hätte. Aber Fritz hatte die Nase voll und war froh, dieser Institution endlich den Rücken kehren zu können. Es war nicht so, dass er die Schule gehasst hätte, aber er wollte ganz einfach raus aus der Mühle, etwas Praktisches lernen und sein eigenes Geld verdienen. Ihn störte die Abhängigkeit von seinen Eltern. Fritz entschied sich für Bäcker und Konditor. Ausschlaggebend für diese Entscheidung war anfangs wohl der Duft, der ihm aus jedem Bäckerladen entgegen wehte.

Hätte er vorher gewusst, dass er jeden Morgen um halb drei aufstehen musste, wer weiß, ob er sich nicht doch noch etwas anderes überlegt hätte. Nun hatte er einmal ja gesagt und da er ein Mensch mit Prinzipien war, hieß das für ihn: Augen zu und durch. Immerhin bot dieser Beruf auch Vorteile, die Fritz gegeneinander abwog. Er war zufrieden mit seiner Wahl.

Unter anderem begrüßte er es, gegen Mittag frei zu haben; andere mussten bis zum Abend im Laden bleiben und das verkaufen, was Fritz und seine Kollegen fabriziert hatten. Den Nachmittag verbrachte er meistens in der Natur; er wanderte gern, sah immer und überall etwas neues, was er gern in Fotos festhielt.

Daheim war er das, was manche Eltern bei ihren Sprösslingen heute gern sähen; ein Muster an Ordnung.

Ausgehen stand bei ihm an letzter Stelle; die Nacht war immerhin um halb drei in der Früh zu Ende und – schon aufgrund seiner Prinzipien – legte Fritz großen Wert darauf, seine Prüfung ohne Schwierigkeiten zu bestehen. So war es dann auch.

Nach Überreichung des Gesellenbriefes durch einen Beauftragten der Handelskammer überredeten die anderen ihn noch zu einem kleinen Imbiss.

Die darauf folgenden Tage hatte Fritz Urlaub bekommen, deshalb sagte er *spontan,* nach einer gewissen Überredung seiner Kumpels, zu, am Abend mit aufs Schützenfest im Nachbardorf zu gehen. Sie trennten sich mit dem Versprechen, sich um neunzehn Uhr an der Bushaltestelle zu treffen.

*

Pünktlich, als müssten sie in die Backstube, trafen sie sich alle an der Haltestelle. Keiner von ihnen, der nicht von den Eltern den wohlgemeinten (aber meist ignorierten) Rat bekommen hätte, nicht zuviel zu trinken und beim Heimkommen leise zu sein. Die Kumpels hatten diese Ratschläge vermutlich schon vergessen, als sie in den Bus stiegen.

Am Festzelt angekommen, Eintritt bezahlt, und der erste Gang: an die Theke. Mit einem viel zu schnell gezapften Pils stießen sie einmal mehr auf die bestandene Prüfung an und ließen währenddessen ihre Blicke schweifen.

Als die Kapelle zu spielen begann, schwärmten alle aus – Fritz blieb allein zurück. Sein halb gefülltes Bierglas in der Hand, sah er dem Trubel zu. Am liebsten hätte er sich schon wieder verdünnisiert, doch das ging nicht; sie hatten ausgemacht, alle gemeinsam den letzten Bus zu nehmen.

Fritz hatte sich gerade wieder zur Theke gedreht als er neben sich eine Stimme hörte: „Tanzen sie nicht, junger Mann?"

Fritz drehte sich um und sah sich einem Mädchen gegenüber. Tiefbraune Augen und ein Schwall langer, dunkler Haare.

„Ich ...ich ..ich kann nicht tanzen", stotterte Fritz.

Klara stellte sich vor und meinte: „Das macht nichts. Ich kann es auch nicht und deshalb sitze ich ewig allein an meinem Tisch. Keiner traut sich, mich zum Tanzen zu holen, weil das alle wissen. Ich schlage vor, wir probieren es jetzt einfach mal aus."

Beide versuchten mehr schlecht als recht, dem Anderen nicht auf die Füße zu treten und als die Kapelle aufhörte zu spielen, waren sie durchgeschwitzt. Gesprochen hatten sie kaum miteinander, weil sie angestrengt auf ihre Füße guckten. Fritz brachte Klara an ihren Tisch zurück und war froh, dem Versuchstanz entronnen zu sein.

An der Theke fanden sie sich dann wieder alle zusammen und tauschten die Erlebnisse aus. Fritz hielt sich mit seiner Meinung etwas zurück; Klara hatte ihm durchaus gefallen. Einen neuen Versuch, mit ihr zu tanzen, machte er aber nicht.

Klara, allein an ihrem Tisch, dachte ihrerseits über Fritz nach. *Tanzen kann er zwar nicht, aber er sieht ganz gut aus. Groß, schlank, dunkler Typ – könnte mir gefallen.*

Nachdem sie alle Varianten durchdacht hatte, entschloss sie sich, Fritz noch einmal zum Tanzen aufzufordern. Doch der war inzwischen verschwunden.

Wenn es der ganzen Bagage auch schwer fiel, sie nahmen wirklich den letzten Bus.

*

Die kommenden Tage vergingen wie im Flug; es ging auf die Feiertage zu und die Arbeit nahm kein Ende. In der knapp bemessenen Freizeit flitzte Fritz durch die Gegend und besorgte Geschenke, Blumen, Glückwunschkarten und, und, und.

Eines Tages, Fritz kam müde von der Arbeit heim, war Post für ihn gekommen. Mit einem fragenden Seitenblick überreichte seine Mutter ihm das Kuvert. Fritz sagte danke und verschwand in seinem Zimmer. Er drehte den Brief um und sah auf den Absender: Klara Bender, Hummelshof, Finkstraße 3.

Na so was! Fast hatte Fritz das Schützfest schon vergessen, aber nun stand ihr Bild in aller Deutlichkeit vor ihm.

Ganz fröhlich schrieb ihm Klara: „Hallo Fritz! Seit unserem gemeinsamen Tanzversuch auf dem Schützenball muss ich an dich denken. Du hast mir gefallen. Könnten wir uns wieder sehen? Vielleicht gemeinsam einen Tanzkurs besuchen? Lass es mich wissen. Klara."

Fritz war zwar allein im Zimmer, wurde dennoch verlegen. Noch nie hatte er gehört, dass ein Mädchen einen Mann *anmacht*; doch wohl eher umgedreht. Trotzdem musste er zugeben, dass ihm das ganz recht war. Er war schüchtern und wer weiß wie lange er auf irgendein Mädchen gewartet hätte. Außerdem, nett ist sie ja, dachte er. Also schrieb er zurück: „Hallo Klara! Nehme deinen Vorschlag an; du hast mir auch gefallen. Sobald ich Zeit habe, melde ich mich. Herzlichst Fritz Gehde."

Fritz brachte den Brief gleich zur Post, auf dem Weg dorthin überlegte er krampfhaft, wie Klara wohl an seine Anschrift gekommen war. Schien eine zielstrebige Person zu sein.

Das gefiel ihm.

*

Sie trafen sich, gewöhnten sich aneinander und an einem Herbstabend saßen sie zusammen im Biergarten. Sie hatten einen Platz in der äußersten Ecke entdeckt; nicht besonders schön, aber vorteilhaft, weil keiner zuhören konnte, was sie sich erzählten.

Fritz bestellte beim Ober einen Rotwein für Klara; er blieb lieber beim Bier. Der Abend verging fast zu schnell; es war schon fast elf als er Klara heimbrachte. Vor der Haustür nahm er ihre Hand zum Abschied; Klara nahm sie, zog ihn zu sich hin und ... Fritz bekam den ersten Kuss seines Lebens. Eigentlich hätte er es auch schon versuchen wollen; aber was tun, wenn man schüchtern ist und sich nicht traut!

Fast bis Mitternacht standen sie im dunklen Hausflur. Sie hatten Geschmack aneinander gefunden; die Liebkosungen wurden fordernder; die Küsse intensiver.

Hatten sie sich ineinander verliebt?

Sie trafen sich, wo immer es ging: Natürlich blieb das auch den Eltern beider nicht verborgen. Fritz hatte plötzlich keine Zeit mehr und Klara ging aus. Ohne ihre Schwester.

Irgendwann waren sie sich einig und machten nun Nägel mit Köpfen – wie man so sagt – und sie stellten den Partner jeweils den Eltern vor. Das Problem, gemeinsam in der Öffentlichkeit gesehen zu werden, war damit aus der Welt.

*

Verlobung. Danach hatten sie den ersten gemeinsamen Urlaub gebucht, ohne Eltern. Beide freuten sich wie die Kinder.

Endlich allein!

Sommer, Sonne, Strand, Wasser und gutes Essen. Ein erstes gemeinsames Zimmer mit Blick auf Palmen und Meer.

Zusammen Koffer auspacken; frisch machen und zum Abendessen gehen.

Gemeinsam.

Auf dem Weg zum Hotelzimmer hing jeder seinen Gedanken nach. Fritz dachte: der Tag war lang, dazu die Wärme, der Rotwein, das gute Essen. Gleich kann ich schlafen und morgen erkunden wir die Gegend.

Klare dachte: der Tag war interessant; ein Gläschen Roten hätte ich noch vertragen. Wie wird die Nacht sein?

Im Bett kuschelten sie sich zunächst vorsichtig aneinander. Fritz wollte sich gerade in seiner Traumwelt verlieren, als Klaras Hand vorsichtig nach ihm tastete: „Schläft du schon?"

Sie rutschte herüber; noch ein Kuss und – sie übernahm wieder einmal die Initiative. Nach der Vereinigung ihrer Körper war Fritz derjenige, der nicht genug bekommen konnte.

Er überlegte: war das jetzt Liebe?

Würde der Urlaub jetzt besonders schön werden, weil sich nun ihre Körper kannten?

*

Daheim ging es auf Wohnungssuche, der Urlaub war nicht ohne Folgen geblieben. Klara und Fritz mussten heiraten.

Mussten!?

Die beiden waren sehr beliebt und so nahm das ganze Dorf Anteil an der Hochzeit, bloß eine Wohnung, die fand man so einfach dann doch nicht. Und Klara meinte: „Wenn die uns keine Wohnung geben wollen, dann bauen wir eben selbst."

Wieder einmal war es Klara, die die Richtung vorgab.

Fritz zögerte noch. Er dachte an die Finanzen und andere evtl. Möglichkeiten, doch wenn Klara sich etwas in den Kopf setzte, klappte es auch. Fritz war es recht, seine Überlegungen waren eher: einer muss Entscheidungen treffen; es ist doch gleich, wer es tut?

Im Frühjahr wurde Tochter Ute geboren, zwei Monate später konnten sie in ihr Eigenheim ziehen. Klara hatte aufgehört zu arbeiten; Kind und Haus nahmen sie voll in Anspruch.

Fritz war in seinem Beruf erfolgreich und auch er lernte den Sinn des Ausspruches: „wer viel kann, muss viel tun", kennen.

Eines Tages überraschte Klara ihren Fritz mit der Ankündigung: „Wir machen ein eigenes Geschäft auf. Warum sollst du eigentlich dein ganzes Leben für andere arbeiten – wir machen das jetzt für uns selber!"

Einwände hatte Fritz sich inzwischen abgewöhnt; es klappte ja immer alles.

Die Ehe war harmonisch.

Der zweite Nachwuchs stellte sich ein.

Aber war das Liebe?

*

Das Geschäft blühte. Fritz *wurde* in den Schützenverein gegangen und in den Stadtrat gewählt.

Jetzt waren sie wer.

Eine glückliche (?) Familie.

Familie, ein erfolgreicher Geschäftsmann, und, und, und.

Und, und – genau.

Wo war die Zeit für den Partner?

Die Küsse wurden flüchtiger und durch drei geteilt.

Im Bett wurde nur noch geschlafen.

Die Verpflichtungen wuchsen ihnen über den Kopf und arteten in Stress aus.

Sie suchten beide inzwischen den gleichen Hausarzt auf.

Letzte Woche sagte dieser zu Klara: „Passen sie bitte etwas mehr auf ihren Mann auf. Der übernimmt sich. Das Herz."

Aber es lief alles so weiter wie gehabt.

„Was soll ich denn machen, Herr Doktor?", fragte Klara.

Die Kinder waren irgendwann aus dem Haus.

Keiner wollte das Haus, keiner das Geschäft.

„Den Stress tu' ich mir nicht an", war der Tenor.

Klara hatte jetzt viel mehr Zeit; sie ging ins Fitness-Studio und tat etwas für ihren Körper. Auch im Gesangverein „Hohes C" war sie äußerst engagiert.

Dann noch das Geschäft, das Haus, der Garten... Fritz war doch da; es lief ja alles.

Und die Ehe? Im Bett schliefen sie nur noch nebeneinander, nicht mehr miteinander.

Sie küssten sich auch noch. Nach dem Frühstück, vor dem zu Bett gehen. Schnell. Ohne Gefühl.

Ist das Liebe?

Und dann kam es ganz plötzlich.

Das Martinshorn röhrte nervtötend in unmittelbarer Nähe.

„Wen hat es denn da wieder mal erwischt?"

Das Krankenhaus rief an.

„Frau Klara Gehde?"

„Ja."

„Ihr Mann – Herzinfarkt. Wir konnten ihm leider nicht mehr helfen. Bitte kommen sie."

Dann stand sie neben seinem Bett und die Zweifel kamen. Habe ich es richtig gemacht?

War es Liebe?

Auch bei mir? War es wirklich Liebe?

Oder Gewohnheit?

Oder war es *nur* eine Partnerschaft auf Zeit?

Jetzt steh ich an deinem Grab.

„Fritz – hör zu! Ich wollte dir doch noch so viel sagen."

***

Clemens Maximilian Leopold

... von Bornim. Direkter Nachkomme irgendeines verarmten Landadels, aber dafür umso hochnäsiger. Der Großvater fuhr noch in den ersten Jahren des soeben abgelaufenen Jahrhunderts sechsspännig durch Düsseldorf. Der Herr Baron, sein Enkel, mit dem gleichen Dünkel behaftet; war immer darauf bedacht, sich die Finger nicht schmutzig zu machen. Zum Herrschen erzogen, wo es nichts mehr zum *Be*herrschen gab.

Der Einfachheit halber nannte ihn jeder Max. Clemens wäre ihm lieber gewesen, es hörte sich adeliger an, aber es blieb bei Max. Und auch Max musste zum Barras, wie das damals hieß, konnte sich nicht mehr, wie es in Offizierskreisen früher üblich war, freikaufen. Letztendlich freute er sich sogar darauf, begrüßte seinen Einsatz an der Front. War das endlich einmal eine Gelegenheit, in deren Verlauf er (sich) beweisen konnte, was in ihm steckte. In welche *Scheiße* man ihn schickte, merkte er erst, als er mitten drin saß. Er würde nie ein Held werden. Heldentum war in seinen Augen was für die Anderen. Er wollte nur noch raus. Heim.

Josefina Maria Kelter, Rufname Josefa.
Ausgerechnet Josefa nannte man sie. Sie – das ungeliebte Mädchen daheim. Das einzige Mädchen unter sechs Brüdern.
Josefa.
Das Erste, was sie ihren Eltern vorwarf, war ihr grässlicher Name. Als ob sie der heilige Josef wäre.
Und sie durfte nichts. Natürlich nicht.
Ausgehen schon gar nicht.
„Stopf lieber ein paar Strümpfe, dann kannst Du irgendwann wenigstens etwas!", meinte der Vater.
Stillhalten durfte sie.
Musste sie.

Vor allem, wenn der Vater zu ihr schlich. Da war sie gerade dreizehn. Er drohte ihr noch nicht einmal mit Strafe, falls sie über das, was er mit ihr machte, sprechen würde.

In seiner männlichen Überheblichkeit war er sich seiner Sache so sicher...

Und Josefinas Mutter? Sie ahnte alles, aber wie immer in ihrem Leben, schwieg sie. Sie konnte sich selber nicht helfen, wie dann ihrer Tochter? Da war es sehr viel einfacher, die Augen zu verschließen.

Irgendwann einmal würde dieses Mädchen ja gehen. Dann wäre sie die Verantwortung los. Eine Verantwortung, die sie nie hatte haben wollen. Ein Mädchen. Im ersten viertel des vergangenen Jahrhunderts war das eine mittlere Katastrophe. Ein Mädchen war nicht nur machtlos – es war auch rechtlos.

*

1943. Mitten im Krieg.

Tanzveranstaltungen waren verboten. Immerhin starben an der Front, vor allen Dingen an der Ostfront, die Männer und Jungen, denn was anderes waren viele noch nicht, einen erbärmlichen Tod für Frieden, Freiheit und Vaterland.

Oder so was Ähnliches.

Helden waren sie; man hatte es ihnen eingeschärft. Alle.

Unfreiwillige Helden.

Das merkten die meisten aber erst, wenn es wirklich ernst wurde.

Max hatte Fronturlaub. Statt zu seiner Mutter nach Hause zu fahren blieb er in der Kaserne. Er nutzte die Zeit, darüber nachzudenken, was ihn eigentlich vor ein paar Jahren in diesen gottverdammten Krieg gezogen hatte. Inzwischen war ihm klar, dass immer bloß die Kleinen den Kopf hinhalten mussten. Und er hatte absolut keine Lust mehr dazu.

Seufzend machte er sich auf den Weg und suchte seinen Kameraden Friedel Keil. Friedel war hier in der Gegend daheim; er wusste, wohin man gehen konnte. Es gab ab und zu trotz des Verbotes immer mal Tanzveranstaltungen und Max hatte sich für den heutigen Abend absolutes Amüsement verschrieben

Friedel zog sich zwar ein bisschen, aber Max ließ nicht locker.

„Stell dich nicht so an. Wir können ja in Zivil gehen."

„Du bist wohl nicht ganz bei Trost. Wenn sie uns kriegen, sind wir fällig. Oder wie will'ste denen beibringen, dass du nicht desertieren wolltest?"

Mit missmutigem Gesicht schloss Friedel sich ihm an und die beiden gingen in die Stadt.

Cafè Kese gab es zwar nur in Berlin, aber in diesem kleinen Gott verlassenen Nest, nannte man das einzige, inzwischen etwas herunter gekommene, Lokal genauso.

Friedel bestellte sich einen Kaffee, der nach allem möglichen, bloß nicht nach Kaffee schmeckte und Max versuchte, ein Bier zu kriegen. Was ihm sogar gelang. Aus welchen Ingredienzien dieses Gebräu bestand, konnte man allerdings bestenfalls raten.

Josefa hatte Ausgehverbot. Wie immer. Sie kannte das. Diese Verbote musste man einfach umgehen; meistens schaffte sie das mit Hilfe ihrer Freundin Hildegard.

Hildegard stammte aus einem überaus stabilen Elternhaus; ihr Vater gehörte zu denen, die am Krieg kräftig gewannen und trotzdem noch ein wohlwollendes Ansehen im Städtchen genossen. Hildegards Mutter war zudem gescheit genug, verschiedene Andere an ihrem *Wohlstand* teilhaben zu lassen.

In Maßen, versteht sich.

Hildegard stürmte an einem Samstagnachmittag bei ihrer Freundin Josefa die Treppen zum Haus hoch.

„He!", rief sie von weitem, „hast du vergessen, dass wir heute in die Schulbücherei müssen?"

Josefa, die mit ihrer Mutter gerade den Flur putzte, schrak hoch. Mit einem Seitenblick auf ihre Mutter antwortete sie: „Nein, ich habe es nicht vergessen, aber du siehst doch … Ich kann meine Mutter ja nicht alles allein machen lassen."

Seufzend kam die Mutter aus ihrer gebückten Haltung hoch: „Geh schon, Kind. Du hättest es mir einfach sagen sollen..."

„Schon, aber was hätte der Vater dann gemacht?"

Die Mutter zuckte mit den Schultern. Sie wusste, dass er ihr das glatt verboten hätte. „An einem Samstagnachmittag brauchst du nicht in den freiwilligen Schuldienst. Diese Art Dienst kann von den Mädchen übernommen werden, deren Mütter Putzfrauen haben. Du bleibst daheim und hilfst."

Josefa kannte diese Aussprüche genau so wie ihre Mutter.

Und sie hingen ihr genau so zum Hals heraus.

Mit einem *bis später* verschwand sie mit Hildegard und rannte die Treppen hinunter.

Als würde sie fliehen. Was im gewissen Sinne stimmte. Sie floh nicht nur vor der Mutter, dem Vater und der Atmosphäre im Elternhaus. Sie floh inzwischen auch vor ihren eigenen, ständigen Lügen. Als die beiden Mädchen Cafè Kese erreichten und die Tür öffneten, schlug ihnen ein Schwall abgestandener Luft entgegen.

„Puh", moserte Hildegard, „das ist ja nicht gerade das, was ich mir erträumt habe. Und alles bloß, damit du mal wieder rauskommst. Kannst du mir gar nicht mehr gut machen."

Aber Josefa hörte nicht.

Über die Köpfe der anderen hinweg hatten sich ihre Blicke getroffen.

Max und Josefa.

Die Blicke zweier Menschen, die sich besser nie begegnet wären.

Hildegard beobachtete dieses Spiel ein paar Minuten und stieß Josefa in die Rippen: „He, aufwachen, der ist nichts für dich. Siehst du das nicht?"

Josefa schreckte hoch. „Du hast wahrscheinlich recht..."

Im gleichen Moment sah sie Friedel Keil. Er kam auch gleich an den Tisch, um die beiden zu begrüßen. Sie waren – wenn auch auf entfernterer Basis – eine Art Nachbarskinder.

Friedel schnappte sich Josefa und drehte ein paar Tänze mit ihr. „Dafür bist du doch wohl hergekommen," flüsterte er ihr ins Ohr. Immerhin war Josefas Misere in der Nachbarschaft bekannt; und nicht wenige bedauerten das Mädchen, das gar kein bisschen Freiheit hatte.

Noch während des letzten Tanzes erhob sich Max. Er klatschte Josefa einfach ab. Friedel tat ihm den Gefallen; hatte er doch heute das Gefühl, dass sein Kamerad sich mit irgendwelchen düsteren Gedanken herum schlug.

Sie tanzten schweigend; jeder hing seinen Gedanken nach, wobei sie versuchten, sich nicht anzusehen. Zu verräterisch wären diese Blicke gewesen.

Max, der in seiner Uniform exzellent aussah und einen ebensolchen Eindruck bei Josefa hinterließ.

Und Josefa, die dachte: *das wäre eigentlich ein Typ, neben dem es sich leben ließe. Ich müsste ihn hypnotisieren können, damit er spürt, was ich will und es ganz allein von sich aus tut. Schließlich kann ich ihm schlecht sagen: komm, hol mich da raus. Hol du mich jetzt sofort da raus!*

Der Tanz war zu Ende; Max verbeugte sich artig vor Josefa. „Darf ich Sie noch einmal zum Tanzen holen?"

Atemlos erwiderte sie: „Aber ja..."

Es blieb nicht bei dem einen Nachmittag und diesem Tanz. Josefa brauchte Hildegard dringender denn je und Hildegard half ihr immer wieder aus der Patsche. Nach wenigen Monaten fragte Max sie – Josefa – ob sie ihn heiraten wolle.

Josefa sagte ohne nachzudenken *ja*.

Hildegard tippe sich an die Stirn: „Du hast sie nicht alle!"

Josefa glaubte, es besser zu wissen.

Endlich kam sie aus der verdammten Enge ihres Elternhauses raus und endlich war sie ihrem Vater entronnen.

Der Vater. Als er hörte, dass Josefa einen Freund hatte, den sie heiraten wollte, rastete er regelrecht aus.

Er schlug sie: „Wo zum Teufel, hast du diesen Mann kennen gelernt? Wo? Und wann?"

Er schüttelte sie bis ihr übel wurde; in der Nacht kam er wieder. Zum letzten Mal. Er nahm sie mit brutaler Gewalt und ließ sie danach mit den Worten fallen: „Glaub bloß nicht, dass es dir jetzt besser geht! Oder, dass er es nicht tut. Er wird es genau so mit dir tun. Du kommst nicht davon los! Auch wenn du es nicht willst. Es ist unser verbrieftes Recht. Unser Recht (!) – verstehst du. Wir sind die Männer und ihr seid unsere Geschöpfe. Wenn wir nicht wären, würdet ihr auch eure Kinder nicht kriegen!"

Sprachs, schlug sie noch einmal und schloss die Tür hinter sich.

Die letzten Monate vor ihrer Hochzeit ließ er sie in Ruhe.

Josefa atmete auf.

Max hatte unterdessen in der Kaserne auch einiges auszustehen. Von den Kameraden wurde er gehänselt, woher er so plötzlich eine Braut habe und vor allen Dingen, welcher Teufel ihn ritte, die auch noch heiraten zu wollen.

Max wusste, was er wollte.

Wenn er verheiratet wäre, bekam er zum einen ein paar Mark mehr Sold und zum anderen – das war ihm in diesem Moment sogar wichtiger – hatte er das Gefühl, in einem Urlaub nach Hause kommen zu können. Er wollte ganz einfach ein Zuhause; im Grunde ein einsamer Mensch, der seine Komplexe hinter einem hochtrabenden Benehmen versteckte.

Das hatte Josefa nicht erkannt.

Ihre Mutter schon, aber sie schwieg. Wie immer.

Sie war die Verantwortung los.

Endlich.

Max, von seiner unwiderstehlichen Männlichkeit überzeugt, kam am Vorabend der Hochzeit noch einmal ins Haus. Er hatte Fronturlaub bekommen. Josefa freute sich darüber, so blieb ihr wenigstens eine Ferntrauung erspart. Sie selbst vor dem Altar und neben sich einen Stahlhelm, das war nun nicht gerade das, was sie sich erträumte.

Was jedoch am Vorabend der Hochzeit passierte, war auch nicht ihr Traum. Sie hatte allen Ernstes geglaubt, dass das, was der Vater ihr angetan hatte, ein Ausnahmefall sei. Als ihr Bräutigam mit einem ähnlichen Ansinnen kam, drehte sich ihr der Magen um. Er verlangt von ihr, sich bis auf die Unterwäsche auszuziehen, weil er schließlich *keine Katze im Sack* kaufen wolle.

Josefa krümmte sich innerlich.

Und als er in der Hochzeitsnacht seine ehelichen Rechte wahrnahm und in sie eindrang, wurde es Josefa schlagartig übel. Er war unerfahren; Josefa war für ihn das erste Mal und er hatte niemals gelernt, auf irgend etwas oder auf irgend jemanden Rücksicht zu nehmen. Wenn er wenigstens Zärtlichkeit gekannt hätte...

Josefa ließ ihn mit zusammen gebissenen Zähnen fertig werden und sprang dann auf. Sie musste sich übergeben.

„Ist das nicht ein bisschen schnell?", fragte Max hämisch. „Oder bist du vielleicht schwanger?"

Drohend erhob er sich von seinem Bett.

Josefa beeilte sich, ihm zu versichern, dass sie keineswegs schwanger sei.

Erst im Nachhinein war ihr der Zusammenhang zwischen Zeugung und Geburt so richtig bewusst geworden und sie dankte Gott, dass der jahrelange Missbrauch durch ihren Vater ihr wenigstens eine Schwangerschaft erspart hatte.

Trotzdem nahm die Katastrophe ihren Lauf.

Max musste zurück an die Front.

Sie sahen sich sechs lange Jahre nicht wieder.

Josefa vermisste ihren Mann; aber nicht als Mann. Jeder hörte den Stolz in ihrer Stimme, wenn sie von ihrem Mann sprach. Niemand konnte auch nur im Entferntesten ahnen, dass damit nur der Besitzanspruch gemeint war.

Max und Josefa lernten nie, eine Ehe zu führen.

Sie lernten nie, Kompromisse zu machen.

Sie lernten nie, zärtlich miteinander zu sein.

Sie lernten nie, sich wirklich zu lieben.

Als Max endlich zu den entlassenen Kriegsgefangenen gehörte, kam er als kranker Mann nach Hause. Aber er war ihr Mann.

Für Josefa war es das schlimmste, dass ihr Körper ein Eigenleben entwickelte. Wenn Max seine Rechte geltend machte, löste sich Josefas Körper von ihrem Verstand und sie hatte sich nicht mehr in der Hand. Dafür hasste sie ihren Mann. Sie musste sich fallen lassen – ihr Körper verlangte sein Recht.

Sie gab Max die Schuld.

Eine anständige Frau konnte am Sex nichts Schönes finden. Sie hörte es immer wieder von den Frauen um sich herum. „Das müssen wir eben ertragen", hieß es. „Immerhin wollen wir ja Kinder."

Kinder – ja, die wollte Josefa auch. Aber keinen Jungen. Sie wollte unbedingt ein Mädchen.

Sie bekam zu erst einen Jungen.

Und mit zusammen gebissenen Zähnen ertrug sie auch weiterhin Max' schwitzenden Körper über sich. Sie ekelte sich zu Tode. Sie wollte unbedingt noch ein Kind und betete, möglichst schnell wieder schwanger zu werden und, dass es bestimmt ein Mädchen sein würde.

Es wurde ein Mädchen.

Damit, so gab sie Max zu verstehen, hatte sie alle Pflichten einer guten Ehefrau erfüllt und verweigerte ihm ihren Körper.

Max erzwang sich eine Weile sein Recht.

In Josefa wuchs der Hass.

Dann wurde er müde und resignierte.

Inzwischen machten sich bei Max die Kriegsjahre mehr und mehr bemerkbar. Er kränkelte. Pflichtbewusst begann seine Frau, ihn zu pflegen, was bei ihr hieß, in vollständig zu gängeln. Josefa verwechselte auch noch nach soviel Jahren Liebe mit Besitzanspruch. Mein Mann, das nahm sie absolut wörtlich.

Nach außen galt die Ehe der beiden als vorbildlich. Niemand ahnte auch im Entferntesten, wie die Wirklichkeit aussah.

Max wollte nicht mehr. Er ließ sich fallen. Und das mit noch nicht einmal sechzig Jahren.

Eines Tages sagte er es ihr. „Ich habe nicht mehr viel Zeit auf dieser Welt. Du sollst es nur wissen. Es ist dir ja vermutlich egal."

Josefa wurde blass.

„Das darfst du nicht sagen. Ich konnte nicht anders. All die Jahre nicht. Aber das wirst du nicht verstehen."

Sie schrie es fast.

Müde hob Max die Schultern. „Du hast dir nie die Mühe gemacht, etwas von deinem Innern preiszugeben. Ich hätte dir zuweilen gern geholfen. Immerhin war ich weder blind noch taub. Aber wenn du kein Vertrauen hast..."

„Wie konnte ich Vertrauen haben? Wie denn? Du hast doch niemals Rücksicht genommen. Du hast mich auch immer nur benutzt."

„Ich habe dich nicht benutzt. Ich habe dich wirklich geliebt. Aber du – du wusstest gar nicht was das ist."

Einer warf dem anderen sein Versagen vor.

Das Verhältnis war – sogar angesichts des nahenden Todes von Max – schwerer belastet als jemals zuvor.

Josefa nahm ihre Pflichten sehr ernst. Pflicht hatte sie immer erst genommen.

Max wurde von Tag zu Tag schwächer, lag in den Kissen und wartete.

Auf sein Ende.

Er sehnte es fast herbei.

Josefa auch. Sie ertrug es nicht, ihn leiden zu sehen. Immer sah sie den stillen Vorwurf in seinen Augen: Du hast mich im Stich gelassen.

Sie fühlte sich schuldig und unbehaglich.

Sie schrie ihn an.

Er sagte nichts.

Eines Morgens brachte sie ihm seinen Tee. Ein dünner Blutfaden lief aus dem rechten Mundwinkel.

Er versuchte, ihr noch etwas zu sagen.

Ein feiner grauer Schleier zog über seine Augen und seine Hand sank zurück auf die Bettdecke.

„Leb wohl Clemens Maximilian Leopold. Du hast es geschafft."

Josefa stellte die Teetasse hin und setzte sich auf den Bettrand. Als hätte jemand mit einer dünnen Nadel in einen Ballon gestochen, so fiel der aufgestaute Hass in sich zusammen.

***

Du hast es doch so gewollt ...

Louise! Louiiiise!...stöhnte Hendrik und presste die Hände auf die Ohren, aber er hörte sie immer noch. Immer wieder dröhnten ihre Schreie in seinen Ohren. Schmerzensschreie.

*

„Meinst du nicht, du solltest einmal einen Arzt aufsuchen? Du bist in der letzten Zeit so dünn geworden, dass es sogar mir auffällt", meinte Hendrik Gollhan.
Louise sah ihn lächelnd an: „Wenn du das gern möchtest, gehe ich natürlich auch zum Arzt, obwohl ich eigentlich nicht weiß, was ich da soll. Mir tut nichts weh und dass ich in deinen Augen dünn geworden sei, würde ich, erfreulicherweise, mit *schlank* übersetzen. Du glaubst ja nicht, wie froh ich bin, dass ich endlich diese überflüssigen Pfunde loswurde. Und das noch von ganz allein."
„Das ist es ja eben, was mir Sorgen macht!"
„Ach Liebling – nicht doch! Was soll denn schon sein?"
Nachdenklich sah Hendrik Gollhan Louise an. Sie hatte eine seltsam gelbe Gesichtsfarbe; vielleicht sollte er besser fahl sagen. Sie gefiel ihm einfach nicht und er machte sich Sorgen. Louise neigte dazu, immer alles auf die leichte Schulter zu nehmen und er sah ein, dass er an diesem Verhalten durchaus einen nicht geringen Teil Schuld trug. Er selbst hatte immer tolle Sprüche machen, ging selber niemals zum Arzt, redete aber Anderen gut zu. Nun musste er damit leben, dass seine Frau sich selbst nicht mehr erst nahm.
„Versprich mir, dass du in den nächsten Tagen wirklich zu Dr. Bohlmann gehst, ja?"
„Versprochen! Okay?"
Hendrik nickte und wandte sich seiner Zeitung zu. Aufs Fernsehen verzichteten die beiden schon seit langem. Sie sagte einmal scherz-

haft: „Jetzt sind wir verkabelt und haben auf über ich-weiß-nicht-wie-viel Programmen ergreifend nichts."

Louise hielt ihr Versprechen und ging am folgenden Dienstag zu Dr. Bohlmann. Dieser ließ sich sein Erschrecken über ihr Aussehen nicht anmerken und nur ein guter Beobachter hätte festgestellt, dass seine Burschikosität ein Ausdruck tiefer Besorgnis war.
„Wo drückt Sie denn der Schuh, liebe Frau Gollhan?" erkundigte Bohlmann sich jovial.
„Nun, wissen Sie, mein Mann ist der Meinung, ich solle mich mal durchchecken lassen; obwohl, so richtig weiß ich auch nicht ..."
Louise Gollhan brach ab und sah ihren Arzt ein wenig unsicher an.
„In Anbetracht der Tatsache, dass wir uns nun doch schon ein paar Tage kennen, liebe Frau Gollhan, könnte ich mir vorstellen, dass Sie mir sicher rückhaltlos sagen würden, wenn Sie Befürchtungen, welcher Art auch immer, hegten, oder?" Eindringlich sah Hansjörg Bohlmann seine Patientin an und stellte auch ohne genauere Untersuchung fest, dass – allein nach Augenschein – etwas absolut *nicht* in Ordnung sein musste. „Wir werden einfach eine gründliche Untersuchung vornehmen und dann wissen wir mehr. Allerdings können wir nicht alles heute erledigen; ich muss noch Blut abnehmen und Sie sollten morgen früh noch einmal vorbeikommen. Dazu müssen Sie nüchtern erscheinen."
„Aber Herr Doktor" witzelte Louise Gollhan, „ich trinke nie, bevor die Sonne untergegangen ist."
Dr. Bohlmann stimmte in die leichte Konversation ein, lächelte und hoffte, dass sich seine Befürchtungen nicht bewahrheiteten.

Die Labortests und alle Folgeuntersuchungen förderten Schlimmeres zutage als Bohlmann es sich hätte träumen lassen. Im Volksmund nannte man es einfach Streukrebs. Es gab kaum eine Ecke in Louise Gollhans Körper, an dem keine Metastasen saßen. Dass sie bislang keine Schmerzen und nur von Zeit zu Zeit ein leichtes Unwohlsein verspürte, grenzte an ein Wunder. Vielleicht hatte sie einen konkreteren Gedanken auch nur einfach verdrängt? „Ich habe beschlossen, gesund zu sein", tat sie noch am gleichen Abend nach der Untersuchung, kund.

„Weißt du Hendrik, Bohlmann machte so ein fürchterlich besorgtes Gesicht; muss er ja wohl auch – er ist schließlich Arzt und lebt von mir. Von uns!" verbesserte sie sich und ging lächelnd ins Bad.

Am Tag darauf schickte man sie ins Krankenhaus und wenige Tage später hörte Hendrik Gollhan die niederschmetternden Diagnose. Er konnte und wollte es nicht fassen, dass seine Frau, seine Louise, die immer so stark war, es nicht mehr schaffen sollte. Die Ärzte machten ihm keinerlei Hoffnung und, für ihn das schlimmste war, Louise wusste es auch.

„Hendrik, Liebster, bitte glaube mir, ich möchte nicht gehen." Sie konnte die Tränen nicht zurückhalten. Auch sie war von diesen Befunden völlig überrumpelt. „Aber bitte, wenn es soweit ist und ich bin vor Schmerzen nicht mehr ich selbst, dann hilf mir, ja?! Bitte! Versprich mir, dass du mir hilfst!" Fast flehend hielt Louise seine Hände fest, als wisse sie, was sie in den kommenden Monaten erwarten würde.
Sie wusste es nicht.
Es war noch um vieles schlimmer als man es jemals hätte in Worte fassen können.

Zwischen den einzelnen Perioden dieses immer stärker werdenden, wahnsinnigen Schmerzes, der sich über den ganzen Körper ausbreitete, klammerte auch Louise sich an die Hoffnung, dass es vielleicht doch noch eine Möglichkeit gab. Sie bettelte um Morphium, was ihr, sogar angesichts des Todes, mit den Worten verwehrt wurde: „Das dürfen wir nicht, weil es abhängig macht!" Louise war das völlig einerlei. Sie beschwor ihren Mann, notfalls die Ärzte zu bestechen...

*

Eines Tages war es soweit. Hendrik betrat das Krankenzimmer zu einer unüblichen Zeit und hörte Louise schreien. Gellend.
Ein Ton, der sich durch alle Nervenbahnen seines Körpers bewegte, bis er in einem wimmernden Klagelaut endete. Schweißnass betrat Hendrik Gollhan betrat das Zimmer des Oberarztes: „Können Sie wirklich nichts tun?"
„Ich tue was nur irgend möglich ist", sagte dieser leise. „Viel mehr als ich eigentlich dürfte. Und, Sie nehmen mir das offene Wort bitte nicht übel, Herr Gollhan, Gott sei Dank ist das Herz Ihrer Frau nicht so extrem stark..."
„Das wusste ich gar nicht", erwiderte Gollhan verblüfft.
„Es ist eine Folge der Behandlung und keine Herzschwäche im üblichen Sinn", meinte der Arzt. „Sie hat nicht mehr viel Zeit. Es ist besser, Sie wissen es." Mit einer Empfindung des Mitleids sah er auf Hendrik Gollhan, der sich wie eine aufgezogene Puppe zur Tür bewegte.
Mit erstickter Stimme sagte dieser: „Danke, dass Sie es mir gesagt haben."
Hendrik Gollhan ging noch einmal zu Louise ins Zimmer, die nun, dank eines Schmerzmittels, fest schlief. Er sah sie an und wusste, dass er sein Versprechen einlösen müsste.
Sie würde aufwachen und es von ihm einfordern.

Zuhause angekommen, ordnete er seine Unterlagen. Dann ging er ins Badezimmer und sah seinen Medikamentenvorrat durch. Hendrik Gollhan fand etliche Reste. Schlafmittel, die er vor geraumer Zeit selber einmal verschrieben bekommen und nie aufbrauchte. Alles zusammen, so überlegte er, müsste ausreichen. Äußerlich fast emotionslos schüttete er alles was er fand auf einen Haufen und löste die Tabletten nacheinander in Wasser auf. Am Ende hatte er eine weißliche Brühe, die er in eine kleine Flasche abfüllte. Sorgfältig verschlossen nahm er sie am folgenden Tag mit in die Klinik. Louise war wach und ansprechbar.

„Du hast es mir versprochen", sagte sie leise, mit klarer Stimme. Hendrik nickte nur.

Er füllte den Inhalt der Flasche in das Glas, das auf dem Nachttisch stand. Louise sah ihm zu, streckte die Hand aus und streichelte ihn. „Ich wollte nicht so gehen, aber es ist besser. Auch für dich", meinte sie leise. Leb wohl. Und denke daran, dass das, was noch kommt, nicht mehr mein und auch nicht mehr dein Leben wäre." Mit diesen Worten trank sie die milchige Brühe.

Hendrik blieb bei ihr und hielt sie fest bis sie wieder einschlief. Ohne Schmerzen. Doch in seinen Ohren gellten die Schreie vom Vortag. Er trug das Glas hinaus und spülte es aus. Mit frischem Wasser gefüllt stellte er es auf den Platz zurück. Als die Schwester kam, legte er den Finger auf die Lippen: „Sie schläft". Die Schwester nickte und er ging nach Hause.

Als man ihn einige Stunden später daheim anrief, um ihm Louises Tod mitzuteilen, ging niemand ans Telefon.

Hendrik Gollhan saß vor seinem Schreibtisch. Alles war penibel aufgeräumt und vor ihm, auf dem Boden der Schublade, lag ein Revolver. Er hatte ihn am Tag zuvor in der Szene gekauft. Zum ersten Mal in seinem Leben hatte er sich genau in die Kreise gewagt, die er immer verurteilte. Er hatte das Beste gewollt, doch er fühlte sich als Mörder, und … wurde damit nicht fertig. Letztendlich war ihm klar geworden, dass er sich angemaßt hatte, Herr über Leben und Tod zu spielen.

Der Tod siegte. Auch über ihn.

„Louise", sagte er, „warte auf mich. Ich komme!"

Ob die Hilfe zur Selbsttötung erlaubt, resp. straffrei sein soll, ist immer noch in der Diskussion. Es ist und bleibt ein zweischneidiges Schwert – den Betroffenen würde es helfen, gehen zu dürfen, wenn sie es möchten. Andererseits ... es gibt schon jetzt eine Menge Morde, die niemals als solche aufgeklärt werden.
Was ist richtig?

***

Seele aus Glas

Weißlich grau lagen die Nebel über den Wiesen des Schwalmtals. Die dunklen Körper der Wisente zeichneten sich unscharf in der Ferne ab. Hendrike stand an der Wegbiegung und atmete tief ein. Sie liebte die undurchdringlichen Nebel; sie gaukelten ihr vor, dass man sie nicht sähe. Kindheitserinnerungen stiegen auf. Wenn ich dich nicht sehe, siehst du mich auch nicht. In Gedanken stand sie, wie so oft, am Gartentor in Brüggen und blickte sehnsüchtig auf die Straße. Draußen spielten die Nachbarskinder. Sie wollte gern mitspielen, doch da erklang schon die Stimme ihrer Mutter: „Was stehst du am Tor? Du gehst mir nicht auf die Straße. Die Kinder da draußen sind kein Umgang für dich – du willst doch kein Straßenmädchen werden?"

Hendrike schüttelte den Kopf. Nein, sie wollte gewiss kein Straßenmädchen werden, wenn sie auch nicht die leiseste Ahnung hatte, was das überhaupt war. „Mama, was ist ein Straßenmädchen?"

„Das kann ich dir nicht erklären, dazu bist du noch zu klein."
Widerwillig ging Hendrike zurück in den Garten. Er war riesig, sie konnte dort ganz allein spielen und brauchte ihre Spielsachen mit niemanden zu teilen, sagte die Mutter immer.
Immer wieder dieser Garten und immer nur allein ...
Vier Jahre zählte Hendrike, doch dieser Satz sollte sie ihr Leben lang begleiten.
Und, nur wer ganz genau hinhörte, konnte das leise *Sssst* hören.
Die kleine Seele bekam ihren ersten Riss.

Später, in der Schule, brannte sie darauf, lesen zu lernen und hütete ihr erstes Buch *Katrin auf dem Bauernhof* wie einen Schatz. Sie las es so oft, dass sie es beinahe auswendig hersagen konnte und es dauerte nicht lange, bis die Seiten begannen, sich selbstständig zu machen. Uhu musste her – es wurde immer und immer wieder geklebt.
In der Schulbücherei wurde sie Dauergast, denn die Eltern konnten gar nicht soviel Bücher heranschaffen, wie Hendrike konsumierte. Schon da lebte sie in ihrer Welt, doch niemand bemerkte es. Nach der Schule wurden die Hausaufgaben mit großer Sorgfalt erledigt, mit besonderer Vorliebe schrieb sie Aufsätze. Der Rest der Klasse stöhnte, für Hendrike gab es nichts Schöneres. Einer ihrer Aufsätze, über Napoleon I. war so brillant, dass der Lehrer die Mutter in die Schule zitierte. Er wollte nicht glauben, dass sie den Aufsatz allein geschrieben habe. Doch Hendrike ließ ihrer Phantasie freien Lauf, kam fast immer mit Einsen nach Hause und hätte gern eine weiterführende Schule besucht, zu dieser Zeit kostete das jeden Monat Schulgeld und fiel deshalb aus. Mangels Masse. Denn eines hatten sie daheim im Überfluss: Mangel!

Zehn Jahre später.

Nach den, damals üblichen, acht Jahren Volksschule begann Hendrike eine Lehre, auch nicht in dem Beruf, den sie gern ausgeübt hätte. Doch Anfang der 1960er Jahre waren Mädchen in Jungen- respektive Männerberufen weder üblich noch zulässig. Ihr Traum war, Elektriker/in zu werden. Abgesehen davon, dass sie mit einem solchen Wunsch auf Unverständnis stieß: *wie kann man als Mädchen Elektriker werden wollen?*, scheiterte die Umsetzung an einer weiteren, simplen Tatsache. Der Ausbildungsbetrieb hätte eine zusätzliche Damentoilette einrichten müssen. Stattdessen begann sie, auf Geheiß ihrer Eltern, eine kaufmännische Ausbildung und wie immer, fügte sie sich. Da der Ausbildungsbetrieb ein Mini-Unternehmen war, musste sie während dieser Zeit wesentlich mehr tun und lernen als ihre ehemaligen Klassenkameraden, die in größeren Betrieben landeten. Doch das schadete nicht. Hendrike nahm alles auf wie ein Schwamm und holte vieles nach, was ihr, mangels des Besuchs einer weiter führenden Schule, versagt blieb. Lernen, lernen und nochmals lernen.

Noch einmal fünf Jahre später.

In dieser Zeit wurde Gwen Bristow's Buch *Kalifornische Sinfonie* in Deutschland populär und Hendrike las diesen Roman mit Begeisterung. Sie hatte ohnehin die Gabe, sich beim Lesen in andere Welten zu versetzen und nun war sie auf großem Treck nach Santa Fé. Als dann der Film in die Kinos kam, gab es kein Halten mehr.

„Mama, ich möchte am Sonntag ins Kino – *Die kalifonische Sinfonie* wird gezeigt."

„Mal sehen."

Diesen Satz kannte sie. Es war immer dasselbe. Hendrike zählte inzwischen neunzehn Jahre und man muss wissen, dass man zu dieser Zeit erst mit einundzwanzig Jahren volljährig wurde. *Solange*

du deine Füße unter diesen Tisch stellst, hast du zu tun was ich dir sage!
Wer von den heute über siebzigjährigen kennt diesen Satz nicht. Volle drei Wochen bettelte Hendrike, ins Kino gehen zu dürfen, und dann überwand sie sich, nachdem ihre Mutter im *passenden* Moment einen Herzanfall bekam, und ging tatsächlich. Das hatte sie noch nie getan. Diese Anfälle traten immer dann auf, wenn Hendrike etwas wollte, was ihre Mutter nicht guthieß. Ihre Tochter einige Stunden ohne ihre Aufsicht in die Welt zu entlassen, gehörte dazu. Doch damit nahm das Verhängnis seinen Lauf.
Der Film hatte Überlänge und Hendrike bemerkte mit Schrecken, dass sie das Kino zu einer Zeit verließ, zu der sie eigentlich schon hätte daheim sein müssen. Doch der Himmel hatte ein Einsehen und schickte ihr auf dem Nachhauseweg einen ehemaligen Klassenkameraden aus der Berufsschule, Manfred, vorbei, der anhielt und sie fragte, wohin sie denn wolle. Er war übrigens der Einzige, der zu dieser Zeit bereits ein Auto fuhr. Nun gut, die Familie war verwandt mit hochrangigen Militärs aus dem ersten und zweiten Weltkrieg und daher finanziell ein bisschen besser bestückt als zu dieser Zeit unter *Otto Normalverbraucher* üblich.
Auf seine Frage, wohin des Weges, antwortete sie: „Nach Hause – ich bin schon verdammt spät dran. Das gibt wieder einen Auftritt", seufzte sie.
„Steig ein, ich bring dich eben heim."
„Danke – aber bloß bis zur Unterführung. Den Rest muss ich zu Fuß gehen. Wenn meine Mutter sieht, dass ich aus einem Auto steige, kann ich mich auf eine Ohrfeige gefasst machen und darf dann die nächste Zeit bloß noch raus, um arbeiten zu gehen."
Manfred sah sie mitleidig von der Seite an. Er hatte bereits mehrmals festgestellt, dass Hendrike nie etwas mitmachte. Entweder hatte sie gerade dann keine Zeit, oder sie weilte zum Verwandtenbesuch auf dem Land, oder – oder – oder. Das kam ihm schon ein

bisschen komisch vor, nun hatte er die Gewissheit, dass sie ganz einfach *nichts* durfte. Sie tat ihm Leid, Doch helfen konnte er ihr nicht.

Inzwischen hatten sie die Unterführung erreicht und Hendrike stieg aus. „Danke", sagte sie zu ihm, „wir sehen uns bestimmt einmal wieder."

„Das hoffe ich doch". Manfred lächelte und dachte, dass das wohl eher dem Zufall überlassen bliebe.

Langsam, in dem Bewusstsein, dass es ohnehin Vorwürfe hagelte, ging sie um die Ecke auf das Haus zu, die fünf Stufen zum Eingang hoch und wollte gerade klingeln, als die Haustür von innen aufgerissen wurde und sie eine schallende Ohrfeige empfing. Erschrocken sah sie in das wutverzerrte Gesicht ihrer Mutter und hielt sich fassungslos die Wange.

„Woher kommst du jetzt?"

„Aus dem Kino."

„Das kann nicht sein, du hättest schon vor zwanzig Minuten zu Hause sein müssen!"

„Ich kann nicht dafür, dass der Film Überlänge hatte. Ich bin erst um zehn Minuten vor neun aus dem Kino gekommen …"

„Aha! Wenn das so wäre, was nicht sein kann, dann könntest du jetzt noch nicht hier sein!"

„Doch! Auf dem Heimweg hat mich Manfred aufgegabelt und mit dem Auto bis zur Unterführung mitgenommen. Sonst wäre ich tatsächlich noch nicht hier." Inzwischen rollte eine Welle des Zorns über Hendrike und sie musste an sich halten, nicht zu schreien. Aufgebracht folgte sie ihrer Mutter in den Hausflur und ging in ihr Zimmer.

Doch das war noch nicht das Ende.

Am kommenden Tag ging die Mutter zum Kino und erkundigte sich, ob es stimmte, dass der Film Überlänge hatte. Das wurde ihr von der Dame an der Kasse bestätigt. Daheim machte sie den Fehler, ihrer Tochter zu bekunden, dass sie die Wahrheit gesagt habe. Dieser Vorgang untergrub unwiderruflich das letzte bisschen Vertrauen. Doch das leise Ssssst der Seele hörte niemand – sie war nun endgültig zerbrochen.

Jahre später ...
Nach ihren drei Lehrjahren, einem außergewöhnlichen Hintergrundwissen und einem Stellenwechsel hatte sie sich in ihrem neuen, ganz eigenen Leben etabliert. Das war einfach, sie hatte ihre Bücher. Mehr denn je zog sie sich in ihre Welt zurück und ließ die Realität draußen, was nicht hieß, dass sie das, was um sie herum geschah, nicht registrierte. Die Ehe ihrer Eltern war nicht das, was sie sich unter einem gemeinsamen Leben vorstellte. Vergleichsmöglichkeiten gab es allerdings auch nicht, da die Partnerschaften zu dieser Zeit häufig von anderen Kriterien geprägt waren. Das galt vor allem für die Kinder, vor denen alles geheim gehalten wurde, und ganz besonders für Mädchen.
Das tut man nicht,
Denk dran, du bist ein Mädchen,
Solange du deine Füße unter diesen Tisch stellst, hast du zu gehorchen.
Solche Töne bestimmten die Tagesordnung und wurden sowohl ge- als auch überhört. Darin waren die Jugendlichen sicherlich genauso wie die Teenies von heute.
Gehorchen! Ein Zauberwort, was die heutige Erziehung oftmals vermissen lässt. Dennoch glich die Entwicklung zu dieser Zeit eher einer Dressur. Man spurte, sonst setzte es Bestrafungen. Damit war man damals nicht gerade pingelig. Und, wie schon erwähnt, volljährig wurde man erst mit einundzwanzig!
Hendrike lebte ihr Leben und litt. Vor allem unter der Ausgrenzung, die sie erfahren musste, weil sie nichts mitmachen durfte. Sie bekam alles verboten. Ohne Erklärung, versteht sich. Von Zeit zu

Zeit hieß es höchstens: „Das ist nichts für dich ... oder: Das ist doch kein Umgang, du bist doch hoffentlich was Besseres ..."

Nein, Hendrike wollte nichts Besseres sein, sie wollte dabei sein. Sie wollte mitmachen dürfen, eine Freundin haben, Veranstaltungen besuchen ...

In Ermangelung dieser Möglichkeiten stürzte sie sich auf Zeitungsanzeigen von Menschen, die Brieffreundschaften suchten. Unter diesen Anzeigen war auch die ihres zukünftigen Mannes. Sie lernten sich nach kurzer Schreibphase kennen und heirateten sehr schnell. Dass diese Ehe unter keinem guten Stern stehen konnte, dürfte von Anfang an klar gewesen sein. Er hatte Hendrike geheiratet, weil er es satt war, seinen Haushalt allein zu führen. Und sie, nun ja – das lag ohne weitere Ausführung auf der Hand.

Und es kam, wie es kommen musste. Die Ehe ging schief. Da man sich aber bis in die Siebziger Jahre nicht scheiden ließ – als Frau schon mal gar nicht, hielt diese verkorkste Verbindung trotzdem noch vier Jahre. Doch dann ging es nicht mehr.

Das nächste **Ssssst** war fällig und die Seele zerbrach.

Hendrike flüchtete aus dieser Ehe und kroch bei einem Freund unter, der sie – überrascht und erstaunt – für ein paar Nächte beherbergte. Dieser Mann war ein Freund, doch das war zu dieser Zeit ungewöhnlich. Freundschaft zwischen Männern und Frauen wurde grundsätzlich angezweifelt, die Frau galt als Matratze... und hatte ihren Ruf für alle Zeiten ruiniert. Hendrike war das egal, sie wollte nur noch raus. Dennoch dauerte es noch fast ein Jahr, bis sie den endgültigen Schritt wagte und die Scheidung einreichte.

Bis sie durchschaute, warum ihre Jugend und ihr Leben so ablaufen musste, vergingen Jahrzehnte. Sie verstand zwar nun alles, doch es änderte nichts mehr. Unter den heutigen Gesichtspunkten, respektive Erkenntnissen, war ihre Mutter eine arme Socke, doch das brachte ihr die verlorenen Jahre nicht zurück und machte das seelische Leid nicht ungeschehen.

Ausgerechnet *der* Freund, der ihr für ein paar Nächte Unterkunft gewährte, wurde zum Retter ihrer Seele. Hendrike sagte später einmal, dieser Mann war zu dem Zeitpunkt, als ich seine Hilfe benötigte, selber ein seelisches, körperliches, geistiges und moralisches Wrack. Doch genau diese Tatsache war es, die Hendrike gesunden ließ. Er brauchte Hilfe, die gab sie ihm und konzentrierte sich auf seine Person. Ihre eigenen Probleme verdrängte sie und stellte irgendwann fest, dass diese ihre Schrecken langsam verloren. Die zerrissene Seele gesundete natürlich nicht sofort; doch Hendrike begann, sich selbst nicht mehr als Mittelpunkt allen Unglücks zu sehen.

Aus dieser Verbindung wurde mehr. Sie heirateten. Die ersten Jahre waren für beide nicht leicht; immerhin schlugen sie sich mit Geschehnissen aus der Vergangenheit herum. Übersensibel und zutiefst verletzt, machten sie sich das Leben gegenseitig nicht gerade leicht. Eines Tages begannen sie, sich darauf zu konzentrieren, dass nur sie beide wichtig waren. Hendrike und Johann wuchsen zusammen. Und beider Seelen, die einst wie Gläser waren, die einen Sprung hatten und nicht mehr klangen, fühlten sich heil an, als seien sie … gekittet.

***

*Unser Leben wird von kleinen und großen Erlebnissen begleitet –
man muss sie nur wahrnehmen. Oftmals sind es gerade die Klei-
nigkeiten, die, beispielsweise, einen Urlaub zu etwas Besonderem
machen. Oder eben unvorhersehbare Gegebenheiten, die uns ein
Lächeln ins Gesicht zaubern...*

Urlaubswünsche

Nach einem ausgiebigen Regen dampften die Straßen in der Stadt. Jetzt schien zum ersten Mal wieder die Sonne. Man schrieb Mitte Mai und sie hatte schon einige Kraft.

„Wenn es doch immer so wäre", sagte Gerd zu Eva, „es darf ja ruhig zwischendurch regnen, wenn es danach wenigstens wieder aufklart! Und", meinte er weiter, „hätten wir immer nur trockenes Wetter – bloß nicht, dann staubt es so!"

„Nehmen wir es als ein gutes Zeichen, mit der Sonne", meinte sie. „Immerhin dauert es nur noch eine Woche, dann haben wir endlich Urlaub. Da kann schönes Wetter nicht schaden, oder?"

„Richtig", grinste Gerd und dachte dabei an die schönen *Blonden*, die er bei entsprechendem Wetter draußen genießen würde.

Nachdem sie sich in jungen Jahren eine Menge von der Welt angesehen hatten, stand seit geraumer Zeit Urlaub in Deutschland auf dem Programm und den verlebten sie seit etlichen Jahren in Bayern; am gleichen Ort, im gleichen Gasthof. Freunde und Bekannte lächelten immer schon ein bisschen mitleidig, wenn sie erzählten, es ginge dann oder dann in Urlaub. Allen war klar, dann gab es die obligatorische Ansichtskarte aus Oberbayern.

Auf diese Art des Urlaubs angesprochen antworteten die beiden immer nur: „Was wollt Ihr? Wir kennen einen Teil der Welt – alles was für uns interessant war – jetzt brauchen wir unsere Ruhe und wollen uns erholen. Wenn wir unser Ziel erreicht haben, wissen wir was uns erwartet und der Urlaub beginnt sofort. Auch ist es spannend zu erleben, was sich in einem Jahr alles verändert hat."

So ging die letzte Woche dahin. Freundliche Nachbarn bekamen die Wohnungsschlüssel um Blumen und Briefkasten zu betreuen.

Am Vorabend wurde das Gepäck eingeladen, so würde man am frühen Samstagmorgen keinen Mitbewohner in seiner Ruhe stören.

Vielleicht lag es an der bevorstehenden Autofahrt, dass die Beiden unruhig schliefen. Eva machte sich Tage vorher so ihre Gedanken. Der Verkehr nahm immer mehr zu. Einige Mitmenschen auf der Straße hielten sich nicht an die Spielregeln. Diverse fuhren zu rasant oder nicht angepasst; die anderen überholten, wo man es besser ließ. Es half nicht viel, dass Gerd seine Frau beruhigte und ihr versprach, die 130 km/h während der Reise nicht zu überschreiten.

Nach einem kleinen Frühstück am Samstag machten sie sich auf die Socken. In der Nähe von Würzburg war die erste Pause fällig. Tanken, einem dringenden Bedürfnis folgen und ein zweites Frühstück... das ließen sie sich nicht nehmen. Schließlich gehörte die Anreise für die Beiden schon zum Urlaub.

Nach einigen Freiübungen konnte die zweite Hälfte der Fahrt in Angriff genommen werden. Sie kamen zügig voran bis kurz vor Frasdorf. Dort erwischte er sie dann doch noch – der Stau. So kurz vor dem Ziel konnte die Beiden das nicht mehr erschüttern. Eva meinte mit einem kleinen Augenzwinkern: „Siehst du, jetzt kann wenigstens keiner zu schnell fahren!"

„Na", meinte Gerd, „und wir haben auch kein Wildschwein überfahren."

„Bitte? Wieso Wildschwein?"

„Hast du das nicht gesehen, so ungefähr 20 bis 30 km zurück lag es rechts, halb auf der Fahrbahn."

„Ich glaube eher, du willst mich auf den Arm nehmen!"

„Nein, ehrlich. Da lag ein richtiger Schwarzkittel."

Diese kleine Episode war gerade beendet als sich auch der Stau vor ihnen auflöste. Die letzten Kilometer vergingen wie im Flug und sie bogen zur Auffahrt in *ihren* Berggasthof ein. Jetzt waren es nur noch achthundert Meter. Ein Parkplatz vor dem Haus war schnell gefunden; die Begrüßung durch die Wirtsleute fiel fast *brüderlich* aus. Eva und Gerd bekamen wieder *ihr* Zimmer im ersten Stock.

Der erste Blick vom Balkon auf den Ort und das imposante Kaisergebirge entschädigte für die lange Autofahrt. Eva resümierte: „Das ist alles so vertraut. Ist tatsächlich schon wieder ein Jahr vergangen, seit wir das letzte Mal hier waren?"
„Ich kann mich nicht erinnern; waren wir überhaupt weg?"

Beide blödelten eine Weile, während das Auto entladen und der Inhalt der Koffer in den Schränken verstaut wurde.
Nachdem sie sich ein wenig erfrischt hatten, beschlossen sie, den Nachmittag mit der obligatorischen Ortbesichtigung und Begrüßung einiger Bekannten zu verbringen. Also – Wanderschuhe an und los. Der erste Abend diente zum Austausch von Neuigkeiten; es wurde nicht allzu spät. Eva und Gerd waren hundemüde und für ihre Wirtsleute stand am folgenden Sonntagmorgen ein musikalischer Frühschoppen auf dem Programm.

Am nächsten Morgen, beide hatten gut geschlafen und ebenso gefrühstückt, machten sie sich auf ihre erste Wanderung. Der Weg war bekannt: Hauskapelle – Liebberghütte – Hutzenalm.
Aber hoppla! Hinter der Liebberghütte stand ein Schild, der Weg zu dieser Alm war mit einem entsprechenden Hinweis gesperrt:
Vorsicht Forstarbeiten. Lebensgefahr!
Ein Pfeil zeigte nach links, worauf beide wie aus einem Mund sagten: „Dann müssen wir halt über das Wetterkreuz gehen; immerhin kennen wir uns ja aus!"
Nach einer halben Stunde bergauf, bergab durch den Wald, blieb Eva erstaunt stehen. „Schau dir das an ...!"
„Was?", fragte Gerd zurück.
„Na, siehst du das nicht? Wir haben einen Rundweg gemacht. Da unten kommen wir wieder an die Absperrung."
„Das ist ja ein Ding – da war doch mal was!"

Beide lachten. Vor etlichen Jahren passierte ihnen etwas Ähnliches auf dem Weg zum Jochberg. Auch dort meinten sie, sich auszukennen und landeten nach ein und einer halben Stunde bergan mitten im Wald. Weit und breit kein Weg mehr zu sehen. Sie hatten einen Forstweg erklommen, der ausschließlich für diese Nutzfahrzeuge vorgesehen war.

Bei genauerem Hinsehen fanden sie den Notpfad dann direkt neben der Absperrung. Das Hinweisschild stand ein bisschen niedrig, sie hatten es glatt übersehen. Gerd meinte: „Siehst du, Eva, nun fahren wir schon so viele Jahre hier her und doch erleben wir jedes Jahr wieder etwas Neues!"

Am nächsten Tag hieß das Ziel: Moarlock-Alm. Ihr Pensionswirt hatte ihnen diesen Weg empfohlen. Die beiden fuhren mit dem Auto bis zur Winklmoos. Dort wurden die Wanderschuhe geschnürt und los ging es. Der ausgeschilderte Weg war sowohl Wander- als auch Versorgungsweg der Almbauern. Viele *Rindviecher* (!) benutzten ihn ebenfalls!

Folglich zierten etliche Kuhfladen, auf denen sich Myriaden von Fliegen tummelten, diesen Pfad. Sobald sich jemand näherte, erhoben sie sich und schwärmten aus. Am Ende des Weges kehrten Eva und Gerd in der Almhütte ein, bestellten sich etwas zu trinken und genossen vor der Hütte die Aussicht auf die noch mit Schnee bedeckten Gipfel der Berge und die tief unter ihnen liegenden Wiesen mit ihren vielen schönen Blumen und Gräsern. So gestärkt an Leib und Seele gingen sie auf dem gleichen Weg wieder zurück; ihr Auto stand ja auf dem Parkplatz. Nach einer Weile blieb Eva plötzlich stehen: „Gerd, schau mal. Auf dem Hinweg saßen so viele Fliegen auf den Kuhfladen. Jetzt, wo sie im Schatten liegen, sieht man keine mehr."

Gerd erwiderte daraufhin trocken: „Ist doch klar, du magst doch auch kein kaltes Essen!"

Über diesen Ausspruch lachten beide noch lange. Nach ein und einer halben Stunde erreichten sie wieder den Parkplatz, auf dem das Auto wartete.

Sie machten noch viele schöne Wanderungen und Ausflüge in diesem Urlaub; besuchten Orte und Städte wie: Ruhpolding, Bad Reichenhall, Salzburg, Berchtesgaden und auch den Königssee. Auf allen Wanderungen, es war ja erst Ende Mai und noch nicht überall hatte die erste Mahd bereits stattgefunden, sahen sie herrlich blühende Wiesen und eine Vielfalt an Tieren. Zum Beispiel Feuersalamander, Feldhasen, Rehe. Sie hörten den Specht im Wald klopfen und den Kuckuck rufen. Was sind da zwei Wochen, wenn man so viel Schönes sieht?

Wenn man es sieht!

Nun war der Abreisetag da. Sie verabschieden sich von allen und dankten denen, die zu ihrem schönen Urlaub beitrugen. Im nächsten Jahr, wenn sie gesund blieben, versprachen sie, wiederzukommen. Es hat bis jetzt fast dreißig Mal geklappt.

Und die Freunde und Bekannten lächeln immer noch mitleidig!

***

*Eines sei zu der nachfolgenden Geschichte vorweg gesagt: Selbstverständlich betrifft das **niemals** Busfahrer heimischer Unternehmen. Die sind alle, immer, zu Jedermann/-frau (!!!) supernett. Dicker tragen wir jetzt nicht auf ...*

Eine Busfahrt die ist lustig ...

Wer hat eigentlich behauptet, dass Bus fahren schön sei? Für Leute, die im Normalfall das Auto benutzen, entwickeln sich solche Exkursionen eher zum Horrortrip. Und in Leverkusen ist es für einen Uneingeweihten ohnehin, vorsichtig ausgedrückt, nicht so einfach. Die Straßenführung erweckt den Eindruck, dass Entwickler eines Irrgartens am Werk waren und die Busverbindungen, na ja, ich hab' auch schon Besseres erlebt. Berlin, München, Wien ... Sicher, Leverkusen kann sich nicht mit einer Millionenstadt messen, aber, je nach dem, in welchem Vorort man wohnt, hat man, beispielsweise, am Wochenende daheim zu bleiben. Demgegenüber zwingen einen die Busverbindungen teilweise dazu, das Auto zu benutzen und deshalb dürften die Leverkusener Bürger diejenigen sein, die in Deutschland den wenigsten Alkohol konsumieren. Vielleicht! Von wegen Auto fahren ...

Doch nun zu meiner Busfahrt von A nach B:

Zunächst einmal stehe ich wie doof vor dem Fahrkartenautomaten. Verzweifelt suche ich mein Endziel; es sieht so aus, als sei diese Station entweder abgeschafft oder verlegt worden. Jedenfalls finde ich sie nicht. Nach ein paar Minuten fällt mir ein, dass es noch eine andere Haltestelle gibt, ganz in der Nähe.

Aha, da ist sie. Kantstraße. Fahrbereich 2 ... und wo, in drei Teufels Namen, ist der Fahrbereich zwei? Auf dem Automaten steht alles Mögliche, bloß keine 2. Dafür A; B; große Männekes, kleine Männekes, und so weiter.

Nachdem ich gut zehn Minuten ratlos vor dem Automaten stand, erbarmt sich eine hinzu gekommene Passantin und erklärt mir das Geheimnis dieses Monstrums.

Endlich habe ich meinen Fahrausweis. Bei dem Debakel hätte es mich nicht gewundert, wenn ich meinen Bus sogar verpasst hätte.

Aber – oh Wunder! Jetzt nur nicht vergessen, den Schein zu entwerten, sonst wird es teuer.

Der Bus kommt. Rappelvoll. Es regnet nämlich.

Nachdem ich mich endlich reingequetscht und die Türen sich hinter mir schlossen, bemerke ich, dass wir anscheinend einem Kamikaze-Fahrer ausgeliefert sind.

„Himmel noch mal!", knurre ich leise, „pass doch auf. Das ist ein Bus und nicht Vettel's (!) Rennwagen!" Der Fahrer denkt nicht daran und behandelt das Gaspedal weiterhin wie einen Fußball. An der nächsten Haltestelle ist schlagartig Platz im Bus. Der Fahrer hat gebremst!

Vielleicht muss das so sein, denke ich, als ich eine gefüllte Einkaufstasche in die Kniekehle bekomme. Aua! Die muss Ziegelsteine da drin haben. Aber ich hätte mich auch nicht entschuldigt!!!

Inzwischen bekommen wir den nächsten Ruck ab; der Bus ist wieder angefahren.

Neben mir quengelt ein kleines Kind. „Mami, ich muss mal!"

„Psst! Was sollen denn die Leute denken. Wir sind doch gleich da."

„Ich muss aber jetzt!"

Das Mädchen mäkelt noch ein bisschen und wird ganz plötzlich ruhig. Dafür bildete sich eine Pfütze auf dem Boden. Irgendwie kann ich mir ein Grinsen nicht verkneifen. Die Mutter hatte anscheinend großes Vertrauen in ihre tröstenden Worte. „Na siehst du, es klappt doch."

Na klar! Im Bus war sowieso alles nass; es fiel nicht weiter auf. An der nächsten Haltestelle half auch der kräftige Ruck nichts mehr. Voll ist voll, dachte ich. Doch die Schüler, die noch zusteigen wollten, kannten dieses Spiel und verschafften sich trotzdem Platz. Damit veränderte sich nicht nur der Geräuschpegel, sondern auch das Geruchsvolumen. Hatte ich zuvor nur ein Knobelmonster vor mir, sammelten sich nun um mich herum muffige Jacken und äußerst geruchsträchtige Turnschuhe. Warm war es außerdem und raus gucken fiel aus wegen *is nich!* Die Scheiben waren völlig beschlagen. Wo waren wir überhaupt? Der Fahrer nuschelte zwar die Namen der Haltestellen in ein Mikrophon, doch das konnte nur jemand verstehen, der die Gegend kannte. Ich kannte sie nicht. Also fragte ich meinen Nachbarn. Der guckte mich mit seinen tiefbraunen Augen charmant lächelnd an und nickte mit dem Kopf. Den Gedankengang: *Ich nix verstehen, ich von andere Baustelle,* konnte ich mir mit einem Lächeln nicht versagen. Aber er war sehr nett, freundlich und nicht unhübsch…

Nach einem weiteren Ruck verkrümelte sich zumindest der größte Teil der Schüler wieder nach draußen und ich fragte mich, warum man unbedingt für so ein Stückchen Weg den Bus nehmen musste. Gab es Ermäßigung auf Schülerkarten? Dann muss man natürlich Bus fahren. Und laufen? – da müsste man sich ja bewegen!

Immerhin wurde es leerer und ich kämpfte mich zum Fahrer durch. „Entschuldigen Sie bitte – wo sind wir hier? Ich muss an der Kantstraße aussteigen."„Das war die vorige Haltestelle. Habe ich aber auch durchgesagt", muffelte er mich an.

Sch … Inzwischen hielt ich mich wieder krampfhaft fest. Der Bus entwickelte in der Kurve eine Schräglage wie die legendäre Ente. Der Kampf zurück bis zum mittleren Ausstieg hielt sich in Grenzen. Meine Laune inzwischen auch. An der nächsten Haltestelle stieg ich aus und hatte nun die Wahl: entweder lief ich zwei Stationen zurück oder nahm den Gegenbus. Ich entschied mich fürs Laufen. Aber Bus fahren ist schön!

***

Die besondere Begegnung

Wir wohnen im Erdgeschoss; das ist für uns etwas Besonderes. Bei schönem Wetter können wir unsere herrliche Terrasse nutzen und alle Türen und Fenster öffnen, um die Wohnung mit Frischluft zu versorgen.
Da bleibt es nicht aus, dass einige Tiere das ebenfalls schön finden und uns gelegentlich besuchen. Da kommen Fliegen, Wespen, Ohrenkneifer und am Abend fliegen die Motten zum Licht. Für das Verjagen, beziehungsweise Entsorgen (!), dieser störenden Geister bin ich, der Mann im Haus, zuständig.

Eines Tages, ich war beschäftigt und meine Frau hatte im Bad zu tun. Da sah sie am Boden etwas Dunkles. Es lag zwar ganz still, wie sie sagte, aber man konnte ja nicht wissen. Vorsichtshalber trat sie mal drauf und der vermeintliche Eindringling hatte verloren.
Mit einem feuchten Tuch wurde dieses Etwas aufgenommen, um anschließend draußen entsorgt zu werden.
Das Tuch wurde wieder aufgewickelt, doch der Delinquent bewegte sich nicht.
Bei näherer Betrachtung war das auch nicht möglich – sie hatte eine kleine, blaue Fluse aus der Badezimmergarnitur totgetreten!!!
Wir mussten danach herzlichen lachen. Wie war das doch gleich?
Mit Brille …
Mit einem Schritt zur Seite entging ich der ausgestreckten Hand

***

Die kaputte Hose

Herr Adolf war zwar Chef einer ziemlich großen Abteilung, doch Chef-Allüren kannte man bei ihm nicht. Im Gegenteil. Er war allerorts beliebt wegen seines unkomplizierten Wesens und auch deshalb, weil er für jeden Spaß zu haben war.

Eines Tages kam jemand auf die Idee, die Sportlichkeit verschiedener Leute auf die Probe zu stellen. Dass Herr Adolf dabei nicht fehlen durfte, war klar. Selbstverständlich machte er mit und behauptete, Gott weiß wie viele Kniebeugen machen zu können, ohne dass man ihm das Geringste anmerken würde.

Er begann: ein - zwei - drei - vier - fünf – sechs…

Nach der sechsten Kniebeuge kam er aber nicht mehr hoch und blieb mit ziemlich verzweifeltem Gesicht am Boden hocken. Das veranlasste die anwesende Sekretärin zu fragen: "Was ist denn los? Das waren doch erst sechs?"

Es stellte sich heraus, dass Herrn Adolfs Hose die Eskapade nicht überlebt hatte. Jetzt war guter Rat teuer. Adolf überlegt: "Mit einer kaputten Hose kann ich nicht rumlaufen, aber ohne Hose noch viel weniger."

Ein Kollege daraufhin: "Das ist doch kein Problem. Ich werde sie zur Toilette eskortieren. Sie schließen sich in ein Kabüffchen ein, geben mir die Hose rüber und dann findet sich ganz sicher jemand, der sie näht".

So war es auch.

Die Sekretärin rief den Kollegen nach einiger Zeit wieder an und meldete die Fertigstellung der Hose; der Herr marschierte – mit der reparierten Hose unterm Arm – zurück, öffnet die Tür des Toilettenraumes und blieb, wie vom Donner gerührt, stehen: "Der ist ja weg!? Wie ist das möglich? Der kann doch nicht ohne Hose…! Wenn das einer sieht!"

Vorsichtshalber ging der Kollege noch einmal vor die Tür und vergewisserte sich, ob er auch in der richtigen Toilette war. Er war, aber Herr Adolf war trotzdem verschwunden. An seinem Verstand zweifelnd machte er sich auf die Suche – die Hose noch immer unterm Arm.

Einige Türen weiter fand er seinen Chef schließlich. Bequem auf dem Schreibtisch eines anderen Kollegen sitzend, eingewickelt in ... einen alten Regenmantel !

"Um Himmels Willen, jetzt verraten Sie mir doch bloß mal, wie Sie ohne Hose hierher gekommen sind"
"Ganz einfach", meinte Adolf, "mir war auf dem Örtchen zu langweilig. Es kam keiner, mit dem man mal reden konnte und auf der Toilette eingesperrt zu sein ist nicht gerade amüsant. Ich habe dann so lange an die Wand geklopft, bis Mild nachsehen kam."
"Aha – und dann?"
Er fragte natürlich, was denn los sei. Ich erklärte ihm, dass ich eingeschlossen sei, worauf er sich anbot, den Schlosser zu holen. Das würde mir nicht helfen, machte ich ihm klar, weil ich keine Hose hätte."
Herr Mild muss wohl reichlich verständnislos dieser Chose gegenübergestanden und erst einmal zurückgefragt haben, wieso das möglich sei. Nachdem Adolf ihm die Zusammenhänge erklärt hatte, meinte dieser: "Na, das ist doch kein Problem. Ich habe noch einen alten Regenmantel im Schrank, den hole ich Ihnen. Darin können Sie sich einwickeln und dann kommen Sie so lange zu mir. Der Mantel ist zwar ein bisschen groß (Mild war mindestens eineinhalb Köpfe größer!), aber für das Stückchen...!"
Man stelle sich das Bild vor: Adolf, einen viel zu großen Regenmantel um sich gewickelt, die Schuhe in der Hand, unten guckten die Socken nebst Stachelbeerbeinen heraus, über den Flur eines Bürohauses.

***

Verfolgungsjagd

Nennen wir ihn Christian P., Rumäne und seines Zeichens Zahnarzt. Das Studium absolvierte er in Bukarest; an der dortigen Universität war sein Vater Professor. Durch diesen Status war es Papa P. vergönnt, von Zeit zu Zeit auch mal ins westliche Ausland zu kommen. Und, wenn immer sich die Gelegenheit ergab, versuchte er, seine Familie mitzunehmen.

Christian, hatte sein Staatsexamen noch nicht in der Tasche, als für Papa P. wieder einmal eine Vortragsreise nach Italien auf dem Programm stand. Mutter P. und Sohn Christian sollten mitfahren.

Wer mit den Verhältnissen in der ehemaligen DDR vertraut ist weiß, dass solche Art Reisen mit einer Reihe Komplikationen verbunden waren. So auch in Rumänien. Im Falle dieses Studenten wohl ganz besonders. Er musste, wie üblich, seinen rumänischen Personalausweis abgeben, bekam aber den erforderlichen Reisepass für das Ausland noch nicht ausgehändigt. Stattdessen stellte er nach einigen Tagen fest, dass er rund um die Uhr observiert wurde.

An einem Wochenende taten sich ein paar Freunde zusammen und renovierten bei einem Kommilitonen die Wohnung. Christian war mit dem Auto seines Vaters unterwegs und machte sich nach getaner Arbeit – so gegen zwei Uhr nachts – auf den Heimweg. Das Beobachtungsfahrzeug nahm prompt die Verfolgung auf. Christian P. parkte das Fahrzeug vor seiner Wohnung und musste am nächsten Morgen recht früh raus, da er um sieben Uhr Klinikdienst hatte. Seine Bewacher schliefen im Auto. Sie schliefen noch, als er losfahren wollte. Also ging er hin, klopfte an die Autoscheibe und meinte süffisant: „Ich fahr dann jetzt los …!"

***

154

Zugbegleiter

Ossi fährt Bahn. Nicht zum Vergnügen, sondern von Berufs wegen. Man nennt diese Art von Personal Zugbegleiter (früher sagte man Schaffner.)

Ossi steht in Koblenz auf dem Bahnsteig und sieht, wie zwei junge Männer einsteigen. Seine Trillerpfeife und der Spruch: „Alles einsteigen bitte. Die Türen schließen automatisch. Der Zug fährt sofort ab."

Unser Zugbegleiter macht sich nun auf den Weg, um bei den beiden jungen Herren die Fahrkarten zu kontrollieren. Er läuft im Zug hin und her – die zwei sind weg!

Gibt's nicht, sinniert er und läuft noch einmal los. Diesmal guckt er auch nach oben. Und da sind sie – im Gepäcknetz.

Ossi ganz cool: „Die Fahrkarten bitte."

Ebenso cool: „Wir sind Gepäckstücke; wir brauchen keine Fahrkarten...!"

***

Früh am Morgen …
Man sollte nicht sagen, das gibt es nicht

Wir fahren mit dem Auto am Morgen gegen acht Uhr zum Bäcker. Daran wäre ja nichts Besonderes. Für den Abend hatte sich Besuch angemeldet; dazu benötigten wir eine bestimmte Brotsorte, die immer schnell ausverkauft ist.

Beim Bäcker angekommen, halten wir vor der Tür in der angezeigten Zone. Meine Frau geht in das Geschäft, ich bleibe im Wagen. Ein weiterer Kunde kommt und hat zu wenig Platz zum Parken. Deshalb fahre ich noch ein wenig vor – jetzt klappt es.

Als meine Frau den Einkauf erledigt hatte und aus dem Geschäft kam, steuerte sie zielsicher auf den PKW, der direkt vor der Tür stand zu, legte ihren Einkauf auf den Rücksitz und setzt sich auf den Beifahrersitz. Der Fahrer machte bereits Anstalten loszufahren, da bemerkte zuerst meine Frau und dann der Fahrer, dass sie im falschen Auto saß und er, dass neben ihm eine fremde Frau eingestiegen war.

Das Gelächter war groß; übrigens: beide PKW sind schwarz, dass musste nun als Entschuldigung herhalten!

***

Alles muss raus

Wieder einmal stand ein großes Ereignis ins Haus. Tanjas Mutter Jennifer wurde stolze siebenundneunzig Jahre alt. Jetzt galt es zu überlegen, was schenkt man einer so alten Dame. Sie liebte Blumen, aber, abgesehen davon, dass auch alle anderen Besucher das wussten, mussten Blumen gepflegt werden und Jennifer war nicht mehr sooo fit, dass sie das ohne weiteres hätte bewältigen können. Also hieß das, sich etwas Anderes zu überlegen. Fabian, Tanjas Mann, hatte die Idee, eine schöne Bluse … „Denn", so meinte er, „meine Schwiegermutter zieht sich, trotz ihres hohen Alters immer noch gern chic an."

Gesagt – getan.

Nun begannen die Vorbereitungen für Tanja und Fabian. Da die Mutter nicht um die Ecke wohnte, sondern im schönen Norden der Republik, waren erstens: circa zweihundertfünfzig Kilometer zu bewältigen und zum Zweiten: in der Nähe ein Hotelzimmer aufzutreiben. Es gab im Ort zwei zur Auswahl. Ein Landhotel in etwa zehn Kilometer Entfernung oder das Zweite im Ort selbst. Sie hat-

ten Glück, dass sie dort noch ein Zimmer bekamen und buchten sofort.
Tanja und Fabian hatten sich im Vorfeld mit Muttern abgesprochen, was es zu dem Geburtstagsempfang zu essen geben sollte. In einer nahe gelegenen Bäckerei wurden appetitliche Brötchen geordert; die Getränke brachten sie von zu Hause mit.

An ihrem *Ehrentag* war Mutter Jennifer ganz gut drauf, sogar ein (oder waren es zwei) Gläser Sekt, trank sie mit. Und das, wo sie immer betonte, dass Alkohol ihr zuwider sei.
Wollte man sie auf den Arm nehmen, brauchte man nur zu sagen: „Mutter – du wirst *100!*"

Am Tag darauf. Tanja und Fabian waren wieder zu Hause, als Mutter sich am Telefon beschwerte: „Ich bin ganz traurig. Ich habe heute Geburtstag und keiner ist gekommen…!"
Vergeblich versuchte Tanja ihr zu erklären, dass sie am Vortag Geburtstag hatte und alle da gewesen seien.
Was war da in ihrem Kopf passiert?

Vier Wochen später hörten sie von der Betreuerin, dass Mutter sich hingelegt habe und seitdem schliefe. War das ihr letzter Geburtstag?
Nach weiteren sechs Wochen schloss Jennifer ihre Augen für immer. In der Erinnerung hallte bei Tanja und Fabian der Satz nach:
„Den siebenundneunzigsten Geburtstag feiere ich noch – aber dann muss es genug sein!"
Sie hat es wahr gemacht.

Wieder fuhren Tanja und Fabian für eine Woche in den Norden. Was war jetzt alles zu bedenken. Als erstes das Bestattungsunternehmen? Ach nein, erst der Arzt, der das Ableben bestätigen muss. Wer und was muss informiert oder gekündigt werden.

Informiert werden muss natürlich der Pastor wegen der Trauerfeierlichkeiten. Und dann werden Akten gesichtet und nachgeschaut, was alles gekündigt werden muss. Wohnung, Strom, Zeitung, Telefon und einen Nachsendeauftrag bei der Post stellen. Und etliches andere mehr.

Nachdem das alles soweit geregelt war, kamen die Schubladen und Schränke an die Reihe. Wichtig waren die Papiere; dann galt es auszusortieren, was nicht in andere Hände kommen sollte. Oberbekleidung und Wäsche – da gab es seitens des Pastors Abnehmer.

Ja, dann sahen Tanja und Fabian sich um und stellten fest, den Inhalt einer Dreizimmerwohnung können wir keinesfalls allein entrümpeln. (Das Wort empfanden beide als furchtbar, aber es gab keine andere Möglichkeit). Also einen diesbezüglichen Unternehmer angesprochen; der kam auch gleich am darauf folgenden Tag, besichtigte Wohnung und Keller und versprach, alles zu einem festgesetzten Termin zu erledigen. Zwei Dinge sollten der Entrümpelung nicht zum Opfer fallen – einmal der große Kleiderschrank im Schlafzimmer und dann die Wohnzimmergardine. Dafür gab es einen Abnehmer, vielmehr eine Abnehmerin. Diese beiden Sachen wurden gekennzeichnet und ansonsten … alles raus!

Tanja und Fabian fuhren einigermaßen beruhigt nach Hause. Am Tag nach dem Entrümpelungstermin besichtigte Jennifers ehemalige Betreuerin von der Caritas – nach Absprache mit den Beiden – die Wohnung und berichtete, dass einige Dinge stehen geblieben seien. Also, Tanja von daheim telefonisch nachgefragt, warum nicht, wie besprochen, alles entsorgt wurde. Die Antwort des Firmeninhabers lautete, das sei ein Versehen (…) gewesen und würde in den nächsten Tagen erledigt.

Hoffentlich!

Es wurde erledigt. Aber wie!

Tanja und Fabian fielen aus allen Wolken als sie erfuhren, dass die Wohnung zwar ausgeräumt sei, aber dass sich ein Teil des Mobiliars in einem fremden Kellerraum desselben Hauses befand. Das wäre noch lange nicht aufgefallen, wenn nicht die zu diesem Keller gehörende Wohnung frisch vermietet war und der neue Mieter einen Teil seiner Sachen in eben diesen Keller hätte stellen wollen. Was nun?

Gott sei Dank fand sich ein anderer Nachbar bereit, sich der Möbel anzunehmen, da sich in seinem Umfeld Menschen befanden, die diese Sachen sehr gut brauchen konnten. Gott sei Dank!

***

Es „mai"nachtet so sehr ...

Es soll eine Weihnachtsgeschichte werden!!!
Hatten wir nicht gerade erst Ostern?
Wer macht sich schon Gedanken über Weihnachten?
Es ist Mitte Mai, noch nicht mal im Urlaub gewesen!

Um mich herum blühen Rhododendron und die ersten Rosen; der Rasen muss gemäht werden. Und ich soll eine Geschichte über Weihnachten schreiben?
Oder soll es eher eine „zu" Weihnachten werden? Das würde vielleicht besser passen.

Die Bäume sind gerade erst ausgeschlagen, das Laub schimmert in allen Grüntönen und seit Tagen ist es um die dreißig Grad warm. Die Kinder gehen baden, da soll ich, *ich* (!) an Weihnachten denken!

Der Verleger möchte das so, das Buch mit eben diesen Geschichten soll zum Fest schließlich schon verkauft werden.

Wer macht sich denn auch Gedanken darüber, wie viel Arbeit darin steckt, bis so ein Buch fertig ist und im Laden liegt. Der Autor denkt sich etwas aus, der Lektor muss es lesen und das nicht nur einmal; dann wird es in Druckform gebracht. Die Druckerei und der Buchbinder werden eingespannt – das braucht alles seine Zeit.

Ich sehe es ja ein, aber warum ausgerechnet eine Weihnachtsgeschichte im Mai?

Gut, zu Weihnachten haben die Leute dann die Muße zum lesen (?) oder auch nicht? In der Hektik unserer Zeit. Und wenn sie keine Zeit haben..., warum muss ich dann heute die Geschichte schreiben? Wo ich doch viel lieber faul in meinem Balkonstuhl sitze und den ersten Schwalben bei ihren Kunstflügen zusehe.

Das Telefon klingelt und mein Verleger fragt an, ob ich schon angefangen hätte. Ich winde mich ... na ja, ich bin dabei, aber wir haben doch erst Mai!!!

So wird man auch noch getrieben; wie soll da eine Geschichte entstehen. Vor allen Dingen, wenn laufend das Telefon dazwischen bimmelt. Fragen über Fragen, die mich die ganze Zeit beschäftigen. Wie soll ich da schreiben? Sieht er das nicht ein? Der Verleger natürlich. Sonst treibt mich ja keiner.

Die Gedanken über das *Warum* sind eigentlich eine Geschichte für sich. Und dann unbedingt eine Weihnachtsgeschichte?

Warum denkt niemand an die schöne Zeit davor?

Advent.

Wenn die Menschen ihre Fenster schmücken, die Städte sich herausputzen, festlich beleuchtete Bäum*chen* aufstellen...

...chen? Heute gilt doch nur noch: höher, schneller, weiter. Als wäre die Vorweihnachtszeit eine Olympiade! Und wenn es auf den Weihnachtsmärkten nach gebrannten Mandeln und Glühwein duftet, ja dann – ist das nicht eine herrliche Zeit?

Dann verstehe ich, dass man an Weihnachten denkt. Aber jetzt? Wir haben Mitte Mai und ich sitze in der Sonne!

Und doch, wir werden fast täglich daran erinnert, irgendwann ist wieder Weihnachten. Ob Spekulatius, Dominosteine, Lebkuchen; alles ist zu kaufen. Wie soll zu Weihnachten Stimmung aufkommen, wenn das ganze Jahr über nur *in Kommerz* gedacht wird. Wer macht sich noch die Mühe, darüber nachzudenken, dass es ein christliches Fest ist; wer nimmt sich die Zeit, einmal wieder in die Kirche zu gehen? Wer begeht das Fest im Kreis seiner ganzen Familie?
Die meisten sind nur hektisch. Denken bloß noch an ein paar freie Tage und düsen ab in die Südsee.
Aber ich soll an Weihnachten denken. Eine Geschichte schreiben – und das im Mai!

So viele Fragen. Die muss ich erst einmal für mich beantworten. Dann denke ich darüber nach, die Weihnachtsgeschichte zu schreiben. Das muss ich gleich meinem Verleger sagen... Ich lehne mich zurück und blinzle in die Sonne – es ist ja erst Mitte Mai.

***

Russische Weihnachten
Autoren sind auch Menschen

Irgendwo habe ich einmal gelesen, dass Erich Kästner seine besten Geschichten bei dreißig Grad im Schatten schrieb. Ob da eine Weihnachtsgeschichte dabei war? Das möchte ich anzweifeln. Allein die Vorstellung lautlos rieselnder Schneeflocken, die die Basiliuskathedrale auf dem Roten Platz in Moskau malerisch zudecken, hilft mir nicht weiter. Die dreißig Grad im Schatten habe ich hier auch, aber ich bin kein Erich Kästner. Das ist wohl das Problem. Also lege ich mein Gehirn erst einmal wieder schlafen und vertiefe mich in meinen gerade angekommenen geliebten Tee-Katalog. Eigentlich bin ich kein Katalogmensch, und die übliche Auflistung von Billigartikeln mag ich schon gar nicht, aber meinen Tee-Katalog liebe ich heiß und innig. Und da war er. Wer? Mein Samowar. Mein stiller Traum. Zwar elektrisch, was der Nostalgie einigen Abbruch tat, aber immerhin.

Also begann ich Jochen, meinem Mann, in den Ohren zu liegen, dass das doch nun wirklich etwas wäre. Der stellte sich taub. Kann er sowieso gut. Dann hat er immer irgendetwas nicht gehört. Als er mich dementsprechend nicht mehr überhören konnte, schmetterte er ein kategorisches Nein.

„Was willst du damit?", meinte er. „Überlege mal: benutzen werden wir ihn vermutlich nie. Und dann auch noch Hochglanz verchromt. Das bedeutet, dass er den Staub anzieht wie ein Magnet. Also ist alle paar Tage putzen angesagt. Nee, nee, ich bin absolut dagegen!"

Na ja, die Richtigkeit der Argumente war nicht von der Hand zu weisen, doch ich war ausnahmsweise einmal völlig anderer Ansicht.

„Sieh mal", schmeichelte ich ihm, wohl wissend, dass es nichts nützen würde, „es wäre auch eine wunderbare Erinnerung an Russland."

Ein Land, das wir beide liebten und schon zweimal besuchten. Das erste Mal 1976 – da war Leonid Breschnjew noch an der Regierung. Gott, war das lange her.

„Also", hub ich erneut an, „einmal die Erinnerung und dann, guck mal, er ist doch wirklich sehr schön gearbeitet. Dass er elektrisch betrieben wird stört ein wenig, aber die Russen leben schließlich auch nicht mehr im Mittelalter."

Ich baute unsere gemeinsamen Erinnerungen so gut wie möglich aus, es half nichts. Seufzend begrub ich meinen Traum. Monate gingen ins Land. Das Thema Samowar war erledigt. Stattdessen kristallisierte sich immer mehr heraus, dass wir beide sowieso keine *Schenker-Typen* waren. Was wir brauchten kauften wir uns gemeinsam und das, was wir nicht brauchten, konnten wir uns ohnehin nicht leisten. Wir beschlossen also, für die Zukunft unsere *Geschenk*tage zu *Gedenk*tagen zu machen und fühlten uns bei dieser Idee recht wohl. Sowohl der Geburtstag meines Mannes als auch der meine überstanden diese neue Gepflogenheit klaglos. Hatten wir doch demnächst nur noch für ein paar *Unbelehrbare* zu sorgen, was uns in einigen Fällen rauchende Köpfe ersparte.

Monate später....
Im Briefkasten klemmte wieder einmal mein neuer Tee-Katalog. Herrlich. Das versprach eine geruhsame Schmökerzeit. Gleichzeitig fiel mir aus dem Postkasten ein Umschlag von eben dieser Firma entgegen, den ich sofort in die Papiertonne befördern wollte. Für Reklame habe ich keinen Sinn. Im letzten Moment sah ich, dass der Brief mit vollem Porto frankiert war; Reklamesendungen sind immer nur mit Drucksachenporto bestückt. In der Wohnung angekommen, öffnete ich den Umschlag und stellte zu meiner Verwunderung fest, dass er eine Rechnung enthielt – über einen Samowar.
Meinen Samowar.
Mein Mann stand hinter mir und fluchte gotteslästerlich, denn, entgegen unserer Vereinbarung, sollte ich genau diesen zu Weihnachten bekommen.
Das Unternehmen hatte wohl nur den Nachnamen gelesen und nicht darauf geachtet, dass ein anderer aus der Familie diese Bestellung – extra auch noch als Geschenk deklariert – aufgegeben hatte. So konnte die Panne passieren, dass der Samowar für mei-

nen Namen vorgesehen war, die Rechnung leider auch. Die sollte nämlich auf Jochen (...) lauten.

Ja, und was jetzt? Abgesehen davon, dass man ihm das Geschenk vermasselt hatte, stand ich obendrein mit einem reichlich dummen Gesicht da. Von Freude war erst einmal keine Rede. Eher von hilflosem Zorn. „Das ist unfair!"

„Ich wollte dir wirklich eine Überraschung bereiten!"

„Ja, das ist dir auch gelungen, aber ich hätte dann dagestanden und nichts für dich gehabt. Das ist gemein."

Dann habe ich ein paar Strophen geheult, bis das rationale Denken wieder einsetzte und ich zu dem Entschluss kam, dass ich mir wohl nun doch noch etwas einfallen lassen müsste.

Ich *entwendete* daraufhin eine bestimmte Armbanduhr meines Mannes, zu der er immer schon mal ein anderes Armband haben wollte, aus seinem Nachtschränkchen und hoffte, dass er nicht gerade jetzt auf die Idee käme, sie anlegen zu wollen.

Das Glück war mir hold.

Ab und zu soll es ja auch Zufälle geben, die erfreulich sind. Bei mir stellte ein solcher sich in Form meines neuen Chefs ein, der nicht nur gern einkaufte, sondern auch über einen exklusiven Geschmack und den entsprechenden Geldbeutel verfügte.

Bei einer seiner nächsten Exkursionen ins nahe gelegene Köln drückte ich meinem Boss diese Uhr in die Hand mit der Bitte, dazu ein passendes Armband zu besorgen. Dass das nicht unbedingt preiswert abgehen würde, war mir klar. Ungefähr eine Stunde später rief er mich dann aus Köln an und erklärte mir, dass er etwas gefunden habe, aber... Bei dem Preis musste ich wirklich erst einmal schlucken. Egal! „Das ist schon okay. Sie kriegen das Geld im Büro gleich zurück, allerdings in Form eines Schecks. Auf solche Beträge bin ich an normalen Tagen nicht eingerichtet. Er lachte nur: „Kein Problem. Ich bringe das Armband also mit."

„Halt! Bitte lassen Sie das auch gleich montieren."

„Wird gemacht."

Etwas später packte ich also die Uhr ein und behielt sie auch daheim unter Verschluss. Im Nachtkästen lag, weiterhin unbeachtet, die leere Schachtel.

Kurz vor Weihnachten kam der bestellte Samowar pünktlich und richtig zu meinen Händen. Obwohl ich vor Neugier platzte, habe ich ihn wirklich erst zu Weihnachten ausgepackt und im Gegenzug Jochen seine Uhr in die Hand gedrückt.

Gefreut haben wir uns beide dann doch.

Als ich ihm dann noch erzählte, wie ich an das Armband gekommen bin, hatte ich den Lacher auf meiner Seite.

Nach dieser Panne sind wir übereingekommen, dergleichen nicht noch einmal zu bewerkstelligen.

Der Samowar steht nun schon etliche Jahre unbenutzt (!) an seinem Platz; wogegen die Uhr ihre Funktion durchaus erfüllt. Die Geschichte dazu können wir ohnehin nicht vergessen, denn ... das Armband ist verkehrt herum drangemacht worden. Das bleibt so!

Schenken ist schön, oder nicht?!

***

Ach so!

Ein Corona-Samstag im Mai 2020. Wie jeden Tag machen wir unsere Runde und kommen durch unseren nächstgelegenen Ortsteil Schlebusch. Vor dem Drogeriemarkt steht – wie seit Wochen – wieder eine Menschenschlange bis fast zur Apotheke am Ende der Fußgängerzone. Renate will im Reformhaus noch etwas kaufen, doch da darf man nur mit Maske rein. Ich bleibe draußen, weil bei einem Spaziergang keine Maske erforderlich ist.

Und jetzt kommt's: Meine Idee war, mir ein Eis zu gönnen. Ich befinde mich also draußen, halte Abstand und warte. Der Verkäufer schaut aus dem Fenster und fragt nach meiner Maske. Ohne Maske dürfe er mir kein Eis verkaufen. AHA!

Dann kam Renate aus dem Geschäft, trug eine Maske und kaufte mir dann ein Eis.

Essen durfte ich es dann ohne Maske…

***

Häufig sagen wir, das ist Schnee von gestern. Doch genauso oft holt uns diese Vergangenheit wieder ein. Denn sie ist auch Erinnerung – vielleicht an eine Zeit, die wir einstmals gar nicht so angenehm empfanden, oder gegenteilig, weil sie uns in eine andere Welt entführt.

Gesellschaftsmoral
nicht nur im 19. Jahrhundert – so war sie ... war sie so?

Sie hat es getan. Ihr Kind bekommen. Wohl eher, weil es keine andere Möglichkeit gab. Zu einer Engelmacherin hätte sie vielleicht gehen können. Das hätte sie wohl auch gemacht, aber sie hatte kein Geld. Also musste sie es kriegen.
1891 – ungewollt, ungeliebt, unehelich.
Die Katastrophe schlechthin. Natürlich war sie die Schuldige, nur sie. Der Erzeuger, um Gottes Willen, nein! Schließlich war er ein Mann. Und Männer durften nicht nur alles, sie *mussten* sich sogar die Hörner abstoßen. Selbstverständlich bei den Mädchen, die sie anschließend tunlichst *nicht* heirateten. Das seien Huren. Mädchen, die man heiratete, waren unberührt. Aber Jenny war dennoch auf der Welt. Unehelich. Ihre Mutter musste mit der Tatsache, dass sie da war, leben. Mehr schlecht als recht. Trotzdem, und das war verwunderlich, fand sie einen Mann, der sie mit dem Balg am Hals heiratete.
Das arme Kind.

Es dauerte etliche Jahre, bis Jenny begriff, dass mit ihr irgendetwas anders war als mit den Geschwisterkindern. Immerhin fand sich die Familie sonntags zum gemeinsamen Mittagessen zusammen. Das war ein Ritual. Und genau dieses Ritual war es, bei dem Jenny ausgegrenzt wurde. Sie musste an einem kleinen, separaten Tisch ihr Essen zu sich nehmen. Jenny dachte, es sei deshalb, weil sie ein Mädchen war. Denn soviel hatte sie schon gelernt. Mädchen zählten nicht. Sie nahm es hin. Zumal sie zu dem Mann, den sie, widerwillig, Vater nannte, keine Beziehung hatte. Um nicht zu sagen, sie hasste ihn.
Jenny heiratete sehr jung. Gerade einundzwanzig. Sie hatte Glück, dass sie einen Mann fand, der sie nahm. Immerhin war sie unehe-

lich geboren. Ein Makel, den sie nicht auswischen konnte.
Kinder büßten für die *Schuld* der Mütter (?)
1912 – es lebe die Moral.

Jenny bekam selbst sieben Kinder. Drei davon blieben am Leben.
Zwei Jungen und ein Mädchen. Einer, der älteste Junge, kam eines
Tages mit seiner Freundin nach Hause. Ein nettes Mädchen. Das
war sie solange, bis man herausfand, dass sie ein Kind hatte. Ein
Mädchen. Sie hatte es verleugnet. Ihre Tochter musste Tante zu ihr
sagen, damit niemand auf die Idee kam, dass dieses kleine Mädchen ihre Tochter sein könnte. Als Kuno das erfuhr, ließ er sie sofort fallen. *Hure*, sagte er zu ihr. Aber selbst hatte er durchaus mit
ihr geschlafen. Er hatte ihr versprochen, sie zu heiraten. Nur deshalb, hatte sie es noch einmal gewagt. Sie hatte seinen Worten vertraut. Und dann sagte er: *Hure*.
1942!
Das einzige Mädchen in der Familie, ungeliebt, *weil* sie ein Mädchen war, verstand das natürlich nicht und im Kindes- bzw. Jung-
mädchenalter prägte sich in ihrem Bewusstsein ein: Lass die Finger von Männern. Das einzige, was dir passiert ist, dass du anschließend in der Tinte sitzt. Sie zog sich in ein Schneckenhaus
zurück und bedauerte ihre Mutter, die nach ihr, die sie die Jüngste
war, ein weiteres Kind bekommen musste, dass das Ende des ersten Lebensjahres nicht erreichte.
Dafür begann Johanna, das unbeachtete Mädchen, ihren Vater zu
beobachten. Und auch ihre Mutter. Diese Ehe stimmte nicht, das
merkte sie. Sie wusste aber auch, dass es sinnlos wäre, ihre Mutter
zu fragen. Sie kannte die Antworten im Voraus: Das ist eben so –
Männer sind so. Damit muss man leben.
Johanna begann diesen Mann zu hassen. Ihn, der, ganz besonders
ihr, dem Mädchen, Moral predigte: „Du musst vor allen Dingen
ein tadelloses Leben führen. Du willst doch einmal mit einem

Mann, Deinem Mann, unberührt in die Ehe gehen. Männer wollen keine Mädchen, die vorher schon *benutzt* wurden."

Der Hass in Johanna wuchs. Sie wusste, dass er anschließend in die Stadt ging.
Zu Maria.
Die Spatzen pfiffen es von den Dächern. Ei, ei, ei Maria … Maria aus Bahia …
Die Nachbarn auch.
Maria war rothaarig – überall.

***

Die vergessene Tür
„… und wenn du nicht gleich artig bist,
sofort kommst,
sofort hörst, etc. – dann kannst du was erleben!"

Wer von uns hat diese Töne als Kind nicht bis zum Überdruss gehört und oft genug auch gelernt, sie zu fürchten. Heute sieht das ganz anders aus. Wer steckt schon seinen missratenen Sohn oder die ungezogene Tochter in den Heizungskeller? Vermutlich niemand, weil, schlicht gesagt, der Effekt gleich null wäre. Heizungskeller haben Lichtschalter und die sind meistens innen. Soweit mir bekannt ist, haben nur Toiletten die Lichtschalter außen. Zudem beherbergen Heizungskeller keine Kartoffelkisten mit Spinnen und auch keine Kohlehaufen, deren Krümel Furcht erregend knacken, wenn man drauftritt; und schon gar keine flackernden Glühbirnen, die riesige Schatten an die Wände zaubern, wenn nach ungefähr zwei Stunden Brüllen, was später in klägliches, furchtsames Weinen überging, das Licht eingeschaltet wurde.

Abgesehen von *den* Eltern, die heute noch nicht einmal mehr bemerken, dass sie ungezogene, undisziplinierte, vorlaute (...) Kinder haben!

Meine Eltern bemerkten es noch. Das bedeutet, dass ich in dieser Zeit eigentlich immer in der Defensive war. Vater Postrat, Mutter Hausfrau mit künstlerischen Ambitionen. Eigenheim – und das in den fünfziger Jahren. Erbaut in den *goldenen* neunzehnhundertzwanziger Jahren, vom Großvater. Noch mit Goldmark. Und seit dieser Zeit wohnte auch die gesamte Nachbarschaft, immer Generation auf Generation, in diesen Häusern zusammen. Ein Dreierblock, der bis auf ein paar ungefährliche Risse, den Krieg verhältnismäßig unbeschadet überstanden hatte. Zum Leidwesen meiner Eltern hatte aber auch das *Völkchen* aus dem Mittelhaus nichts abgekriegt. Ich verstand lange Zeit nicht, warum ich mit den Kindern nicht spielen durfte und versuchte immer wieder, mit mehr oder weniger Geschick, über den Zaun zu klettern.

Gleichwohl hatten die Nachbarskinder etwas, das ich mir immer gewünscht hatte. Eine Schaukel.
Eines Tages, ich war gerade wieder dabei, in einem vermeintlich unbewachten Augenblick, den Zaun zu überklettern, als mich die energische Hand meiner Mutter daran hinderte.
„Wie oft habe ich dir schon gesagt ...! Und jetzt ist Schluss! Ab in den Keller!"
Ich brüllte los. Weniger vor Angst als vor Zorn. Es half nichts.
Mutter öffnete die schwere Luftschutztür, stellte einen Hocker neben die Kartoffelkiste und bedeutete mir, mich hinzusetzen. Außerdem solle ich – bitteschön – aufhören zu brüllen.
„Was sollen denn die Nachbarn denken!!!"
Das war mir so was von egal. Ich wollte nicht in den Keller und schon gar nicht neben der Kartoffelkiste sitzen. Also weiter ge-

brüllt; dabei fing ich mir noch eine Ohrfeige ein, begleitet von dem Kommentar: „Das hast du dir selber eingebrockt."

Heute würden beispielsweise Nachbarn die Eltern, die mit ihren Kindern so umgehen, wegen Kindesmisshandlung anzeigen.

Das Licht erlosch und die schwere Tür schloss sich. Ich hörte, wie die beiden Hebel betätigt wurden, dann war ich allein.

Mein trotziges Brüllen ging langsam in klägliches Weinen und später in ein trockenes, vom Schluckauf unterbrochenes, Schluchzen über. Bis auch das erstarb. Meine Augen hatten sich inzwischen an die Dunkelheit gewöhnt und ich stellte fest, dass durch ein schmales Gitterfenster ein wenig Licht in meinen Kerker fiel. Leider zum Herausklettern ungeeignet, da das ohnehin kleine Fensterchen auch noch durch einen Eisenstab in der Mitte geteilt wurde. Sinnigerweise war dieser Stab waagerecht angebracht, so, dass man wirklich nicht rein- oder rauskam.

Neugierig begann ich, unter Umgehung der unmittelbaren Nachbarschaft der Kartoffelkiste, die Umgebung zu erkunden. Komisch, was suchte denn da mitten auf der Wand eine Türklinke? Das musste ich ausprobieren. Oh Wunder – das war nicht nur eine Klinke, das war tatsächlich eine Tür und sie war offen!

Ich räumte ein paar auf der Erde liegende Werkzeuge beiseite und zog die geheimnisvolle Tür vorsichtig auf. Dann habe ich allerdings nicht schlecht gestaunt. Ich stand im Keller unserer Nachbarn vom Mittelhaus, der zu einer Bar (heute würde man Partyraum sagen) umgebaut war.

Vage erinnerte ich mich daran, dass meine Mutter des öfteren die Mitmieter aus unserem Haus in Verdacht hatte, wenn aus unserem Keller wieder einmal etwas auf unerklärliche Weise verschwand; falls sie nicht gerade mich beschuldigte, den Spaten abgebrochen zu haben (...).

Ich würde sie wohl darauf hinweisen müssen, dass der oder die Urheber unserer verschwundenen Gegenstände woanders zu suchen seien.

Während dieser Überlegungen spazierte ich munter durch die verschiedenen Räume. Die einzelnen Keller waren nicht, wie in unserem Haus, verschlossen, sondern untereinander verbunden und frei zugänglich. Staunend betrachtete ich die Einrichtung. Nanu, was war denn das? Eine kompakt aussehende Tür erregte meine Aufmerksamkeit und ich hatte tatsächlich Mühe, sie auf zu bekommen. Als ich das geschafft hatte, blickte ich in einen, für unsere heutigen Begriffe, vorsintflutlichen Eisschrank, der mit Stangeneis gefüttert wurde. Plötzlich hörte ich über mir Stimmen. Au Backe, Josefine Schwingfeld kam die Treppe herunter. Das hatte mir noch gefehlt. Schnell versuchte ich, die Tür wieder zu schließen und klemmte mir, wie auch anders, dabei drei Finger. Josefine unterhielt sich mit jemandem, dessen Stimme mir bekannt vorkam. Bevor ich mich damit jedoch näher befassen konnte, musste ich im Nu von der Bildfläche verwinden. Ich steckte also meine demolierten Finger in den Mund und stellte gleichzeitig fest, dass mir der Rückzug verwehrt blieb, da ich *meine Eingangstür* ziemlich dicht angelehnt hatte. Außerdem befand sich diese Tür genau auf der gegenüberliegenden Seite des Raumes. Um einer Entdeckung zu entgehen, schlüpfte ich hinter den Tresen in eine Nische, deren Existenz die mich kurz zuvor noch verwunderte. (Heute weiß ich: das war die Nische, in dem das Bierfass stand!)

Gott sei Dank – keiner hatte mich bemerkt.

Inzwischen waren Josefine und ihr Begleiter unten angekommen. Potz Blitz! Das war aber nicht ihr Mann Heinrich, den sie bei sich hatte. Nein, das war Karl-Heinz, der Mann von Mutters Freundin. Was in aller Welt hatte der denn hier zu suchen! Ob die Gertrud das wohl wusste?

Einige Zeit später wurde mir klar, dass sie das ganz sicher *nicht* wusste!

Wow, was sich da vor meinen elfjährigen, unschuldigen Kinderaugen abspielte!

Ich wollte jetzt nur noch eines – raus.

Der Rückweg war, wie gesagt, versperrt und ich musste zusehen, dass ich durch das Vorderhaus nach draußen kam. Vorsichtig, auf allen Vieren, immer ein Auge auf das beschäftigte Paar gerichtet, schaffte ich es bis zur Kellertür. Gottlob war die nur angelehnt und ich schob mich, fast auf dem Bauch liegend, in Richtung Treppe. Einen tiefen Stoßseufzer konnte ich nicht mehr unterdrücken; es hat niemand etwas gehört. Immer noch äußerst leise schlich ich die Treppe rauf, sah mich im Hausflur um – niemand zu sehen – öffnete die Haustür und war entkommen.

So, nun stand ich auf der Straße und mir wurde schlagartig klar, dass meine echten Schwierigkeiten jetzt erst begannen. Wie sollte ich ungesehen wieder in *meinen* Keller kommen? Ganz abgesehen davon, dass meine Mutter diese ominöse Flucht und die offene Verbindungstür zum Nachbarkeller bereits bemerkt haben könnte. Bei diesem Gedanken überkam mich ein leises Zittern und ich verbot mir jegliches Weiterdenken bezüglich der daraus resultierenden Folgen.

Da ich schlecht an der Haustür klingeln und um Einlass bitten konnte, blieb mir nichts anderes übrig, als über das Gartentor zu klettern. Innerlich war ich überzeugt davon, dass das sowieso jemand sehen und mich bei meiner Mutter verpetzen würde, doch was sollte ich sonst machen? Ich musste, wie auch immer, zurück in den Keller.

Das Glück war mir hold und ich blieb sowohl von meiner Mutter als auch von den Nachbarn unbemerkt. Es erscheint mir sogar heute noch wie ein Wunder.

Uff, im Garten war ich schon mal – aber wie kam ich in den Keller? Ganz simpel, die Treppe zur Waschküche runter? Ging nicht. Diese Tür war immer abgeschlossen. Das daneben liegende Fenster wäre groß genug und auch äußerst bequem, nur leider ebenfalls zu.

Mutlos hockte ich mich unter die Veranda. Es dauerte nur ein paar unergiebige Gedankengänge bis sich über mir die Tür öffnete und die Stimme meiner Mutter erklang: „Lass nur Oma, ich häng dir die Wäsche draußen auf. Hier in der Küche ist das sowieso nicht ideal. Das Zimmer wird feucht und zum zweiten muss frisch gewaschene Wäsche auch an die ebenso frische Luft." Mit diesen Worten kam sie die wenigen Stufen, Omas Wäschekorb auf der Hüfte abgestemmt, herunter und stellte den Korb genau vor meiner Nase ab.
Verflixt! Sie brauchte sich jetzt nur noch zu bücken und es wäre um mich geschehen. Andererseits, überlegte ich, konnte sie mein Verschwinden noch nicht bemerkt haben. Sie würde in diesem Fall ganz sicher nicht gerade jetzt Omas Wäsche aufhängen.
Mutter bückte sich, um das erste Wäschestück aus dem Korb zu nehmen und bemerkte, sie hatte die Klammern vergessen. Seufzend ließ sie das Unterhemd, von mir als Zeltplane bezeichnet, wieder in den Korb fallen. Die fehlenden Klammern waren mein Glück. Mutter musste, eben weil die Tür zur Waschküche verschlossen war, zurück und durch die Küche nach unten. Ich wartete eine kleine Weile, bis ich sicher sein konnte, dass sie auf dem Weg durch den Hausflur zur Kellertreppe war und verließ mein Versteck. Leise schlich ich durch die Küche, den Flur und lauschte die Treppe hinunter. Gerade schloss sie die Außentür auf. Ich flog förmlich die Treppe nach unten und stand mit wild klopfendem Herzen vor unserer Kellertür. Da traf mich fast der Schlag! Hatte

ich doch genau gehört, dass, als ich in mein Verlies gesperrt wurde, die beiden Verschlusshebel betätigt worden waren.

Betätigt! Genau – mehr aber auch nicht. Die Tür war offen!

Ich hätte jederzeit mein Gefängnis ganz gemütlich durch eben diese Tür verlassen können.

Mit einer gehörigen Portion Wut im Bauch, dass ich so hereingelegt wurde, ärgerte ich mich natürlich auch gleichzeitig über mich selbst.

Rindvieh, schalt ich mich, hättest ja auch mal ausprobieren können, ob ...

Ich schaffte es gerade noch, in mein Gefängnis zu schlüpfen, als ich hörte, wie meine Mutter zurück kam. Sie stellte die Klammern in der Waschküche auf ihren Platz und rief noch etwas nach draußen, das ich nicht verstand. In dieser kurzen Zeit musste ich meine Augen nun dazu zwingen, sich etwas schneller an das diffuse Licht meiner Umgebung zu gewöhnen und ich musste noch die Tür zum Nachbarkeller schließen.

Hoppla! Brauchte ich nicht – sie war inzwischen zu und das Werkzeug, was ich beiseite geräumt hatte, war verschwunden.

Erschrocken und total erschöpft setzte ich mich auf den Hocker neben die Kartoffelkiste. Selbst die Möglichkeit, dass mich eines dieser achtbeinigen Krabbeltiere kontaktieren könnte, schreckte mich nicht mehr. Den Kopf auf den Rand der Kiste gelegt, schlief ich ein.

Wie lange ich geschlafen habe, weiß ich nicht. Mutter weckte mich mit den Worten: „Na, mein Sohn, das war ja wohl kaum eine Strafe für dich, oder? Wenn du schon neben der Kartoffelkiste einschläfst!"

Gähnend antwortete ich: „Ich weiß jetzt, wer unser Werkzeug klaut. Das sind die Schwingfelds vom Nachbarhaus."

„Du spinnst. Wie soll denn das gehen?"

„Ganz einfach", deutete ich auf die Tür meines Abenteuers.
Mutter schüttelte den Kopf. „Das ist eine Tür, die stammt noch aus
dem Krieg. Die ist immer verschlossen und eigentlich haben wir
die alle inzwischen vergessen. Sie wird nicht mehr gebraucht. In
Kriegszeiten war das etwas anderes. Da mussten die Keller untereinander zugänglich sein. Wenn ein Keller einstürzte, mussten die
Insassen irgendwo hin flüchten können. Aber heute! Außerdem
haben Schwingfelds von der anderen Seite eine Paneelwand davor."
Ungläubig schüttelte ich den Klopf. „Bist du sicher?"
„Ganz sicher."
Meine Mutter ging zu der Klinke und bewegte sie. „Siehst du",
sagte sie, „abgeschlossen."
Langsam zweifelte ich an meinem Verstand und war nahe daran
mir einzubilden, das alles nur geträumt zu haben. Meine geklemm-
ten Finger machten sich allerdings schmerzhaft bemerkbar, so dass
ich sicher sein konnte, völlig wach gewesen zu sein.
„Dann komm jetzt, Junge", sagte sie. „Ich hoffe, du bist kuriert
und lässt Nachbars Schaukel ebenso in Ruhe, wie deren Kinder.
Das ist einfach kein Umgang für dich!"
Ich versprach es; nach dem eben Erlebten war es mir sogar ernst.
Ganz besonders, als wir wenige Minuten später dann Karl-Heinz
in *unserem* Garten antrafen: „Euer Gartentor war offen. Und da ich
gerade in der Nähe war, wollte ich euch nur das Werkzeug zurück
geben, das ich ausgeliehen hatte."
Mutter bedankte sich äußerst erstaunt und ich schluckte.
Vielleicht bildete ich mir ja auch nur ein, dass er mich besonders
intensiv ansah?

***

Ich heiße Irmgard,
und bin 100 Jahre alt ...

Mit einem leisen Knarren öffnete sich die Schranktür und ein Paar äußerst gepflegte Hände, mit langen, sorgfältig manikürten Nägeln, legten einen Stapel frischer Wäsche in das mittlere Fach. Staunend versuchte Jimmy, der kleine blaue Waschhandschuh, sich umzusehen. „He", wisperte er vorsichtig, „kann mich jemand hören. Ich sehe nämlich plötzlich nichts mehr..."
„Na klar kann ich dich hören", tönte eine helle, ausgereifte Stimme hinter ihm. „Sehen kann ich auch immer nur etwas, wenn die Herrin einen neuen Stapel Wäsche in den Schrank legt oder ein Teil herausnimmt. Aber", fügte die Stimme fragend hinzu, „wer bist du denn?"
„Ich bin Jimmy, der kleine blaue Waschhandschuh. Allerdings gehöre ich erst seit kurzer Zeit zu diesem Haushalt. Vielleicht so vier oder fünf Wochen … und wer bist du?"
„Ich", kicherte die Stimme hinter ihm, „heiße Irmgard, bin ein langes, weißes Handtuch und schon sehr alt. Wie lange ich in diesem Schrank liege, weiß ich gar nicht mehr so genau. Ich war auch nicht immer hier. Vor vielen, vielen Jahren hing ich einmal in einem Hotel. Da hat mich einer der Gäste – sogar einer, der weiß Gott Geld genug hatte, sich selbst ein Handtuch zu kaufen – stibitzt. Danach begann für mich eine Odyssee durch verschiedene Aufenthaltsorte. Laufend wechselten die Herrinnen und ich wurde weiß Gott nicht immer gut behandelt. Fühl nur, an meinen Liegefalzen bin ich schon fast ein wenig brüchig. Es gibt Zeit, dass ich wieder mal vernünftige Pflege bekomme. Eine ordentliche Wäsche zum Beispiel."
„Du Ärmste", antwortete Jimmy. „Aber wie soll ich das verstehen, dass du schon so alt bist. Ich kann mir unter Alter nichts vorstellen."

„Nun", entgegnete Irmgard, „so genau weiß ich auch nicht, wie ich das erklären soll. Weißt du, ich kam im Jahre 1919 zur Welt ..."
„Neunzehnhundertneunzehn!!!"
„Ja", scherzte das alte weiße Handtuch, „das musst du dir mal vorstellen.
In diesem Jahr wurde ein, inzwischen weltbekanntes, Textilunternehmen aus der Taufe gehoben. Und Richard Burton, Margot Hielscher und Bernhard Wicki wurden geboren ..."
„Wer bitte?", fragte Jimmy ratlos. „Davon habe ich noch nie etwas gehört."
„Kein Wunder, dir käme vielleicht so gerade mal Nena mit ihren neunundneunzig Luftballons in den Sinn, wie?"
Nachdenklich zog sich der kleine Waschhandschuh in seine Falten zurück. „Gehört habe ich das schon mal, aber ich weiß nicht so recht. Es ist manchmal ganz schön blöd, wenn man noch jung ist und sicher viel interessanter, so alt geworden zu sein, oder? Du hast eine Menge erlebt und viele Leute kennen gelernt."
Irmgard schwieg eine kleine Weile, dann meinte sie: „Das ist richtig. 1919 wurden einige berühmte Leute geboren; einen Teil habe ich durch meinen Hotelaufenthalt sogar persönlich kennen gelernt. Zarah Leander, Paul Klinger und auch Lilian Harvey. Das ist die, die mit dem deutschen Schauspieler Willy Fritsch liiert war und noch zur Stummfilmzeit Karriere gemacht hat. Alle haben sie sich an mir die Hände abgetrocknet. Und ..."
Die Schranktür öffnete sich erneut und das Gespräch wurde abrupt unterbrochen. Die feinen Hände der Herrin griffen hinein und holten so nach und nach den gesamten Inhalt des mittleren Faches heraus. Ausgenommen Jimmy, der musste drin bleiben. Die Herrin des Wäscheschrankes schaute ihn nur kurz an und meinte halblaut.
„Na, dieses Zeug (!) habe ich gerade erst gewaschen ..." und sie hörte nicht, wie Jimmy rief: „Ich möchte auch raus, ich möchte bei

Irmgard bleiben und auch hundert Jahre lang ganz viele Leute kennen lernen!"

Irmgard blinzelte einen Moment in das helle Licht, doch dann freute sie sich, dass sie die lang ersehnte Pflege bekommen sollte. Mit anderen Handtüchern wanderte sie in eine dieser neumodischen Waschmaschinen und war ihrem Schicksal dankbar, dass sie nicht mehr auf dem Brett gerubbelt wurde. Nach knapp zwei Stunden landete sie, ziemlich zusammengeknüllt, in einem Wäschekorb, wobei sie zuvor während des fürchterlichen Schleudergangs von heftiger Übelkeit geplagt wurde. Gott sei Dank ging es dann an die frische Luft. Irmgard atmete tief durch und sah sich neugierig um. Himmel, hatte diese Welt sich verändert. Ratlos versuchte sie zu erkunden, wo sie denn sei – doch dieses Unterfangen musste sie als aussichtslos fallen lassen. Neben ihr hingen noch ein paar andere Handtücher, die sie mit kundigem Auge als mindere Qualität aus einem anderen Stall, und somit als uninteressant, einstufte. Aber gegenüber! Sie traute ihren Augen nicht, da hingen doch tatsächlich die Kittelschürze Hannelore und Holger, der Herrenschlafanzug, auf der Leine. Beide kannte sie noch aus der Zeit, als sie selber gerade fertig gestellt war. „Hallo", rief sie, „Dass es euch noch gibt …!"

„Gleichfalls", riefen die beiden unisono zurück und alle anderen Leinenbewohner merkten neugierig auf.

„Könnt ihr uns mal sagen, woher ihr euch kennt?", fragten sie verblüfft. „Vor allen Dingen seht ihr aus, als wäret ihr nicht gerade von heute."

„Womit ihr durchaus Recht habt", erwiderte Irmgard lächelnd. „Im Gegenteil – wir sind sogar noch nicht einmal von gestern, sondern eher von *vor*gestern."

Die anderen guckten ein bisschen dumm und fragten in die Runde: „Wann und wo seid ihr denn geboren?"

Als erste antwortete das lange, weiße Handtuch Irmgard:

„Ich wurde 1919 in einer Textilfabrik geboren und,
wie ihr seht, lebe ich immer noch."

Hannelore, die Kittelschürze, rief freudig: „Ich auch …!"
Und der Herrenschlafanzug Holger gab gleichzeitig seinen Kommentar ab: „Ich auch …!".
Die anderen Leinenbewohner staunten nicht schlecht und mussten neidisch zugeben, dass auch sie gern in diesem Unternehmen zur Welt gekommen wären.
Und wenn sie nicht verschlissen sind, leben sie in hundert Jahren immer noch.

***

Leinenwechsel

Der beginnende Tag war gerade zu erahnen, leichte Nebelschleier lagen noch über dem Rhein als sich Hagen Johannson ächzend von seiner Strohschütte erhob. In der Ferne hörte er durch den Dunst des Morgens den immer wieder kehrenden Ruf: „Wessel de Ling! Wessel di Ling!"

Mit einer typischen Handbewegung fuhr er über sein Kinn und überlegte, dass er sich wohl auch heute eine Rasur sparen würde. Selbst verfügte er über kein Rasiermesser, nur über eine Spiegelscherbe, die er am Rheinufer gefunden hatte. Irgendeine Dame vom Schloss hatte bei einem Ausritt vielleicht einen Spiegel zerschlagen und die Scherben einfach weg geworfen. Ludwiga war furchtbar erschrocken, als er ihr diese Scherbe mitbrachte und sie sich zum ersten Mal selber sah.

Hagen seufzte und beschloss, dass für einen Gang zum Barbier dieserWoche kein Geld mehr vorhanden sein würde. Gestern hatte er wieder keinen Auftrag bekommen und Josta, die alte Stute, stand mit hängendem Kopf vor dem Eingang. Einen Bottich Wasser stellte er ihr hin; zum Fressen musste er sie hinter dem Dorfanger auf die Wiese führen. Gott sei Dank konnte er mit dem letzten Ratsherrn ein Abkommen treffen; sonst wäre Josta vielleicht schon verhungert. Dieses alte Pferd war der Garant für seinen Lebensunterhalt. Mehr schlecht als recht.

Ludwiga war erwacht; als sie ihren Mann beim aufstehen stöhnen hörte. Sie wusste, dass ihn alle Knochen schmerzten. Die Arbeit war nun einmal hart, doch ihr Los war nicht besser. Mit den paar Kreuzern, die sie noch hatten, mussten sie auskommen, bis Hagen wieder einen neuen Auftrag bekam. Und nicht nur die Kinder mussten essen.
Ludwiga gab einen tiefen Stoßseufzer von sich und begann, die Strohschütten aufzulockern.
In der Küche stellte sie fest, dass kein Wasser mehr da war. Sie machte sich also auf den Weg, Wasser zu holen. Ihre Kräfte hatten in den letzten Wochen sehr nachgelassen, deshalb nahm sie sich den kleinsten Bottich, den sie tragen konnte und ging zum Brunnen. Dort traf sie auf Edelgarde, deren Mann Tobias schon unterwegs war. „Ihr schaut nicht gerade ausgeruht aus. Wann musste der Eure denn heute Morgen los?", fragte Ludwiga die Nachbarin. „Oh, es war noch völlig finster, aber wir waren ja froh, dass der Schmied gestern Bescheid gab, dass er heute früh jemanden brauchte, der das Feuer in Gang hielt. In den letzten Monaten ist es schlimm geworden in unserer Gegend. Die Arbeit wird immer weniger...“
„Ja", meinte Ludwiga, „es ist schon ein Kreuz, Hagen bekommt so manche Woche gar keinen Auftrag mehr. Die Schiffseigner haben

ihre eigenen Leute dabei und viele laden die Waren auch einfach am Ufer ab und lassen die Sachen abholen, um das Treidelgeld zu sparen. Es ist eine Schande. An uns denkt niemand. Die wirtschaften doch nur sich in die Tasche."

Edelgarde nickte. „Ich muss Euch uneingeschränkt recht geben. Nur sieht es so aus, als dass wir daran nichts ändern können. Unsere älteren Kinder sind schon so weit, dass sie diese Gegend verlassen und weiter den Fluss auf- oder abwärts ziehen wollen. Vielleicht nach Zons oder Neuss."

„Was", entgegnete Ludwiga ganz entsetzt, „Eure Kinder wollen Euch hier zurück lassen? Und was passiert, wenn sie weggezogen sind, mit Euch?"

Edelgarde zuckte mit den Schultern. „Sie müssen sich ihr Leben allein gestalten. Wenn sie meinen, ihre alten Eltern sich selbst überlassen zu können, dann werde ich sie nicht daran hindern. Wir würden auch weggehen. Aber wohin? Tobias ist nicht mehr jung – ich auch nicht. Wer will uns noch, wenn die Kräfte nachlassen?"

Ludwiga nickte widerwillig. „Leider habt Ihr Recht. Eine Schande ist es trotzdem!"

Sie setzte sich den gefüllten Bottich auf die Hüfte und machte sich mit ein paar Abschiedsgrußworten auf den Heimweg. Jonas kam entgegen. „Mutter, wie oft habe ich Euch schon gesagt, dass Ihr nicht so schwer tragen sollt. Solange ich noch hier bin, kann ich Euch doch helfen."

„Solange du noch hier bist?", fragte Ludwiga erschrocken.

„Ja, Mutter. Auch wenn es schwer fällt, aber Ihr müsst einsehen, dass wir so nicht weiterleben können. Diese drangvolle Enge. Jeder stört jeden, immer und überall."

„Aber, Sohn, dass ist doch nicht nur bei uns so. Und was soll werden, wenn der Vater auch nicht mehr arbeiten kann?"

Jonas zuckte fast unmerklich die Schultern: „Ich fürchte, dann werden meine jüngeren Brüder dafür sorgen müssen, dass es Euch gut geht. Immerhin haben sie bis jetzt so gut wie nichts getan. Außer dummes Zeug anzustellen", fügte Jonas hinzu.

„Dafür sind es Kinder", zürnte Ludwiga.

„Ja", knurrte Jonas, „die werden sie wohl auch bleiben."

Am Abend kam Hagen heim. Er hatte sich weiter flussabwärts als Tagelöhner verdingen können und ein paar Kreuzer bekommen. Er legte das Wenige ohne Worte auf den Tisch und Ludwiga seufzte. „Nun ja, eine Kelle Mehl werde ich dafür wohl bekommen. Immerhin können wir dann morgen wieder einmal Pfannkuchen essen." Dieser Vorschlag wurde mit lautem Gejohle von den Jüngsten beantwortet.

An diesem Abend gab es aber wieder Fladenbrot und Hafergrütze.

Jonas teilte seinem Vater den Entschluss, das Haus zu verlassen mit. Dieser nickte nur. „Kann ich verstehen. Aber wohin wirst du gehen?", fragte er.

„Nun, ich denke, ich werde nach Zons gehen."

„Warum ausgerechnet Zons?"

„Weil, wie ich hörte, Zons Zollstadt geworden ist. Dort werde ich vielleicht die Möglichkeit haben als Zöllner zu arbeiten. Oder allenfalls auch als Müller. Die Zonser Mühle läuft ja immer noch, obwohl man den Müller schon vor Monaten totgesagt hatte. Jedenfalls will ich nicht unbedingt treideln."

Wütend schoss der Vater zurück: „Glaubst du grüne Göre denn, ich hätte das gewollt. Ich würde auch lieber oben im Schloss den Gärtner spielen."

„Entschuldigt Vater", beschwichtige Jonas ihn. „Das habe ich nun wirklich nicht so gemeint. Aber Ihr müsst doch zugeben, dass das kein Leben ist, oder?"

Der Vater senkte den Kopf und nickte nur. „Ist schon gut Junge. Geh du deinen Weg. Ich wünsche dir alles Glück."

Jonas machte sich am folgenden Morgen bereits auf den Weg. Er marschierte fast vier Tage. Tagsüber lief er am Straßenrand und in der Nacht ging er immer ein Stück in die Wiese hinein oder hinter einen Waldsaum. Vor Räubern war man hier nirgendwo sicher und Jonas liebte sein Leben.

In Zons angekommen, ließ man ihn in das Zollhaus gar nicht erst hinein. Den Zöllnern ging es viel zu gut, als dass sie einen Fremden daran teilhaben lassen wollten. Notgedrungen ging Jonas zum Müller. Der war allerdings hoch erfreut, eine Hilfe zu bekommen. Als der alte Müller nach einigen Jahren verstarb, behielt Jonas die Mühle.

Er hatte es inzwischen zu bescheidenem Wohlstand gebracht und eine Familie gegründet. Diesen Wohlstand galt es zu sichern und er begann, bei Nacht und Nebel einen Teil seines Mehles mit einem kleinen Schiff rheinaufwärts zu verkaufen. Am Zoll vorbei.

Eines Tages traf er Hochwürden Remigius am Dorfeingang. Er entbot ehrerbietig seinen Gruß und der Pfarrer sprach ihn an: „Ihr seid Jonas Johannson, nicht wahr?"

Jonas nickte und ihn beschlich ein ungutes Gefühl.

„Nun, Euer Vater und Eure Mutter sind verstorben. Eure Mutter wollte im Rhein waschen und ist von einem Stein abgerutscht. Euer Vater, der gerade auf dem Boot vom Großbauern eine Kuh festbinden wollte, sprang ins Wasser, um ihr zu helfen. Leider schaffte er es nicht. Sie versanken beide."

Jonas schlug die Hände vors Gesicht. „Ich hätte wohl doch wenigstens einmal nach Hause gehen sollen!"

„Ja", antwortete der Pfarrer hart, „das hättet Ihr sollen."

Jonas sprach mit seiner Frau darüber und sie beschlossen, gemeinsam den Rhein aufwärts zu ziehen. Sie wollten nach den Geschwistern sehen und dachten: „Wir sind noch jung, wir werden es schon schaffen."

Doch dann kam die Nachricht, dass man weit unten auf dem Rhein, ein Schiff gesehen habe, das nicht mehr gezogen wurde, sondern aus eigener Kraft stromaufwärts fuhr. Das wollte niemand so recht glauben und da auch keiner wusste, wie lange das Schiff brauchen würde, bis es bei ihnen ankam, stellten sie Wachen auf. In den frühen Morgenstunden des Mittwochs vor Pfingsten rannte Jonas, der diese Nachwache hatte, aufgeregt ins Dorf: „Es kommt! Es kommt!"

Über Jonas kroch eine Gänsehaut. Er hatte das Gefühl, den größten Umbruch seiner Zeit miterlebt zu haben.

*

Mehr als einhundert Jahre später erbte ein Jonathan Johannson ein kleines Haus in Wesseling, was früher einmal dem Dorfpfarrer gehörte. Neugierig und mit ein wenig Respekt bestaunten er und seine Freundin Katja die uralten Folianten, die auch der letzte Pfarrer sorgfältig gehütet hatte. Alle Bücher waren in braunes Leder gebunden und stammten zum Teil aus dem 18. Jahrhundert.

Beim Aufschlagen der Bände stieg beiden der Staub der Vergangenheit in die Nase.

„Wieso hast eigentlich gerade du dieses Haus geerbt ", fragte Katja Jonathan, „und wie bist du mit dem Pfarrer verwandt?"

„Frag mich lieber was Leichteres. Aber irgendwie muss es wohl so sein. Denn, lies einmal hier: „*Hagen hatte einen Sohn, das war Jonas. Dann kam ein Jonathan, dann wieder ein Jonas, dann wieder Jonathan, das war mein Großvater, dann wieder Jonas, mein Vater und ich bin wieder ein Jonathan. Der Jonas, der den ersten Raddampfer auf dem Rhein gesehen hat, muss mein Ur-ur-urgroßvater gewesen sein.* "

„Ist da nicht vielleicht ein ur mehr drin?", hatte Katja ein wenig grinsend gefragt. Jonathan drohte ihr mit dem Finger und vertiefte sich wieder in die alten Texte.

Plötzlich sah Katja hoch. Sie reckte sich und während sie die wabernden Frühnebel über dem Rhein sah, hörte sie in ihrem Kopf den dumpfen Ruf der Treidler:

Wessel de Ling! Wessel de Ling!

„Sag mal Jonathan", fragte Katja, noch ganz gefangen von dieser Atmosphäre, „hast du das gewusst?"

„Was gewusst?"

„Dass unser Wesseling aus dem Ruf der alten Treidler entstanden ist?"

Jonathan musste sich erst wieder darauf besinnen, dass er im 21. Jahrhundert lebte. Aber auch er konnte den Ruf der Vergangenheit nicht überhören: Wessel de Ling! Wessel de Ling!

***

Was denn? ... und so was gibt's auch?
Erlebnisse, Illusionen oder Gegebenheiten, die uns manchmal un-
wahrscheinlich vorkommen und die doch immer wieder in unseren
Köpfen gegenwärtig sind. Ein bisschen mystisch – aber so herrlich
verträumt ...

Gibt es nicht – gibt es doch!

Wie jedes Jahr, werden die Adressen von Freunden und Bekannten zirka einen Monat vor dem Weihnachtsfest zur Hand genommen. In dieser Zeit davor, werden Weihnachtskarten mit selbst gestalteten Motiven angefertigt. Karten kaufen kann jeder …

Nun ging es ans Schreiben. Eine nach der Anderen wurde dann kuvertiert, mit den Adressen (Vorne!!!) und dem Absender (hinten!!!) versehen. Nun fehlten nur noch die Briefmarken,wie es sich gehört, in der rechten oberen Ecke.
Eine Woche vor dem Fest brachten wir die Briefe zur Postfiliale.
Auch wir bekamen einige Briefe und Karten per Post. Und am 21. Dezember wunderten wir uns nicht schlecht! Eine Sendung an entferntere Nachbarn kam ohne Kommentar zurück.
???
Bei näherer Betrachtung der Postsache, warum diese wohl zurückkam, staunten wir nicht schlecht: Das Kuvert wurde nicht – wie üblich – auf der Vorderseite, dort wo die Briefmarke klebte, abgestempelt, sondern auf der Rückseite, wo *unser Absender* verzeichnet war.

Leider fiel uns zu spät ein, von diesen beiden Seiten der Sendung ein Foto zu machen. Die Weihnachtsgrüße brachten wir dann persönlich zum Empfänger. Er freute sich sicherlich, eine ungestempelte Briefmarke wieder verwenden zu können.

Und das sollte nicht das einzige Mal bleiben.
Es lebe die Post!

Der Wohltäter

Julius Huber wohnte ganz allein in einem Zweifamilienhaus. Als seine Frau noch lebte und Tochter Monika im ersten Stock wohnte, war immer etwas los.

„Warum vermietest du nicht?", fragten seine Skatbrüder das Eine oder Andere mal.

„Ich hoffe immer noch, dass meine Monika wieder zurückkommt", lautete seine Antwort. „Und außerdem ..., weiß ich, wenn jemand einzieht, ob er oder sie zu mir passt? Wenn man so eng zusammen wohnt, läuft man sich täglich über den Weg."

So vergingen die Jahre; seine Tochter heiratete in eine andere Stadt und kam höchstens alle zwei Monate zu Besuch. Eigentlich benötigte er die zusätzliche auch Miete nicht, er hatte sein Auskommen. Aber leer stehen lassen wollte er die Räumlichkeiten auf die Dauer nicht, so gab er dann doch eine Annonce in der örtlichen Tageszeitung auf:

Preiswerte Wohnung zu vermieten,
vorzugsweise an allein stehende Dame

Daraufhin meldeten sich viele Frauen und er hatte die Qual der Wahl. Eine etwa dreißigjährige Krankenpflegerin, die in einer festen Anstellung im Städtischen Krankhaus arbeitete, bekam den Zuschlag. Im Mietvertrag vereinbarten beide Parteien, dass, sollte es nötig werden, die Mieterin ihm ab und zu zur Hand ging.

Von nun an prangte an seinem Gartentor ein Schild, dass die Wohnung vermietet sei.

*

Am darauf folgenden Morgen holte er an *seinem* Büdchen die Zeitung und spielte zusätzlich Lotto. Die Besitzerin fiel vom Glauben ab und ihr Credo besagte: „Das ist rausgeschmissenes Geld! Jetzt auf einmal nicht mehr?", fragte Ursel ihn.

„Na ja, man kann es doch mal probieren. Sollte es mit einer größeren Summe klappen, könnte ich etwas Gutes tun", antwortete er.

Die Wochen gingen dahin; das Zusammenleben im Haus hatte sich eingespielt. Sogar zu seinem neunzigsten Geburtstag wurde seine Mieterin mit eingeladen. Lotto spielte Julius noch immer, doch mehr als ein *Dreier* ab und zu, sprang dabei nicht heraus. Kurz vor Weihnachten meinte er zu *seiner* Ursel im Büdchen: „So, das ist heute das letzte Mal, dass ich Lotto spiele. Ich habe mit meinen Zahlen einfach kein Glück. Doch ich will nicht meckern, bin relativ gesund, habe ein paar gute Freunde und meine Mieterin ist auch okay."

*

Nach den Feiertagen flatterte ihm ein Schreiben der Lottogesellschaft ins Haus. Julius beäugte den Umschlag von allen Seiten und dachte, *was wollen die denn von mir? Wollen die mich überreden, weiterzuspielen?*

Weil er aber auf dem Weg zu einer Verabredung zum Karten spielen mit seinen Freunden war, ließ er das Schreiben liegen. *So eilig wird es ja wohl nicht sein*, dachte er.

Beim Skat hatte er heute Glück und nahm das zum Anlass, die komplette Zeche zu bezahlen – zur Freude aller.

Da sie schon seit geraumer Zeit ihre Skatrunde auf den Nachmittag verlegt hatten, war Julius am frühen Abend wieder zu Hause. Er zog seine Sachen aus, hängte die Oberbekleidung zum Lüften nach draußen, die Unterwäsche wanderte in die Waschmaschine und er erst einmal unter die Dusche. Er selber rauchte zwar nicht, doch die Luft in der Gaststätte war von anderen Gästen rauchgeschwängert. – Zu der Zeit durfte man in der Eckkneipe noch qualmen! Das sollte sich in naher Zukunft jedoch ändern, dann sollten die Räuchermännchen vor der Tür rauchen. Da würde mancher Gast wegbleiben und die Kneipenkultur, die vor allem in ländlichen Gegenden ein gewisses Gewicht hatte, verloren gehen.

Nun saß Julius in seinem geliebten Sessel, hatte sich ein Glas Rotwein geholt und begann, den besonderen Brief zu öffnen. Da stand geschrieben…

> *Lieber Lottofreund,*
> *Sie haben bei der letzten Ziehung fünf Zahlen plus*
> *der Zusatzzahl richtig angekreuzt und somit*
> *fünfundneunzigtausend €uro gewonnen. Diese Summe*
> *werden wir Ihnen in absehbarer Zeit auf Ihr Konto*
> *überweisen. Zur Erhebung der dafür erforderlichen Daten*
> *wird in den nächsten Tagen ein Mitarbeiter unserer*
> *Lottogesellschaft – er wird sich ausweisen – zu Ihnen kommen.*

Julius war platt! Das war doch mal ein nachträgliches Weihnachtsgeschenk.

*

Er begann mit den Überlegungen, was er denn mit dem unerwarteten Geldsegen anstellen sollte und entschloss sich, wie folgt zu verfahren:

ca. ein Drittel	bekommt meine Tochter
ca. ein Drittel	lege ich auf mein Konto
ca. ein Drittel	werde ich an nicht so begüterte Menschen verschenken und ihnen damit ein nachträgliches Weihnachtsgeschenk machen.

Zum Beispiel, überlegte er weiter, *werde ich meiner Mieterin eine Jahresmiete erlassen; den Rest übergebe ich dem Bürgermeister*

meines Heimatortes, denn der weiß am Besten wer es am Nötigsten hat. Und das alles anonym.
Wo Menschen in und für die Öffentlichkeit arbeiten, bleibt nicht wirklich etwas geheim. Schmunzelnd stellte Julius fest, dass es in den darauf folgenden Wochen Dankesbriefe hagelt und auffallend viele Menschen ihn plötzlich sehr freundlich grüßten. Zufrieden lehnte er sich in seinem Lieblingssessel zurück. Natürlich mit seinem geliebten Glas Rotwein.

***

Eine Bettgeschichte

Alle nannten ihn nur Jonny. An seiner Gaststätte stand über der Eingangstür in geschwungenen Buchstaben: *Im Hochhäuschen* bei Jonny.

Wenn also neue Gäste kamen, die nach dem *Herrn Ober* riefen, konnte es glatt passieren, dass dies überhört wurde. Doch Stammkunden klärten die Neuen schnell auf.

Das ganze Haus stand auf einer Fläche von rund fünfundvierzig Quadratmetern und hatte insgesamt vier Stockwerke. Es erinnerte an diese schmalbrüstigen Häuser in mittelalterlichen holländischen Städten. Pro Stockwerk nur ein Zimmer. Im Parterre befand sich die Gaststätte; ausgestattet mit einer Theke und Plätzen für fünfzig Personen. Das ging aber nur, weil an den Wänden eine durchgehende Sitzbank installiert war. Im ersten Stock war die Küche untergebracht. Ein kleiner Aufzug hinter der Theke beförderte die Speisen. Im zweiten und dritten Stock wohnte Jonny mit seiner Familie, Frau Gerlinde und Tochter Sabine. Den noch darüber liegenden Raum hatte er vermietet.

Den Keller erreichte man nur, wenn man hinter der Theke die Falltür öffnete und eine äußerst steile Treppe hinunter stieg. Es war noch so ein richtig alter Gewölbekeller, in dem die Temperaturen zwischen Sommer und Winter fast gleich blieben. Ein idealer Ort zum Aufbewahren von frischen Speisezutaten und Getränken. Die Falltür hatte ihm auch schon einmal gute Dienste geleistet. Als er vor ein paar Jahren, kurz nach Feierabend, die Eingangstür zusperren wollte, stand ein Vermummter im Rahmen und fuchtelte mit einer Pistole herum. „Geld her oder es knallt", schallte ihm entgegen. Blitzschnell rannte Jonny zurück hinter die Theke und öffnete im Vorbeilaufen die Falltür. Dann verzog er sich in die äußerste Ecke und rief dem Maskierten zu: „Dann hol dir das Geld selber; von mir kriegst du nichts!" Der Dieb hatte es wohl sehr eilig. Als er hinter die Theke lief übersah er die offene Falltür ... Die herbei gerufene Polizei brauchte ihn nur noch einzusammeln.

Die Gaststätte war immer gut besucht und sie konnten sich nicht beklagen. Es hatte sich im Laufe der Jahre im weiteren Umkreis herum gesprochen, dass hier noch Speisen und Getränke zu moderaten Preisen angeboten wurden. Das ging natürlich auch nur, weil Jonny das Haus von seinen Eltern geerbt hatte und die anfallenden Kosten sich in Grenzen hielten. Manch anderem Kollegen aus dieser Branche ging es nicht so gut, da oft hohe Mieten und womöglich Kredite drückten. Einige schauten dann doch mit neidischen Augen auf Jonny und seine Preise.
Natürlich war nicht immer alles eitel Sonnenschein. Seit geraumer Zeit munkelte man, dass die Straße bald verbreitert werden solle und eventuell sogar die U-Bahn, in diesem Teil, an den Grundstücken vorbei geführt würde. Nicht nur, dass ihnen dann im Sommer der Platz vor dem Haus als Biergarten fehlte, nein, vielmehr bereitete Jonny und seiner Frau der Gedanke Sorge, was mit dem Haus passierte, wenn man davor anfing zu buddeln? Wer rechnete vor

mehr als fünfzig Jahren schon damit, dass ein Haus später einmal derartigen Erschütterungen ausgesetzt sein würde? Seither hatte der Verkehr im gesamten Straßenbereich so zugenommen, dass Fenster und Fußböden beim Vorbeifahren eines LKWs vibrierten.

Es war an einem Mittwoch im Januar am frühen Morgen. Gerlinde putzte die Gaststube und lüftete, als plötzlich ein junger Mann in der Tür stand. „Heute ist Ruhetag", sagte sie zu ihm, „ich kann Ihnen nichts anbieten."

„Ich weiß", antwortete der junge Mann, „ich komme im Auftrage der Stadt ..." und zückte seinen Ausweis.

„Ja und?"

„Ich möchte gern Ihren Mann sprechen; zwecks einer Hausbegehung."

„Hausbegehung? Was wollen Sie denn in unserem Haus? – Moment bitte, ich rufe eben nach oben durch ..." griff sie zum Haustelefon. „Jonny, kommst du bitte nach unten; hier ist jemand von der Stadt."

Fünf Minuten später stand Jonny, noch unrasiert, im Gastraum.

Stephan Schulze, so hieß der junge Mann, wies sich noch einmal aus und erklärte: „Ich möchte durch Ihr Haus gehen, um etwaige Schäden an den Wänden oder in den Fußböden zu sichten und zu dokumentieren. Ab dem kommenden Jahr wird die U-Bahnstrecke erweitert. Damit wir später erkennen, ob Schäden durch die Bauarbeiten entstanden sind – oder auch nicht! – muss ich von jedem Haus in Ihrer Straße ein Gutachten erstellen."

„Bei uns ist zwar alles in Ordnung; aber gehen wir; am besten fangen wir im Keller an."

Nach zwanzig Minuten war die Besichtigung zu Ende und Herr Schulze verabschiedete sich wieder. Nicht ohne eine Kopie seines Berichtes dazulassen.

Die Zeit verging und die Arbeiten zum Bau der U-Bahnstrecke nahmen im darauf folgenden Jahr ihren Anfang. Es ging zügig voran und nach vier Monaten war der unterirdische Bagger auf der Höhe des Nachbarhauses angekommen. Jonny und seine Familie, aber auch die Gäste, die Tag für Tag in der Wirtsstube saßen, spürten ein gewisses Maß an Erschütterungen unter ihren Füßen.

„Wenn das nur gut geht", meinte einer von ihnen, sind die erst mal vor unserem Haus angekommen ... wenn ich nämlich richtig informiert bin, haben wir um uns herum ziemlich sandigen Boden!"

Zwei Tage später, wieder an einem Mittwoch; saßen sie gerade gemütlich beim Frühstück, als es anfing zu klirren. Wenige Minuten später fielen die ersten Stückchen Putz von der Zimmerdecke. Plötzlich schien das ganze Haus zu vibrieren, regelrecht zu schwanken. Alle drei, Gerlinde, Sabine und Jonny schrieen durcheinander: „Wir müssen hier raus! Das Haus fällt über uns zusammen!"

So schnell ihre Füße sie trugen liefen sie zur Treppe ... in diesem Moment neigte sich das Haus nach vorn und Jonny spürte einen heftigen Stoß in seine Seite! „Was ist denn los ...?"

Verschlafen setzte er sich auf; Gerlinde hatte ihn kräftig geschüttelt und dem Albtraum ein jähes Ende bereitet.

Beide standen auf; Jonny huschte, diesen Schrecken noch im Kopf, um die berühmte Ecke und stärkte sich anschließend, wie auch seine Frau, mit einem Glas Wasser. Sie gingen zurück in ihre Betten und waren kurz darauf wieder eingeschlafen.

***

Diese Geschichte wurde dem damaligen Oberbürgermeister der Stadt Köln zur Kenntnis gebracht, der sogar eine humorige Antwort schrieb.

Wie sag ich's meiner Frau

„Martin … !!!" Jeden Tag das gleiche Problem; abends nicht ins Bett und am Morgen nicht raus. Er drehte sich im Halbschlaf um und schaute seine Frau Angelika fragend an.
„Du musst aufstehen, es ist schon nach sieben Uhr. Wann willst du denn auf der Arbeit erscheinen?"
„Mensch … so spät ist es schon? Ich bin doch gerade erst ins Bett gegangen."
Langsam schälte Martin sich aus seiner Bettdecke. Duschen, Zähne putzen, Haare föhnen, anziehen. Der Frühstückstisch war gedeckt. Schnell ein Schluck Kaffee, den Angelika ihm eingoss und an dem er sich fast die Klappe verbrannte.
Hurtig in die Garderobe, Schuhe und Jacke anziehen, ein schneller Abschiedskuss und schon war er zur Tür hinaus.
Den Weg zur Arbeitsstelle kannte er im Schlaf; also schnellen Schrittes die Dorfstraße entlang, ein Blick auf die Uhr – es würde schon noch klappen.
Und dann …

An der Kreuzung eine Menschenmenge; die Ampel zeigte rot. Martin legte noch einen Schritt zu und drängelte sich an den Wartenden vorbei, um über die Straße zu gehen. Jemand aus der Menge der Wartenden rief hinter ihm her: „Es ist rot! Sind Sie farbenblind? Wenn jetzt ein Auto kommt, dann war's das!"
Mitten auf der Straße blieb Martin stehen und rief: „Das geht Sie gar nichts an! Das ist mein Leben!" Und setzte seinen Weg fort.

Sicherlich war es Schicksal, dass zufällig die Polizisten im Streifenwagen, die Ampel war soeben umgesprungen, diesen Leichtsinn beobachteten. Die drehten eine Runde und postierten sich am

Rand der Fußgängerzone, die Martin durchqueren musste. Das Unglück nahm seinen Lauf.

„Guten Morgen", begrüßten die Beamten Martin. „Sie liefen vor einigen Minuten, als die Ampel rot zeigte, über die Straße vor der Fußgängerzone."

„Jaaa – ich hatte, das heißt ich habe, es eilig; ich muss zur Arbeit", entgegnete Martin.

„Na, dann legen Sie sich schon mal eine Entschuldigung für Ihren Chef zurecht. Ihre Papiere bitte." Damit hielt der Ordnungshüter die Hand auf. Ein Strafzettel, Knöllchen, wurde ausgestellt und vor Ort kassiert. Mit einer kurzen Ermahnung, sich zukünftig an die Verkehrsregeln zu halten und mit einem *schönen Tag noch* ließen sie Martin seines Weges ziehen.

Nun hatte Martin zwei Probleme. Erstens, was sage ich meinem Chef und zum Zweiten, wie sage ich es Angelika.

Wir überlassen mal die Konsequenz der Beichten der Phantasie der Leser*innen; nur soviel: sehr freundlich war das Ergebnis nicht.

Doch eines hatte das Erlebnis bei Martin doch bewirkt, er wollte sich bemühen, den Wecker um eine halbe Stunde vorzustellen und auch wirklich aufzustehen.

***

Mit anderen Augen gesehen

Freitagmittag. Markus kam aus der Schule und machte ein Gesicht wie zehn Tage Regenwetter; dabei strahlte bereits die ganze Woche die Sonne. Sogar im Freibad war er schon mit seinem Freund.

„Markus, was machst du denn für ein Gesicht?" fragte ihn seine Mutter, nachdem er sich gewaschen, umgezogen hatte und an den

Küchentisch setzte. „Unsere Lehrerin, Frau Wolle, hat uns für das Wochenende zur Aufgabe gemacht, ein Museum zu besuchen."
„Na, das ist doch nichts Schlimmes. Du nimmst deinen Freund mit, ihr schaut Euch die schönen Bilder an und nach einer guten Stunde seid Ihr wieder draußen. Dann ist immer noch Zeit für Fußball."
„Nee, so einfach ist das nicht! Da soll ein bestimmtes Portrait hängen und darüber sollen wir dann einen Aufsatz schreiben."
Nach dem Essen rief Markus seinen Kumpel Rudi an; der maulte zuerst ein wenig rum, sagte dann aber zu, sich mit ihm das *besondere Bild* anzuschauen.
Sie wollten es schnell hinter sich bringen und standen am Samstag, pünktlich zur Eröffnung der Ausstellung, im Museum. Zum Glück hieß es für dieses Wochenende: *Tag der offenen Museen*, somit kostete es keinen Eintritt. Ein Poster am Eingang wies den Rundweg. Dann standen sie davor!
Entsetzt schaute Rudi seinen Freund an. „Das soll ein Portrait sein? Diese bizarren Details zu verschiedenen Berufen? Dann die unnatürlichen Formen und Farben. Wer malt denn so was? Ich weiß nicht – meine Welt ist das nicht!"

Markus stand immer noch sprachlos vor dem Gemälde. „Eine Maske für die Geisterbahn, sage ich mal. Was meinst du, Rudi?"
Rudi meldete sich wieder zu Wort: „Weißt du, was ich auf dem Bild sehe? Also … rechts unten einen verunglückten Kaktus, darüber eine verwachsene Hand. Vielleicht die eines Arztes mit fünf unterschiedlich dicken Spritzen? Blaue Augenbrauen habe ich übrigens noch nie gesehen. Noch nicht einmal bei meiner Schwester und die schmiert sich alle möglichen Farben um die Augen. Statt Augen hat der Spinneweben im Gesicht. Und wer hat die Ohren schon direkt neben den Augen sitzen? Der Mund ist auch nur halb gelungen; ein Besuch beim Zahnarzt hätte dem Maler sicherlich einige Kenntnisse bezüglich der Beschaffenheit von Zähnen

und Zahnfleisch gebracht. Also, alles in allem, wie du schon betontest: eine Maske für die Geisterbahn. Außerdem ist mir nun völlig klar, warum die heute keinen Eintritt genommen haben!"
„Schön, was du da alles aufgezählt hast. Das könntest du mir eigentlich gleich aufschreiben, dann habe ich meine Geschichte für die Schule nämlich schon fertig."
„Nee, mein Freund – ich bin mitgegangen, aber schreiben tust du mal schön selber!"
„Muss ich dann wohl …!"

***

Das Monster – Il Monstero
oder die Kunst richtig zu sehen

Buh – das ist doch einfach! Wer immer das malte, muss es nicht unbedingt gelernt haben. Dachte ich. Dann kam das genauere Hinsehen, das Überlegen. Einmal stellte sich die Frage, was der Maler, oder die Malerin, damit ausdrücken wollte. Warum nahm er so gedeckte Farben und malte zusätzlich noch einen dicken schwarzen Rand drumrum. Ein wenig verdrießlich nahm ich meinen Zeichenblock und begann, das Bild nachzumalen. Oder besser – nachzuzeichnen; wobei mir als erstes klar wurde, dass ich dem Maler gewaltig Unrecht getan hatte. Nix einfach! Mit jedem Strich musste ich feststellen, dass dieses Monster es in sich hatte. Allein die Augen, die mich, trotz ihrer kuriosen Form, intensiv anblickten. Es schien, als wollten sie etwas sagen: „Da, schau her – du siehst auch nicht mit beiden Augen gleich."
„Das stimmt. Ob ich das sehe, was du siehst, kann ich nicht beurteilen. Und außerdem hast du dich nicht gut ausgedrückt. Ich sehe

nicht auf beiden Augen gleich, aber ich hab zwei gleiche Augen. Du nicht!"

Das Bild grinste. „Da ist was dran. Was habe ich denn für Augen?"

„Eines sieht aus wie eine Schnecke und das Andere wie ein Spinnennetz."

„Hihi! Und beide Tiere kannst du nicht leiden. Richtig?"

„Richtig. Warte, es geht noch weiter. Deine Zähne. Oben blaugrün und unten gelbgrün. Brrr!"

Wieder kicherte das Bild. „Ich kann damit aber besonders gut zubeißen."

„Hm – trotzdem. Appetitlich sieht das nicht aus. Und die Mundhöhle dahinter! Schwarz! Nein, das gefällt mir nicht. Du bist … Du bist ein Monster."

„Irrtum. Ich bin das, was der Maler in den Menschen sieht. Die Meisten sind monströs…"

Nachdenklich lauschte ich der inneren Stimme, die mir auf meine Gedanken antwortete. Ist das so? Sind die meisten Menschen Monster? Das Bild konnte anscheinend Gedanken lesen. „Ja, die Menschen sind so. Hast du das noch nie empfunden? Dass, zum Beispiel, Freunde dich enttäuschten?"

„Doch, natürlich. Das hat verdammt wehgetan."

„Siehst du, dafür steht mein Gesicht."

„Nun gut, das kann ich sogar akzeptieren. Aber warum habe ich den Eindruck, dass deine Ohren nicht rechts und links am Kopf sitzen, sondern da, wo normale Menschen ihre Wangen haben; überdies noch zweifarbig?"

Diesmal dauerte es etwas länger, bis das Bild antwortete. „Ja – ich glaube, der Künstler wollte damit sagen, dass man mit zwei Ohren auch unterschiedlich hört. Einmal das, was wirklich gesagt wird und zum Anderen das, was man herauszuhören glaubt."

Inzwischen war ich soweit, dass ich dem Bild einen Namen geben wollte. Man kann auf Dauer mit niemandem sprechen, der einfach nur *Bild* heißt. Ich hatte dieses Angesicht bereits als Monster bezeichnet und meinte nun: „Bevor ich auf deine Antwort eingehe … ich habe dich getauft. Du heißt: Il Monstero."

Leises Gelächter war die Antwort. „Das finde ich gut", gluckste es vor mir. Warum Il Monstero und nicht La Monstera?"

„Weil ich es einfach leid bin, dass immer nur vom Weiblichen das Schlechte ausgehen soll."

„Gut, gut – doch wenn du den Titel ins Deutsche übersetzt heißt es: das Monster – und das ist sächlich!"

„Hast du auch wieder Recht."

„Warum hängst du mich nicht an die Wand? Dann kannst du jedes Mal, wenn du an mir vorbei kommst, mit mir reden. Doch nun sage mir, habe ich mit meiner Vorstellung vom Hören und Hineinhören nicht Recht?"

„Das ist nicht zu leugnen. Wie oft ging es mir so, dass ich die Worte nicht nur hörte, sondern etwas Herauszuhören glaubte. Das war meiner Seele nicht besonders förderlich. Obendrein wird man äußerst kritisch."

„Bist du das nicht sowieso?"

„Hm – weißt du was? Hör einfach auf!"

„Gefällt dir wohl nicht, wenn du in mir einen Spiegel siehst."

Ich schüttelte den Kopf. Nein, das gefiel mir nicht wirklich.

„Und dann", lästerte ich weiter, „deine Hände! Die Eine schaut aus, als seien die Fingerspitzen zu Spritzen ausgearbeitet und die andere Hand – na ja, vielleicht Stecknadeln? Außerdem sind sie völlig unlogisch angeordnet. Sie kommen aus dem Nichts. Sind das überhaupt deine Hände?"

Das Bild machte plötzlich den Eindruck als sei es selber ratlos. Tja, sie sind einfach scheußlich, ich weiß auch nicht, ob sie zu mir gehören und was ich damit anfangen soll, weiß ich noch weniger."

Nachdenklich nahm ich das Bild in die Hand. Fast tröstend sagte ich: „Jetzt hänge ich dich erst einmal an die Wand. Komm, Monstero, da, genau gegenüber vom Spiegel – das ist der richtige Platz. Okay?"

Mir schien, als würde der Kopf nicken; dann kam es auch schon: „Willst du mich tatsächlich gleich doppelt?"

„Ach so – daran habe ich nicht gedacht. Aber, warum nicht? Je länger ich dich betrachte, umso selbstverständlicher wird mir dein Anblick."

Il Monstero lächelte. „Siehst du – langsam arrangierst du dich mit meinem Äußeren. Vielleicht auch mit deinem Äußeren?"

Erwartungsvolle Pause.

„Ich weiß nicht recht. Es ist nicht einfach, sich anzunehmen. Willst du das damit sagen?"

„Weniger sagen, als dir klarmachen, dass man sich immer und bei allen Gelegenheiten mit Normen arrangieren muss. Da tust du dich schwer, weil du dir nicht gefällst …"

„Ich habe mir nie gefallen."

„Warum nicht. Du bist doch nicht unansehnlich. Die paar Kilo zuviel – guck dir mal Andere an."

„Ich bin nicht Andere."

„Nein, aber du bist zu selbstkritisch. Glaube mir, wenn ich mich selber gemalt hätte, sähe ich gewiss anders aus."

„Wie denn?"

„So wie du, zum Beispiel."

„Wie ich?"

Il Monstero lachte. „Sagen wir mal, so wie du dich gerne sehen würdest."

„In einem langen Kleid mit Reifrock und einer Larve vor den Augen."

„Hinter der du dich wunderbar verstecken kannst."

Jetzt musste ich doch lachen. Der Haken war inzwischen eingeschlagen. Ich nahm das Bild und hängte es an die Wand. Genau gegenüber vom Spiegel. So, nun blickte mich mein Monster an und ich hörte leise, von zwei Seiten: „Weißt du was? Ich gefalle mir auch nicht."

Zufrieden drehte ich mich um. Es gab noch Mehrere, die sich nicht gefielen. In diesem Moment hörte ich, wie mein Mann die Dielentür öffnete.

„Was ist denn das?" fragte er verwundert. „Woher hast du dieses Bild" Das ist absolute Klasse …"

***

Helene und Vita

Es war die Nachbarin, die Vita überredete, zum Frühstück in das Seniorencafé zu gehen. Sie ging hin. Ausgerechnet an diesem Tag war besagte Nachbarin jedoch verhindert und legte Vita ans Herz, den ersten Besuch allein in Angriff zu nehmen.

Ohnehin nicht ganz überzeugt, stellte sie fest, dass es, zumindest anfangs, genauso war, wie sie es von anderen Plauderstündchen kannte. Freie Platzwahl. Aber dort, wo sie sich hinsetzte, sah man sie mit einem vernichtenden Blick an, der besagte: „Hier sitze ich normalerweise!"

Verunsichert stand Vita auf, suchte mit den Augen einen anderen Platz und landete neben Helene, die sie freundlich angrinste und verständnissinnig meinte: „Das kenn' ich. Beim ersten Mal fühlt man sich verloren, vielleicht sogar ein bisschen abgelehnt. Aber trösten Sie sich – das ändert sich. Sie brauchen nur ein paar Mal regelmäßig zukommen und Sie werden sehen …"

Den Rest des Satzes ließ die neue Tischnachbarin in der Luft hängen, weil die Leiterin der Zusammenkunft soeben begann, das Programm für das kommende Halbjahr vorzustellen. Vita musste sehr genau zuhören, immerhin waren ihre Ohren genauso alt wie sie, zweiundsiebzig Jahre.

Nach diesem Vortrag entspann sich zwischen den beiden Damen eine lockere Unterhaltung und Vita spazierte recht zufrieden nach Hause. Beim nächsten Mal, nahm sie sich vor, wollte sie gleich diesen Platz ansteuern. Was sie auch tat. Nunmehr stellten die beiden Damen sich gegenseitig vor und bemerkten im Laufe des Vormittags, dass sie viele gemeinsame Interessen hatten. Unter anderem liebten sie die Natur, das Wandern, handarbeiten, lesen und kamen überein, die nächste Gelegenheit zu nutzen und zusammen einen ausgedehnten Spaziergang zu machen. Gesagt, getan.

Danach verabredeten sie sich für das nächste Mittwochsfrühstück. Es dauerte nicht lange und einige Lästerzungen bezeichneten die Damen als siamesische Zwillinge. Ein bisschen traf das schon zu, denn es entwickelte sich eine intensive Bekanntschaft, was den beiden schnell einen Spitznamen bescherte. *Helen Vita* nannte man sie hinter vorgehaltener Hand. Wobei ein paar Leute fragen mussten, wer das sei … Nun ja, nicht jeder kannte die Sängerin *frecher* Lieder und Chansons. Sie war seinerzeit eine umstrittene Künstlerin und erst 2001 in Berlin gestorben. Helene grinste, als sie von diesem Spitznamen erfuhr und meinte zu Vita: „Jetzt müssten wir uns eigentlich was dazu Passendes einfallen lassen."

Vita, ohnehin wenig schlagfertig und ein bisschen phlegmatisch, zuckte ratlos die Schultern: „Was meinst du damit?"

„So richtig weiß ich das auch nicht. Bei der Weihnachtsfeier auf dem Tisch tanzen ist wohl nicht mehr unsere Masche, oder?" Helene guckte nachdenklich und es war in ihrem Gesicht zu lesen, dass sie versuchte, irgendwie diesem Spitznamen gerecht zu werden. Andere schocken, das tat sie gern.

„Um Himmels Willen!" Vita schlug allein bei dem Gedanken die Hände über dem Kopf zusammen. „So blamieren wir die Innung und uns selber auch!" meinte sie und fügte hinzu: „Wir sollten uns bei dem schönen Wetter auf die Bank im kleinen Park setzen. Gegen Abend kann man es da gut aushalten."

Helene seufzte: „Das ist ja nicht gerade das Aufregendste, was ich mir vorstellen kann. Aber du hast schon Recht. Auf die Schnelle fällt mir sowieso nix ein. Immerhin gibt es um uns rum was zu sehen und ein bisschen reden können wir ebenfalls."

Zufrieden, dass ihre Taktik aufging, sie sich nicht produzieren musste und Helene sich von irgendwelchen skandalösen Gedanken verabschiedete, machten sie eine Zeit aus, sich gegen siebzehn Uhr zu treffen.

Kurz nach fünf kam Helene angehechelt. „Entschuldige, aber meine Tochter stand überraschend vor der Tür und hat mein Enkelkind für zwei Stunden bei mir geparkt. Daher bin ich ein bisschen knapp mit der Zeit. Aber" meinte sie vorwurfsvoll, „du könntest dir eigentlich wirklich langsam ein Handy zulegen."

„Was soll ich mit dem Ding? Ich muss nicht noch auf dem Topf erreichbar sein, " erwiderte Vita verständnislos.

Helene griemelte auf ihre bewährte Art: „Sollst du auch nicht, aber wenn ich mich mal verspäte, wäre es bestimmt nicht schlecht, das vorher zu wissen, oder?"

Vita grinste zurück: „Ja, ja – dann kommst du nämlich wann du willst, *weil* ich es ja vorher weiß. Nicht wahr?"

Dagegen konnte Helene schlecht etwas sagen, zumal genau das ihr Hintergedanke war. Die beiden setzten sich auf die Bank und ließen den lieben Gott einen guten Mann sein. Vita reckte sich und sah auf die Uhr. „Hui, es ist gleich sieben!"

„Na und? Wartet jemand auf dich?"

„Nein – wieso?"

„Weil du so ungemütlich auf die Zeit aufmerksam machst."

Vita fischte aus ihrer voluminösen Tasche zwei Plastikschalen mit Deckel. „Hier", meinte sie zu Helene, „ich habe ein bisschen vorgesorgt und eine Mini-Brotzeit mitgebracht. Sozusagen als Vorstufe zum Abendessen."

Mit den Worten drückte sie Helene eine der Schalen in die Hand. Eine Scheibe dunkles Brot mit Schinken und in einer kleinen, verschlossenen Schüssel, lagen Erdbeeren zum Dessert. Dazu gab es Sahne aus der Sprühflasche. Das alles hatte Vita in der Kühltasche mitgebracht, auch ein Piccolo war dabei. Gläser gab's keine, Pappbecher mussten genügen.

Helene schämte sich ein bisschen. An so was dachte sie nie und nahm sich vor, doch etwas umsichtiger zu werden.

Die Brote waren gegessen, alles aufgeräumt und die beiden Damen saßen einfach da und genossen die Abendstimmung. Gemächlich brach die Dämmerung herein als Vita sich auf der Bank aufrichtete und angespannt horchte.

„Was hast du?" meinte Helene.

„Hörst du das nicht? Da rasselt was!"

„Hm – kenne ich schon", antwortete Helene und fügte hinzu: „Das ist nur Gandolf."

„Wer oder was ist Gandolf?" Vita guckte ratlos und wartete auf eine Erklärung von Helene, die dann auch prompt kam.

„Das ist eine Geschichte, deren Wahrheitsgehalt niemand nachprüfen kann, aber sie ist schön. Das ist für mich immer das Wichtigste. Meine Oma hat sie mir schon erzählt, als ich noch ein kleines Mädchen war. Gandolf ist das Schlossgespenst."

„Schlossgespenst!" Vita tippte sich bezeichnend an die Stirn. „Wir sind hier vor dem Seniorencafé der Doktorsburg – nix Schloss!"

„Stimmt" meinte Helen ungerührt, „aber hast du schon mal was von einem Burggespenst gehört? Wohl kaum. Außerdem ist Gandolf nicht immer hier. Er gehört normalerweise nach Burg an der Wupper. Da wurde er geboren. Allerdings war diese Geburt mit einem Makel behaftet …"

Vita, in mittelalterlicher Geschichte nicht gerade ein Ass, guckte einmal mehr fragend, lehnte sich dann aber gemütlich auf der Bank zurück und Helene begann mit ihrer Erzählung.

Gandolf war, wie gesagt, ein Teufelskind. Er wurde nicht nur auf Silvester geboren, sondern kam auch noch mit den Füßen zuerst. Das war für den Schloss-, respektive Burgherren, besonders arg, weil es diesmal ein Knabe war. Der Erste nach sechs Mädchen. Seine Frau, die noch erschöpft von der schweren Entbindung in den Kissen lag, überhäufte er mit Vorwürfen. Sie sei noch nicht einmal in der Lage, wenn sie nun schon endlich einem Knaben das Leben geschenkt habe, dafür zu sorgen, dass er ihn auch annehmen könne. Sie wüsste doch, dass Jungen, die Silvester das Licht der Welt erblickten, gezeichnet seien – sie trügen das Teufelsmal und er könne keinesfalls zulassen, dass dies Kind auf seiner Burg verbliebe.

Die Wehfrau hielt sich, mit dem kleinen Jungen auf dem Arm, im Hintergrund und hoffte, dass der Burgherr sie nicht sähe. Doch Elbowin hatte sie bereits entdeckt. „Sieh zu, dass du mit diesem Kind aus meinem Haus und vom Hof verschwindest. Am besten legst du es in den Wald, damit die Feen es holen können..." Seine Ehefrau Adelgard flehte ihn an, den Jungen am Leben zu lassen, doch Elbowin blieb unerbittlich.

Die Wehfrau, Ermengarde, dachte gar nicht daran, das Kind auszusetzen. Sie nickte Dame Adelgard verschwörerisch zu und entfernte sich aus der Gebärstube. Draußen sah sie sich verstohlen um, ob nicht jemand aus Elbowins Gefolgschaft auf dem Hof war. Doch es war niemand zu sehen. Das kam der Wehfrau gerade recht. Sie verbarg das kleine Bündel unter ihrem großen Umhang und verließ eiligen Schrittes den Hof. Hinter der kleinen Mauer mit dem Reiterstandbild des Adolf II. von Berg, verschwand sie um die Ecke in Richtung der Gesindestuben. Ermengarde gehörte zwar nicht zum Hausgesinde, war dort aber gern gesehen, weil sie so manches Unglück (!) zu verhindern wusste. Der Burgherr war mit der Auswahl seiner Gespielinnen nicht gerade zimperlich und oft genug hatte dies Folgen, die die jungen Dinger gar nicht gebrauchen konnten. Die Mädchen waren auf den geringen Verdienst angewiesen und konnten es sich trotzdem nicht leisten, dem Burgherren nicht zu Willen zu sein. Ermengarde flitzte, so schnell ihre kurzen Beine es zuließen, in die Küche. Dort wickelte sie den Knaben aus dem Leintuch und begann, ihn zu säubern. Gottlob, dachte sie, war der Junge rundum gesund und man konnte davon ausgehen, dass er auch mit Wasser, Kuh- oder Ziegenmilch und eingeweichtem Brot heranwachsen würde. Noch während sie mit dem Jungen beschäftigt war, kam Odila herein. Neugierig besah sie den Knaben und es dämmerte ihr, dass der Burgherr den Jungen ablehnte. „Hm", sagte sie leise, „ist wohl so, dass der Kleine ausgerechnet heute, am Silvestertag, geboren wurde und auch noch eine Steißgeburt war…"

„Du sagst es", seufzte Ermengarde, „ich soll ihn in den Wald legen, damit die Feen ihn holen können."

„Um Gottes Willen!"

„Das tu' ich auf keinen Fall! Ich werde ihn hier im Gesindehaus verbergen." Odila nickte. „Du kannst ihn mir geben, ich habe ausreichend Milch. Du weißt, dass ich mein Kleines habe in Pflege geben müssen; hier durfte ich es nicht behalten. Elbowin nimmt sich was er will, aber die Folgen haben immer nur wir zu tragen. Damit ist erst einmal gesichert, dass es dem Kleinen an nichts mangeln wird. Aber was sagst du der Herrin?"

„Ehrlich gesagt, ich weiß es nicht. Ich bin aber überzeugt, dass Dame Adelgard damit rechnet, dass ich ihr Kind rette. Sie hat mich mit Blicken angefleht und ich hoffe, dass sie meine Antwort verstanden hat. Doch jetzt müssen wir den Kleinen erst einmal wickeln und füttern. Ich gehe derweil zur Herrin zurück und frage, *was sie dem Jungen für einen Namen geben will. Elbowin wird es nicht tun. Für ihn ist der Junge gar nicht geboren."*

Odila nickte und nahm den Kleinen. „Geh du, ich kümmere mich darum. Wenn du zurück kommst und ich nicht hier sein sollte, findest du mich hinten in der Nähstube – dort sucht mich mit Sicherheit niemand."

Ermengarde drehte sich um und ging über den Hof in die Burg zurück. Sie wusste, dass sie ihm jetzt besser aus dem Weg ging und verbarg sich hinter der Säule am Eingang. Es dauerte auch nicht lange und Elbowin verließ wutschnaubend den Hof.

Sich trotzdem vorsichtig umblickend ging sie die Stufen zu Adelgards Gemächern hoch. Diese lag bleich, erschöpft und kummervoll in den Kissen. „Ermengarde! Was soll ich denn bloß tun – er will den Jungen töten lassen."

„Keine Angst, Herrin, ich habe ihn bereits in Sicherheit gebracht. Wenn Elbowin fragt, wo das Kind sei, sagt ihm einfach, Ermengarde tat, wie ihr geheißen wurde ..."

Dankbar lächelte Adelgard ihr zu. „Was meinst du, er sollte doch wohl einen Namen haben, oder?"

„Natürlich Herrin, deshalb bin ich hier."

Bevor Ermengarde sich näher auslassen konnte, sprach Adelgard: „Gandolf soll er heißen. Ja, Gandolf!"

Und Gandolf wuchs heran. Siebzehn Jahre gelang es, ihn vor dem Burgherrn zu verbergen, doch eines Tages passierte es. Die beiden trafen auf dem Burghof zusammen. Obwohl Elbowin nicht wissen konnte, dass der junge Mann sein Sohn war, den er hatte töten lassen wollen, war ihm bei Anblick desselben klar, dass Ermengarde ihn versteckt hatte. Der Junge war ihm wie aus dem Gesicht geschnitten und er hatte, das war nicht zu verkennen, sein feuerrotes Haar geerbt. In ohnmächtigem Zorn machte er sich noch nicht einmal die Mühe zu fragen, wer er sei, sondern hob die Armbrust und erschoss Gandolf aus nächster Nähe. Ermengarde, die aus einiger

Entfernung die Bluttat mit ansehen musste, rannte herbei, verfluchte den Burgherrn und legte Gandolfs Kopf in ihrem Schoß. „Du wirst weiterleben", flüsterte sie ihm zu. „Ich weiß es – du wirst ewig leben ..." Nach diesen Worten schloss Gandolf die Augen und einige Männer hoben ihn, auf Ermengardes Geheiß hin, vom Boden auf und brachten ihn an den Waldrand. Die alte Wehmutter schickte alle weg, sie wollte mit ihrem Zögling allein sein. Sie redete mit ihm, als weile er noch unter den Lebenden und legte ihm ans Herz: „Denke daran, dass du ewig leben sollst. Nutze deinen Astralkörper und verbreite beim Burgherrn Angst und Schrecken. Doch tu niemandem Böses, der auch dir nichts Übles getan hat." Mit diesen Worten zog sie ihm das Wams über den Kopf, deckte seine Haare zu und ging zurück zum Gesindehaus. Ein paar Stunden später, die Dunkelheit hatte gerade eingesetzt, ging sie zurück und stellte fest, der Leichnam war verschwunden. Zufrieden ging sie schlafen.

Gandolf schälte sich aus seinem weltlichen Zeug und überlegte, dass er sich irgendwie in einer Rüstung verstecken müsse. Essen und trinken brauchte er nun nicht mehr, aber er nahm sich vor, jetzt die Welt so zu erkunden, wie sie ihm zu Lebzeiten verschlossen war. Genüsslich machte er sich auf den Weg, zum ersten Mal herumzuspuken.

Es machte ihm Spaß. Die Jahre vergingen ... Inzwischen war er, mit seinen knapp dreihundert Jahren, ein recht junges Gespenst und beschloss, die heimatliche Burg zu verlassen und sich anderer Kleidung zu bemächtigen. Die Zeit war fortgeschritten und er hatte bemerkt, dass die Leute sich vor einem Schlossgespenst nicht mehr fürchteten. Das verdross ihn und er klaute in einem Geschäft eine moderne Jeans, ein passendes Hemd und Schuhe. Huch, war das Zeug eng. Langsam und gemütlich machte er sich auf den Weg, im-

mer am Wasser entlang, und landete irgendwann in Leverkusen vor dem Seniorencafé. Dort standen ein paar Bänke und einige Jugendliche hingen dort rum. Sie mussten schätzungsweise so alt sein wie er, dachte Gandolf. Er war immer noch siebzehn Jahre und alterslos. Die jungen Leute waren tatsächlich so um die siebzehn und allesamt fröhlich, was allerdings auch einem gewissen Maß an Alkohol und einem eventuellen Joint zuzuschreiben war. Gandolf kannte weder das Eine noch das Andere, war aber äußerst neugierig. Er setzte sich ganz einfach auf eine Bank und guckte zu. Das blieb nicht lange unbemerkt und ein Junge sprach ihn an. „Eh, wer bist und du und was willst du?"

„Ich bin Gandolf und will nichts, außer hier sitzen und Euch zusehen", sprach er mit seiner knarrenden Stimme.

„Hm, du hast eine komische Stimme und eine sonderbare Aussprache", bemerkte ein anderer Junge, der sich Richard nannte.

„Aber ich habe doch gar nicht viel gesagt, außerdem habe ich einen weiten Weg hinter mir, zu Fuß. Ich komme von der Burg."

Mit dieser Aussage konnte niemand so recht etwas anfangen; Gandolf wurde ihnen unheimlich. Sie tuschelten untereinander und beratschlagten, ob sie ihn nicht vielleicht besser zum Teufel jagten.

Gandolf spürte, dass ihm Misstrauen entgegenschlug und meinte: „Ihr könntet mir eigentlich etwas zu trinken anbieten und den Kram, der da so qualmt würde ich ebenfalls gern mal probieren."

„Sag mal", mischte sich Boris ein, „aus welchem Jahrhundert stammst du eigentlich? Du kommst mir vor, als wärst du aus einer anderen Welt."

„Stimmt", entgegnete Gandolf, „ich komme aus Burg an der Wupper und wurde Silvester 1700 auf 1701 geboren."

Boris tippte sich bezeichnend an die Stirn, hörte dann aber doch zu. Die Jugendlichen machten sich einen Scherz daraus, Gandolf Wodka einzuflößen, den er aber mit Genuss trank. Sie konnten ja nicht wissen, dass er, der Entleibte, niemals betrunken würde. Ein größeres Problem war einmal die Tatsache, dass die Flüssigkeit, so wie er sie durch den Mund aufnahm, überall an seinem Körper wieder herausrann. Und Geld, damit seine neuen Freunde Nachschub kaufen könnten, hatte er auch nicht. Er brauchte ja keines. Es dauerte eine ganze Weile, bis sie akzeptierten, dass er wirklich und wahrhaftig ein Gespenst war. Da er trinken konnte, was er wollte, mussten die Jungens natürlich auch ausprobieren, wie es denn nun mit dem Rauchen stünde. Klar, dass Gandolf mitmachte. Der Erfolg waren Lachsalven ... Er schmauchte mit Genuss und es qualmte aus allen Körperöffnungen. Dass man ihn auslachte, fand Gandolf nicht lustig und er machte seinerseits von einer Fähigkeit Gebrauch, die Boris und Richard zutiefst erschreckte. Er begann, mit seiner Rüstung zu rappeln, die niemand sehen konnte. Das Geräusch war furchtbar. Es rappelte und klapperte ...

Vita schreckte hoch! „Hörst du das, Helene? Gandolfs Rüstung kommt immer näher!"

Helene rüttelte Vita an der Schulter. „Meine Liebe, die Geschichte kann nicht sehr spannend gewesen sein. Was du hörst, ist der Bagger hinter dem Haus. Du bist zwischenzeitlich eingenickt und es wäre vielleicht gar nicht schlecht, wenn du Gandolf nach Hause zurückschicktest und aufwachen würdest!"

„Ich habe nicht geschlafen sondern habe dir ganz interessiert zugehört" meinte Vita empört ... und gähnte herzhaft.

***

Der große Merlin

Wabernde Nebelschwaden versperren den direkten Blick auf die Ostsee. Wie durch Watte höre ich die Wellen leise ans Ufer schlagen. Vorsichtig gehe ich den unebenen Weg über den Kamm des

Deiches zu meiner halb verfallenden Bank in den Dünen. Wie oft bin ich diesen Weg schon gegangen. In den verschiedensten Stimmungen. Heiter, bedrückt; jubelnd vor Glück, und tieftraurig, depressiv. Ich bin sowieso ein Mensch, der die Einsamkeit liebt. Und gerade in dieser Form der Einsamkeit bin ich nie allein. Alleinsein kann ich nämlich überhaupt nicht vertragen. Nur eben diese gewisse Form von Einsamkeit, die es mir möglich macht, völlig eins mit mir und der Natur zu werden.

Vor mir steigt ein Milan in die Lüfte, der mit seinem Ruf alle warnt: „Hört her! Hört alle her! Da kommt wieder so ein Mensch!" „Hab dich nicht so", erwidere ich, „langsam müsstet ihr mich doch kennen!"
Der keckernde Ruf eines anderen Vogels antwortet.
Langsam, um nicht in eines der Löcher unterirdischer Deichbewohner zu stolpern, setze ich meinen Weg fort. Der Nebel wird dichter und um mich herum wispert es leise. Rechts von mir nehme ich eine dunkle, schattenhafte Gestalt wahr, die mich lautlos begleitet. Ab und zu sehe ich ein uraltes Gesicht unter einem hohen, spitzen Hut. Ironisch verbeugt sich mein Schatten; „Guten Morgen meine Liebe. Gut geschlafen?" Und dabei weiß er ganz genau, dass ich *nicht* gut geschlafen habe. Sonst würde ich nicht schon hier herumlaufen.
„Nein", gähne ich, „nein – ich habe nicht gut geschlafen und daran trägst du Schuld."
„Wieso? Ich schicke dir alle Träume, die du willst. Was gefällt dir daran nicht?"
Das leise, meckernde Lachen irritiert mich erneut. „Sag mir endlich, wer du bist", verlange ich.
„Nun", antwortet die Stimme, „ich wundere mich, dass du mich noch nicht erkannt hast. Ich mache dir einen Vorschlag: gehe bis

zum Ende des Deiches. Und wenn du mich bis dahin noch nicht erkannt hast, sage ich dir, wer ich bin. Aber das hat seinen Preis!"

„Was verlangst du von mir?", frage ich erschrocken, denn Preis bedeutet für mich Geld und das kann ich nun wirklich nicht erübrigen. Vor einigen Monaten habe ich mich in das Heer der Arbeitslosen einreihen müssen und komme gegenwärtig mehr schlecht als recht über die Runden. Als nicht gleich eine Antwort kommt, werde ich ungeduldig: „Also, was willst Du?"

Der Schatten veränderte sich – wurde düster, drohend. Genau in diesem Moment verirrte sich ein winziger Sonnenstrahl durch den Nebel und ließ das bodenlange Gewand des Schattens aufleuchten. Dunkelblau mit goldenen Sternen. Seinen hohen Hut zierte ein besonders großer Stern oben auf der Spitze.

„Merlin ! Der große Merlin", rutscht es mir heraus.

Das alte, weise Gesicht verändert sich; es wird böse und erinnert mich an Rumpelstilzchen. Fast erwarte ich, dass er beginnt, wütend auf einem Bein zu tanzen. Stattdessen streift jener winzige Sonnenstrahl seine Züge und er ruft mir etwas zu, was ich nicht mehr verstehe. Die Gestalt löst sich auf – der Weg neben mir ist leer. Nur Nebelfetzen wabern um mich herum.

Ich schlage die Augen auf, von einem Klang geweckt. In der Ferne verschwindet der blaue Schatten. Vorsichtig stecke ich zuerst das rechte und dann das andere Bein unter der Bettdecke hervor. Ein Blick aus dem Fenster zeigt mir – Nebelschwaden wabern vorbei. Ich bin endgültig wach.

***

Stadtgeflüster

Es war schon dunkel als Klaus aus dem Kinopolis kam; dicke Wolken zogen am Himmel in rasender Geschwindigkeit vorbei. Gerade lachte ihm der volle Mond noch ins Gesicht; Sekunden später verschwand er wieder. Durch die Sparwut der Politiker konnte man auch auf dem Gehweg kaum etwas sehen; Laternen gab es genug, nur hatte man sie mit einem roten Streifen gekennzeichnet. Das bedeutete: ab zweiundzwanzig Uhr wurden sie ausgeschaltet. Das Sparen war auch Klaus in Fleisch und Blut übergegangen; er lief zu Fuß, statt mit dem Bus oder gar mit einem Taxi zu fahren. So machte er sich Richtung Stammheim auf den Heimweg.

Klaus wollte eine Abkürzung durch die Felder nehmen, als er stehen blieb und sich mit der Hand über die Augen fuhr. Im Mondlicht sah er, ganz weit weg und schemenhaft, ein großes Haus. Mit einer hohen Mauer drum herum.

Gab es das eigentlich immer schon? Das musste er genauer untersuchen. Klaus wich vom Wege ab und ging querfeldein darauf zu. Je näher er kam, desto bedrohlicher empfand er das Gelände. Hörte er in der Ferne eine Stimme?

Er blieb abermals stehen und horchte angestrengt. Da... da war sie wieder. Hilfe – Hilfe!!! rief jemand. *Offensichtlich befand sich ein Mensch in Not.* Klaus ging einen Schritt schneller. Jetzt wurden die Worte deutlicher. Hilfe! Ich werde ermordet! Die Stimme gehörte eindeutig einer weiblichen Person. Er ging ein Stück an der Mauer entlang. Nirgendwo ein Eingang. Doch halt, da war ein dickes, eichenes Tor, an dem er heftig rüttelte. Doch da tat sich nichts. Jetzt besann er sich auf seine außergewöhnliche Gabe, marschierte einige Schritte zurück, nahm Anlauf, breitete die Arme aus und flatterte wie ein Vogel über die Begrenzung. Weit hinten sah er ein erleuchtetes Fenster, dahinter zwei Figuren, die miteinander rangen. Klaus nahm Kurs darauf, zog den Kopf ein und stand plötzlich inmitten der beiden Kämpfenden. Er schrie dem Angreifer zu: „Lass die Frau in Ruhe" und wollte ihm gleichzeitig das Messer aus der Hand schlagen. Der Fremde, mit einer Maske über dem Gesicht, drehte sich zu ihm um und stieß Klaus das Messer entgegen. Wieder schrie er auf und fiel mit einem dumpfen Schlag ... aus dem Bett! Blitzartig war Klaus wach.

„Was schreist du denn mitten in der Nacht hier herum?", fragte seine Mutter, die im Türrahmen stand. „Und was suchst du auf der Erde, statt in deinem Bett zu schlafen?"

„Ich habe irgend etwas Blödes geträumt", murmelte er, schlurfte nachdenklich aufs Örtchen und legte sich anschließend wieder hin. Durch die Ritzen des Rollos grinste ihn ganz hinterhältig der Vollmond an...

***

Licht für Lunacittá

Florena kam eigentlich von einem anderen Stern; sie wurde von Frau Luna und dem Mann im Mond adoptiert. Ihr Vater, eine weltweit bekannte Persönlichkeit, die in den siebziger Jahren des vergangenen Erdenjahrtausends sogar mit: *hab'n sie schon mal den Mann im Mond gesehen...* besungen wurde, bestand darauf, dieses kleine Mädchen Florena zu nennen. Ihrer Mutter wäre Lunita lieber gewesen, aber sie tröstete sich damit, dass bereits die kleine Stadt, auf die sie jeden Abend hinunter schauen konnte, nach ihr benannt war.

In der Nacht erwachte Florena und wunderte sich. Sie blickte aus ihrem Fenster, genau auf Lunacittá und stellte fest, dass es stockdunkel war. Und das, obwohl ihr Vater seit Stunden die volle Beleuchtung eingeschaltet hatte. Leise stand sie auf und murmelte: „Dem sollte ich wohl doch mal auf den Grund gehen...!"

Sorgfältig strich sie die feinen Silberfäden ihres Umhanges glatt, sah in den Spiegel, kämmte sich mit allen zehn Fingern durch die hüftlangen Haare und streckte sich übermütig die Zunge heraus. Bäähh!

Dann schlüpfte sie in ihre leichten Ballerinas, zupfte die Fledermausärmel zurecht und kletterte aufs Dach. Von dort gelang der Start besser, als von dem schmalen Sims an ihrem Fenster. Sie nahm Schwung, hob ab und glitt genüsslich in Richtung Lunacittá. Fliegen machte ihr immer wieder wahrhaft himmlischen Spaß, doch nach wenigen tausend Kilometern geriet sie in dicke Nebelschwaden. „Hoppla", hustete sie, „was ist denn das?" Ihr wurde klar, dass das Licht ihres Vaters diese dichten Schwaden niemals würde durchdringen können. Zornig änderte Florena die Richtung. Sie musste unbedingt mit Johannes Wrasen und Gottlieb Brodem sprechen. Es konnte doch nicht angehen, dass die beiden zusammen saßen, wieder einmal mehr tranken als ihnen gut tat und dabei soviel rauchten, dass die Leute in Lunacittá nicht einmal mehr den Mond sehen konnten. Außerdem war rauchen verboten. Schließlich war man sowohl auf dem Mond als auch im All fortschrittlich. Die Erdenkinder hatten ohnehin gerade ein absolutes Rauchverbot erlassen, dem sich auch der Mann im Mond nicht verschloss, zumal dieser Beschluss auch seinen Geldbeutel schonte. Sein Energieverbrauch würde sich drastisch reduzieren. Da konnten die Beiden nicht mir nichts, dir nichts einfach die Welt vollqualmen.

Florena runzelte die Stirn. Genau! Sie würde nun ebenfalls das tun, was auch ungehorsamen Erdenbürgern in den vergangenen Jahrhunderten immer wieder angedroht worden war: sie würde die Beiden auf den Mond schießen.

Es werde Licht in Lunacittá.

***

Das Boot...

Immer wenn Felicitas diese quitsch-neon-grüne Plastikwanne sah, fiel ihr der alte Schlager von Wencke Myhre ein: *Er hat ein knallrotes Gummi-boot...* Mit einer möglichen deutschen Regierungsform hat das aber nichts zu tun!

Ramon liebt sein grünes Boot. Felicitas sagte zwar immer Plastik, aber es ist schon ein richtiges Schlauchboot. Und ebenso grün, wie das Ungeheuer von Loch Ness. Deshalb taufte er es auch „Nessie". Wollte der Bursche zu diesem Zweck doch tatsächlich eine Flasche Sekt von ihr!
„Du hast sie wohl nicht alle", tippte Felicitas ihn an die Stirn.
„Aber Mama", belehrte er sie, „Nessie kann nur gut schwimmen, wenn sie auch getauft ist."
Vergeblich versuchte sie ihrem Sohn klarzumachen, dass das Boot keine *sie* sondern ein *es, das* Boot, sei. Er bestand hartnäckig auf Nessie und sie.
„Es ist mein*e* Nessie, nicht mein Nessie", sagte er und dabei blieb es. Sekt spendierte Felicitas nicht, aber eine Flasche Limo. So wurde der Plastikkahn feierlich getauft.

Ramon war jetzt in jeder freien Minute draußen. Ganz gegen seine sonstige Gewohnheit. Normalerweise hockte er vor dem Computer und jagte Moorhühner. Wie oft hatte sie ihn fast gewaltsam nach draußen hieven müssen. Mit Hansgerd, ihrem Mann, bestritt sie endlose Auseinandersetzungen, weil er den gebrauchten PC angeschleppt hatte. „Andere Kinder haben auch so was und Ramon soll nicht zurück stehen", meinte er.
„Dafür ist er noch zu jung! Er soll draußen spielen und seine eigene Kreativität entwickeln", kritisierte Felicitas und verlor. Je-

denfalls solange, bis ihr Vater mit Nessie ankam. Danach hatte Hansgerd verloren. Jetzt jagt er seine Moorhühner allein.

Ramon sah seinen Opa fassungslos an, als er mit dem Boot auf dem Autodach bei uns vorfuhr.
„Für mich?" fragte er ungläubig, „so richtig ganz für mich?"
Ramon konnte es nicht glauben. Der Opa packte ihn ins Auto und fuhr mit ihm zum Baggersee. Sie ließen das Boot zu Wasser und ruderten über den See. Aufgeregt erzählte Ramon ihm von dem Ungeheuer im Silbersee. Es sei auch eine Nessie, aber sie sei ein gutes Ungeheuer.
„Ich habe sie schon gesehen, Opa, ganz wirklich", beschwor er ihn. „Weißt du, sie hat die gleiche Farbe wie das Boot und das ist ganz supertoll...."
Atemlos streichelte Ramon die Bordwand und das Ruder.
Flüchtig dachte der Opa, dass er seinem Enkelsohn zum bevorstehenden Geburtstag in wenigen Wochen, einen Schwimmkurs spendieren würde.
Mit einem strahlenden Ramon steuerte er es ans Ufer zurück. Das Boot zogen sie gemeinsam an Land und Ramon wischte es mit seiner sauberen Jeans liebevoll trocken. Opa grinste. Er hörte im Geist den Kommentar seiner Tochter!

An diesem Abend war Ramon kaum dazu zu bewegen, schlafen zu gehen. Immerzu musste er nachschauen, ob Nessie auch noch gut vertäut unter der Veranda lag.
Als er endlich im Bett war geisterte Nessie durch sein Köpfchen und ich hörte ihn murmeln: „Nessie, Nessie – ich komme dich bald besuchen..."
Lächelnd schloss Felicitas die Tür.
Sie ging zurück ins Wohnzimmer und störte ihren Mann grinsend beim Moorhuhn jagen.

„Nun, mein Schatz", meinte sie, „in den Sommermonaten hast du ja jetzt eine tolle Beschäftigung. Mit Ramon in jeder freien Minute an den Silbersee. Allein können wir ihn nicht gehen lassen. Einmal ist er noch zu jung und zum zweiten kann er nicht schwimmen." Grunzend nickte Hansgerd und schaltete den PC ab. „Du hast wohl recht", meinte er. „Von Deinem Vater bekommt er zum Gburtstag einen Schwimmkurs. Das halte ich für eine gute Idee..."

Es wurde ein außergewöhnlich warmer Sommer und Ramon war selig. Eines Tages, am Abend vor seinem Geburtstag, kamen sie – Ramon und sein Vater – nach Hause. Sie hatten das Boot zum ersten Mal draußen am Ufer des Silbersees gelassen. Auf Felicitas' erstaunte Frage antworteten sie im Duett: „Ach weißt du, Mama, Nessie kennt den See und das Ufer so genau, dass sie auch mal eine Nacht draußen bleiben kann. Außer uns ist sowieso kaum jemand auf dem kleinen See... Was soll ihr da schon passieren!" Lächelnd musste ich ihnen beipflichten. Ja, was sollte da schon passieren. Doch ihr kroch, trotz der Hitze, eine unerklärliche Gänsehaut über den Rücken. Dann machte sie den Geburtstagtisch für ihren Sohn fertig. Morgen würde er zwölf Jahre werden. Ganz zuoberst legte sie den Umschlag von Opa.
Ein Schwimmkurs für Ramon.

Ein Blick aus dem Fenster zeigte, dass das Wetter umschlug. Der Wetterbericht hatte zwar schon so eine Drohung ausgesprochen, aber das angekündigte Gewittertief konnte jetzt ja wohl auch noch einen Tag warten.
Seufzend legte sie sich nieder. Trotz der Schwüle schlief Hansgerd tief und fest. Felicitas beneidete ihn. Ihr machte diese Hitze zu schaffen und sie glitt in einen nervösen, oberflächlichen Schlaf. Wetterleuchten und dumpfes Donnergrollen begleiteten ihre unruhigen Träume.

Ramon!

Erschrocken lief sie in sein Zimmer. Es war leer. Kopflos rannte sie nach draußen und fand in der Diele einen großen Zettel, der mit seinen noch ungelenken Buchstaben bedeckt war.

Liebe Mama, stand dort zu lesen, *ich muss zum Silbersee. Nessie ist ganz allein und fürchtet sich...*

Wie in Trance zog Felicitas ihre Sandalen an und rannte aus dem Haus. Der Donner grollte und es blitzte an allen Ecken. Hart trafen sie die ersten dicken Regentropfen als sie am See ankam. Sie rief nach Ramon. Keine Antwort.

Donnergrollen und dazwischen gespenstische Stille.

Ihre Augen suchten das Ufer ab. Und den See.

Da sah sie es.

Genau in der Mitte. Nessie trieb kieloben.

Im gleichen Augenblick knallte ein Wahnsinnsdonner am Himmel und Felicitas hörte, wie jemand gellend schrie.

Es dauerte eine Weile, bis sie begriff, dass sie es war, die so schrie und gleichermaßen schüttelte es sie.

„Was um Himmels Willen ist denn los?!" Hansgerd stand vor ihr und sie hatte soeben den ersten Schlag ihres Lebens durch die Hand ihres Ehemannes bekommen.

Verwirrt starrte sie ihn an. „Ramon", heulte sie auf, „Ramon..."

„Was ist mit ihm", fragte Hansgerd unwirsch. „Er liegt in seinem Bett und schläft."

„Nein, er ist weggelaufen zum Baggersee."

„Quatsch!"

Mit einer heften Bewegung stieß Felicitas Hansgerd zurück und rannte ins Kinderzimmer. Nicht gerade vorsichtig riss sie die Tür auf und schaltete das Licht ein.

Schlaftrunken streckte Ramon die Arme nach ihr aus. „Habe ich schon Geburtstag?" fragte er.

Sie schaute mit wild klopfendem Herzen auf die Uhr. Es war fünf vor zwölf und sie lächelte erleichtert. „Ja, mein Junge, gleich hast du Geburtstag."

Heiter und beschwingt hörte sie es ganz leise in ihrem Kopf ...*er hat ein knallrotes Gummiboot...*

***

Es gab wohl kaum ein Fach im Schulunterricht was weniger Begei-sterung hervorrief als Gedichte auswendig lernen zu müssen. Und dabei bewirkten unsere Lehrer damit wirklich etwas Gutes. Das Gedächtnis wurde trainiert. Heute schreibt man wieder Gedichte. Nur Stil und Inhalte haben sich sehr verändert. Goethe würde viel-leicht manchmal den Kopf schütteln.

Der Ahorn

Im Garten steht ein Ahornbaum,
er ist gar prächtig anzuschauen,
der dicke Stamm – fest in der Erde,
so dass kein Sturm ihm schaden werde.

Zweige hat er, kaum zu zählen,
Mathematiker müssten sich quälen,
auch einen Untermieter hat er schon,
ein Efeu klettert bis ganz nach drob'n.

Viele Gäste sind hier zu Besuch,
vom langen Flug sich auszuruhen
Tauben, Elstern, Krähen, Raben,
auch Grünspecht und Eichelhäher dort schon waren

Manch Eichhörnchen wetzte von Ast zu Ast,
ein Graureiher war auch mal zu Gast.
Auch Raupen und Spinnen sind zu sehen,
sollte man eine Weile unter dem Ahorn stehen …

Ja, und dann, nach der Winterzeit,
wenn er entfaltet sein Blätterkleid,
erst zartgrün – dann immer dunkler,
bis es im Herbst in allen Farben funkelt.

Wenn das Jahr zu Ende geht,
der Wind die Blätter vom Ahorn weht,
dann sieht man wieder den dicken Stamm,
dem auch der Winter nix anhaben kann.

Doch halt! Nicht alle Blätter sind nun weg,
das Efeu, das sich übers Jahr versteckt,
sich über Stamm und Zweige rankt,
bis zum neuen Jahr – wenn der Ahorn wieder Blätter hat.

Erwachsen werden von A bis Z

Als er endlich achtzehn Jahr'
Betrat zum ersten Mal 'ne Bar
Christine, die ihn kommen sah
Dachte – endlich ein netter Kerl mal da …

Erich schaut im Lokal herum
Fing Christines Blick auf
Ging zu ihr im Dauerlauf
Hallo – sagt er zu dieser Frau

Ich bin der Erich aus gutem Haus
Jetzt seh' ich zum ersten Mal eine so schöne Frau
Kann ich dich einladen zu einem Drink
Lächelnd sagt sie: „Ich mach' mit".

Mein Abend ist gerettet, sagt Erich sich
Noch ein Gläschen und er sagt: „Ich liebe dich".
Oh … das geht aber schnell bei dir
Passt eigentlich gar nicht zu mir

Quer durch die Bar ruft dann der Wirt
Rechnet alle ab – ich mach jetzt dicht
Schauen sich die Gäste an
Trollen sich und gehen nach Hause dann

Und was machen wir nun, fragte Erich sich
Von wegen nach Hause, das geht doch nicht
Wir könnten zu mir gehen, meinte Christine
Xmal, wenn du willst könnten wir uns lieben
Yoga war nix gegen diesen Abend
Zur späten Stunde erwachsen zu werden – ist labend!

Das Gastgeschenk

Es war so um die Weihnachtszeit
Und viele Menschen sind bereit
Auch einmal an Andere zu denken
Sie zu besuchen und zu beschenken

> Der Eine kauft 'ne Blume und überlegt
> Ob sie die Kälte draußen überlebt
> Der Nächste denkt, eine gute Flasche Wein
> Könnte das perfekte Gastgeschenk sein

Ein Dritter hat eine besondere Idee
Schenkt Honig und auch einen Tee
Darüber sich der Gastgeber freut
Denn das ist gut – in der Winterzeit

> Als die Besuchszeit dann zu Ende
> Reicht man freundlich sich die Hände
> Bedankt sich für das, was mitgebracht
> Und sich dann ans Auspacken macht

Auf der Tüte geschrieben steht
Tee, der wärmt und es einem wohl ergeht
Akazienhonig, ist dort auch zu lesen
Als Bio-Honig aus Rumänien

> Jetzt überlegt er und kommt zum Schluss
> Was da steht, das ist doch Stuss
> Wie haben die das nur hingekriegt
> Dass die Biene nur zur Akazie fliegt

Ein Geistesblitz und ihm fällt ein
Genmanipuliert, das könnte sein
So sie nichts anderes mehr kennen
Und nur noch am Akazien-Nektar hängen

Dann nimmt er etwas Tee aus der Tüte
Mit heißem Wasser er ihn aufbrühte
Einen Löffel voll Honig lässt hinein er sinken
Um ihn dann mit Genuss zu trinken

Als irgendwann die Tasse leer
Tee und Honig schmeckten sehr
Egal, denkt er ... ob mit Genen oder ohne
Ich geh' mir noch eine Portion holen.

***

So, wie die Heinzelmännchen, der Dom und der Karneval zu Köln gehören, so gehören auch Jan und Grit dazu. Ein Stückchen Kölner Stadtgeschichte. Das Denkmal der Beiden steht in der Altstadt. Die Geschichte als solche ist jedoch überregional und überall einsetzbar. In unserer heutigen, materiell geprägten Zeit trifft sie den Nagel auf den Kopf. Geld macht nicht glücklich ...

Jan und Grit

Es war einmal ein Märchen
Von Jan und Grit
Sie waren einst ein Pärchen
Der Jan und die Grit
Im Kölner Mittelalter waren sie sich zugetan
Doch dann kam alles anders
Wie die Geschichte sagt.

Die Grit wollt einen reichen Mann
Die waren dünn gesät
Dem Jan nun sagte sie sodann
Geh doch zum Militär
Da lässt sich was verdienen
Und wenn du kommst zurück
Werden wir darüber reden
Über unser gemeinsam' Glück

Der Jan nahm diesen Rat auch an
Nicht freiwillig wie es schien
Doch er blieb zu lange weg
Die Grit vergaß ihn dann
Sie nahm sich einen Anderen,
Der doch so reich nicht war
Und als Jan nach Hause kam
Da war sie nicht mehr da.

Sie sahen sich Jahre später
Die Grit mit einer Kinderschar
Jan war das geworden
Was Grit so gerne sah

Reich ist er nun
Doch auch allein
Die Grit bedauert's sehr
Doch ihre Habgier war der Grund
Dass Sie nicht soviel hat wie er.

Es soll sie heut noch geben
Die Grit und auch den Jan
Sie heißen jetzt nur anders
Doch sonst ist alles dran

Die Zeit hat sich verändert
Die Menschen aber nicht
Egal wo sie auch wohnen
Das Geld hat sie im Griff

Wir hoffen nun für beide
In unserer heutigen Zeit
Dass sie noch klug geworden sind
Und wissen jetzt Bescheid.

Nicht Geld und Gut sind Werte
Auch heute zählt das Herz
Gefühle übers Internet
Sind letztlich nur Kommerz!

***

Schulferien

Laut Kalender ist jetzt Winter,
Ferien für die gestressten Schulkinder,
doch schaut man aus dem Fenster ... oh je,
die Sonne scheint – es gibt keinen Schnee.

Gebucht ist der Urlaub in den Bergen,
man sagt, es sei dort kälter geworden,
vor Ort staunen die Touristen,
tatsächlich ! Schnee liegt auf den Pisten.

Dann fragt man sich, wie kann das sein,
keine Wolke ... und nichts mit schneien,
die Überraschung kommt am Berg,
Schneekanonen sind am Werk.

Bekannt ist, jedes Ding hat zwei Seiten,
während die Einen den Berg hinab gleiten,
muss man im Ort weniger tun,
streuen entfällt, die Straßen sind schneefrei nun.

Auch die Daheimgebliebenen haben ihren Spaß,
die Sonne scheint – es ist nicht nass,
sogar in diesem Jahr fliegen die Pollen frei,
die Taschentuchhersteller wird es freuen.

Zum Schluss wird schnell auch noch berichtet ...
die erste offene Eisdiele ist gesichtet,
das kann man sich nicht entgehen lassen,
ein leckeres Eis im Winter zu naschen!

***

Die Tanne

Es fing mit einem Samen an
der aus einem Zapfen fiel
auf dem Boden angekommen
mit dem Ziel … eine Tanne sollt es werden

> Er hatte Glück
> der kleine Samen
> und , obwohl noch viel kamen
> konnte er sich ganz allein
> festhalten im Erdenreich

Eine Wurzel wurd' getrieben
und nach einem langen Jahr
kam unter Laub und Nadeln
ein zartes Pflänzchen an den Tag

> Viele Jahre sind vergangen
> die Pflanze wurde stark und breit
> bis sie eine Tanne war …
> und im Dezember war es dann soweit.

Sie hatte nämlich nicht das Glück
alt und grau zu werden
sie stand, von andern Bäumen fast erdrückt
an einem falschen Platz auf Erden

> Mit einer Säge kam ein Mann
> zwei Minuten … und was war dann?
> aus war das Leben einer Tanne
> als Weihnachtsbaum starb sie dann ganz.

***

Gereimtes aktuell
Klimawandel – aber nicht doch !!! Ob Gott noch helfen kann oder
will, nachdem seine Schöpfung Mensch in vielen Dingen so kläg-
lich versagt hat?

Er hat's nicht leicht…!

Es ist kaum zu glauben,
den Schnee will man uns rauben
und der arme Weihnachtsmann
den Schlitten dann verkaufen kann!

> Das Rentier freut sich allerdings,
> findet Gras noch rechts und links
> und die Hausbesitzer jauchzen,
> brauchen keinen Schnee zu schaufeln

Aus ist's mit der Schneeballschlacht,
'nen Schneemann hat man mal gemacht,
auch Teppich klopfen im Schnee fällt weg,
nur saugen hilft noch gegen Dreck.

> Und Gletscher, einstmals riesengroß,
> sind ohne Schnee bald wirkungslos,
> zusammen hält keiner mehr den Fels,
> Lawinen rauschen zu Tal, nichts hält's.

Teiche werden in den Berg gebaut,
mit Schneekanonen die Umwelt versaut,
Hotels und Pensionen stehen im Winter leer
und die, die davon leben, kriegen Hartz IV!

> Schneeketten werden nicht mehr gebraucht,
> Winterreifen sind total out…
> Was machen wir im Frühjahr ohne Schnee,
> ich schon trockene Bächlein seh'…

Also – was tun, wenn die Menschen, die vielen
der Erwärmung nicht Einhalt gebieten,
wer erklärt unseren Kindern nach Belieben
wo im Winter der Schnee geblieben…

Wer macht sich Gedanken, wenn es nicht mehr friert,
was mit unserer Ernährung passiert.
Kein Schnee deckt unsere Wintersaat zu
und Parasiten vermehren sich im Nu.

Ich fürchte, wenn's im Winter gibt keinen Schnee,
und alles kommt herunter als Regen
der Weihnachtsmann in seiner Not,
kommt zu den Kindern am Heiligabend per Boot!

Auch ich habe kein Patentrezept,
wie man es ändern könnte – jetzt,
um nicht einmal in die Welt zu schreien,
lieber Gott, lass es bei uns wieder schneien!

Doch glaube ich, ehe wir die Menschen vernünftig sehen,
wird unsere schöne Welt sich andersrum drehen
und da, wo jetzt noch blühendes Land,
ist in einigen Jahren nur noch Sand.

Der Weihnachtsmann käme mit einem Kamel,
er könnte einen Schlitten mit breiten Kufen nehmen
und statt dickem Mantel und Zipfelmütze,
kommt er im T-Shirt, um nicht so zu schwitzen…

***

Modernes Gebet

Herr   In meiner Kindheit betete ich

Vater unser
der du bist im Himmel
geheiligt werde dein Name
dein Reich komme
dein Wille geschehe
wie im Himmel so auf Erden

Herr   Heute bete ich

Vater unser – bist du noch im Himmel?
Ich will ja gern deinen Namen heiligen
und, dass dein Reich komme
das hoffe ich.
Aber – Dein Wille geschehe!
Ist das wirklich dein Wille, der jetzt geschieht?
Alle die kleinen und großen Kriege
Morde, Vergewaltigungen, Raubzüge.
Ich kann das nicht glauben.

Gewiss, du hast auch gesagt:
macht euch die Erde untertan.
Damit hast du sicher nicht gemeint,
dass die Menschen sie vernichten.

Doch die Menschen sehen die Zeichen nicht,
die der Himmel ihnen sandte,
Corona und der Klimawandel
Werden ignoriert

Herr   und jetzt versuchen einige, wenige Menschen

sich zu bereichern
dafür müssen tausende Familien in Not und Armut leben,
weil sie wegen des schnöden Mammons entlassen werden.
Andere kommen auf die wahnsinnige Idee,
die heiligen Feste, wie Ostern und Weihnachten abzuschaffen
nur um des Profites willen…

Herr   Du siehst, was alles falsch gemacht wird

du siehst, was ferner daraus resultieren wird
Hilf uns!
Hilf alle denen, die nicht in der Lage sind
die katastrophalen Folgen ihrer Handlungsweise
zu verstehen – zu begreifen – oder nicht den Mut haben
zu ihren Fehlern zu stehen.
Hilf uns!
Noch niemals war deine Hilfe
so dringend vonnöten wie jetzt

                    Amen

***

Wenn Sie Lust haben, zu erfahren, wie ein Buch entsteht, lesen Sie einfach weiter ... viel Vergnügen bei einer etwas anderen Art von *Pleiten, Pech und Pannen* ...und recht erheiternden Episoden.

„Darüber könnte ich ein Buch schreiben ...!"
Wie oft hörte ich diesen Ausspruch worauf ich immer antwortete:
„Dann mach das doch. Du musst ja nicht vom großen Ruhm träumen, aber es ist nicht nur eine sinnvolle Beschäftigung, sondern schult auch das Denken und Empfinden. Leg los!"
„Ach, nein. Ich glaube, das kann ich wohl doch nicht..."
*Irgendwann habe **ich** mir ein Herz gefasst und angefangen. Was alles passieren kann, wenn man blauäugig in eine Materie stolpert, von der man keine Ahnung hat, beschreibt die folgende Geschichte. Viel Spaß beim Lesen...*

Am Anfang war....

nein, nicht das Licht! Die Idee und der Wunsch, einen Roman zu schreiben.

Nun setzt man sich nicht einfach so hin und beginnt. In den hintersten Gehirnwindungen kommen, zeitgleich mit der Idee, auch Unsicherheiten auf. Kannst du das überhaupt? Etwas wie Trotz macht sich breit. Klar – ich kann das! Und genau das ist wohl nicht die schlechteste Voraussetzung.

Dann begann ich. Zunächst mit der guten alten Schreibmaschine, auf der ich, aufgrund unseres Computerzeitalters, inzwischen nicht mehr fit war. Das Ende vom Lied waren jede Menge Tippfehler, die mir vor zwanzig Jahren vermutlich nicht passiert wären. Also, ein Stoßseufzer begleitete den Gedanken, dass doch ein Computer hermusste. Abgesehen von den Kosten, würde das Aufstellen eines solchen Gerätes auch erhebliche Platzprobleme mit sich bringen. Immerhin verfügte ich nicht über ein Büro, sondern funktionierte dafür das Gästezimmer um. Allerdings wurde die Einrichtung damit auch nicht kleiner. Doch wie heißt es so schön: das Glück ist mit *die* Doofen! Als ich mit meinem Gedanken, ein solches Gerät zunächst einmal zu leihen, bei einem Bürofachhandel vorstellig wurde, bot man mir einen gebrauchten Laptop an.

Hurra.

Den nahm ich mit Kusshand, obwohl die Festplatte sehr klein war. Das Gerät auch; zudem konnte *Klein-Hannibal*, so taufte ich meinen Neuerwerb, wirklich nur schreiben. Und das in einem Uralt-Programm, WORKS 2.0 aus dem Jahre neunzehnhundertsechsundachtzig bis neunundachtzig. Ein Computerprogramm aus dem tiefsten Mittelalter. Egal.

1999.

Es konnte losgehen.

Als erstes musste ich den ganzen Summs noch einmal abschreiben. Nicht schlimm, aber nervtötend. Ich hatte die Empfindung, das Geschriebene hinterher auswendig zu können. In dem Moment ahnte ich nicht, was mich diesbezüglich noch erwartete.

Nachdem diese langweilige Geschichte erledigt war, schnappte ich mir ein Klemmbrett und verzog mich, mit angewinkelten Beinen, auf das Sofa. Vor mir ein jungfräuliches Schulheft mit Linien. In meinem Kopf wirbelten die Gedanken durcheinander, da ich erst einmal wieder den Anschluss finden musste. Wenn man ungefähr siebzig Seiten nur abgeschrieben hat, beginnt man praktisch von vorne. So hatte ich mir das nicht vorgestellt. War nix mit: *ich schreib mal eben weiter.*

Aber eines Abends kam die zündende Idee und nun ging es Schlag auf Schlag. Während der Woche saß ich abends in erwähnter Haltung auf dem Sofa und pinselte, brav per Hand, meinen Roman in ein Heft. Am Wochenende saß ich dann an *Klein-Hannibal* und tippte alles ab. Bei der Gelegenheit wurden auch gleich Sätze umgeschrieben, die irgendwie kauderwelsch waren. Tippfehler sollte das Programm eigentlich erkennen, doch das tat es nur bedingt. WORKS 2.0 hatte offensichtlich ein anderes Deutsch im *Kopf*, als im Jahre 1999 gebräuchlich.

Endlich – im Mai 1999 hatte ich es geschafft. Das Manuskript von knapp dreihundert Seiten, heute sagt man dazu blöderweise Typoskript, war beendet. Jochen, meinem Mann, präsentierte ich es zum Lesen, hatte ein flaues Gefühl im Magen und erwartete seine Meinung. Oder besser: eher Kritik. Er ist ein sehr anspruchsvoller Leser und für ihn ist nichts schlimmer, als sich durch einen Stoff durchkämpfen zu müssen. Was bedeutet: langweilig. Nach ungefähr zwei Tagen Lesen, verbunden mit dazugehörendem Schweigen, kam es endlich. Das erlösende: „hm, liest sich gut und animiert auch zum Weiterlesen". Die erste Hürde war geschafft.

Nach dieser ersten Lesung setzte er sich hin und las das Ganze noch einmal Korrektur. Danach war ich wieder gefragt, diese Korrekturen in den Computer einzugeben. Inzwischen hatten wir festgestellt, dass ein- oder zweimal lesen nicht ausreicht. Ich setzte mich also auch noch einmal daran und fand eine Menge Kleinkram. Fast immer vergessene oder falsch gesetzte Anführungszeichen, Kommas, Drehwürmer und dergleichen. Wieder Korrekturen einfügen.

Irgendwann, nach der insgesamt sechsten Lesung glaubten wir, dass nichts mehr falsch sein könne.

Inzwischen hatten wir uns überlegt, dass wir die ganze Geschichte in absoluter Eigenregie machen wollten. Immerhin hatte ich schon zwei kleine Bücher auf den Markt gebracht, was mir aber über den damaligen (Druckkostenzuschuss-)Verlag nur einen Haufen Ärger bescherte. Demzufolge:

Nächster Schritt – Druckerei suchen. Also Angebote einholen.

Von dreißig Angebotsanfragen bekam ich stolze neun Antworten. Fünf davon lehnten ab, da sie keine Taschenbücher druckten. Einer bot mir einen Druck in einem niedlichen, aber unbrauchbaren Format an. Eine weitere Druckerei nannte einen Preis, der überaus niedrig war, aber damit hatte ich inzwischen so meine Erfahrungen. Blieben noch zwei. Wir entschieden uns für eine Druckerei im Umkreis, die vielleicht nicht die billigste war, aber auf uns den Eindruck machte, dass wir da gut aufgehoben seien. Das war wichtig, denn wir waren auf jede Art von Hilfe – vor allen Dingen fairer Hilfe – angewiesen.

Herr D. machte uns ein Angebot. Das lag zwar erheblich über dem von uns geplanten Limit, aber nachdem wir uns zusammengesetzt hatten, leuchtete uns ein, dass der von uns kalkulierte Preis nicht hinkommen *konnte*. Als Laie macht man sich keine Vorstellung, was zum Druck eines Buches alles erforderlich ist.

Jedenfalls, um nur ein Beispiel zu nennen, mussten wir das Papier aussuchen. Gar nicht so einfach. Papier kostet Geld, was wir dann auch merkten, und, was ebenfalls berücksichtigt werden muss: Papier hat Gewicht. Es sollte ein Taschenbuch werden, kein Wälzer, der einem im Bett immer auf die Nase fällt, weil die Handgelenke beleidigt sind.

Dazu kam, dass auch die Druckerei beispielsweise nicht über uneingeschränkte Möglichkeiten verfügt. Es ging hier weniger um Kapazitäten, sondern eher um das Format, was mit den vorhandenen Mitteln machbar war. Da musste dann ein Zentimeter zugegeben werden. Das wiederum stand im Zusammenhang mit den so genannten Papierstöcken. Davon hatten wir bis dato noch nie etwas gehört.

Irgendwann war auch das erledigt.

Inzwischen las sich die Sekretärin der Druckerei durch mein Manuskript und stellte fest, dass das so noch keine Druckvorlage sei. Diese musste nämlich eins zu eins sein. Originales Taschenbuchformat.

???

Das bedeutete, der ganze Text musste zunächst einmal auf ein heute gängiges Programm gebracht werden. Nachdem das geschehen war, hatten sich natürlich sämtliche Zeilen verschoben und alle Trennstriche, die ich, aufgrund des alten Programms, vorher manuell eingeben musste, wurden jetzt ebenso manuell wieder herausgepult.

Lesen und korrigieren!

Erneuter Ausdruck. Ist jetzt wirklich alles richtig?

Lesen und korrigieren!

Erneuter Ausdruck.

Verflixt, da fehlt eine Leertaste. An der Stelle stimmt der Blocksatz nicht, etc.

Lesen und korrigieren!

Inzwischen konnten sowohl Jochen als auch ich, den Text nicht nur auswendig, wir konnten ihn rückwärts singen!

In den *Korrekturpausen* haben wir uns natürlich auch nicht ausgeruht. Denn, wenn man so etwas anfängt, muss man es mit ganzer Kraft machen, sonst lässt man es besser.

Jetzt kam der Titel. Wir hatten uns einen Passenden ausgesucht, wussten aber nicht, ob wir ihn verwenden durften. Es war durchaus möglich, dass es den schon einmal gab und dann hätten wir uns, neben einem Haufen Ärger, womöglich noch eine Klage, verbunden mit erheblichen Kosten und einem Vertriebsverbot, eingehandelt.

Jetzt hieß es herauszufinden, wo und wie kann man einen Titel schützen lassen. In dieser Beziehung ist es begrüßenswert, dass es heutzutage das Internet gibt. Darin fand ich ein Institut in Berlin. Angerufen.

„Wir schicken Ihnen die erforderlichen Unterlagen zu."

„Danke."

Die kamen allerdings prompt. Da ich/wir zum ersten Mal dort Kunde waren, war Vorauskasse erbeten. Na ja. Immerhin bekamen wir innerhalb einer Woche den gewünschten Titelschutz; nun durfte *„... und zum Frühstück Spaghetti"* ungestraft die Titelseite meines Romans zieren. *Anmerkung: das war ein teures Vergnügen – heute wissen wir, dass es andere, preiswertere Möglichkeiten gibt. Aber wie war das mit der Blauäugigkeit...*

Der Titel stand fest. Aber bloß Titel ist ein bisschen wenig. Ein Bild musste her. Wieder mal das Internet bemüht. Aha – da gibt es etwas, was man Cliparts nennt. Da war ein Piratenkoch drin, der uns ausnehmend gut gefiel. Bloß, im Vorwort stand, dass einige dieser Cliparts mit einem © = Copyright belegt seien. Leider stand nicht dabei, welche. Also die Anschrift des Urhebers ausfindig gemacht und ein Fax hingeschickt, ob ich seinen Cartoon zu eben diesem Zweck benutzen dürfte. Ich wollte den oder die Herren natürlich auch im Impressum erwähnen. Wir hätten sogar etwas bezahlt, nur: vorsichtshalber bekamen wir keine Antwort.

Nach drei Wochen habe ich ein erneutes Fax abgesetzt, dass wir von der Idee, diesen Koch benutzen zu wollen, Abstand genommen hätten.

Jochen hat nun seine zeichnerischen Fähigkeiten spielen lassen und selber einen Koch skizziert. Ehrlich gesagt: der ist auch viel hübscher! Als Vorlage diente das Motiv eines Pizzatellers.

Titelseite im Konzept fertig. Auf dem Computer eins zu eins in die Druckvorlage umgesetzt. Wie man das macht, hatte ich inzwischen gelernt.

Ach ja, einen Buchrücken brauchen wir ja auch.

Selber gebastelt und ebenfalls ins Druckformat gebracht.

Inzwischen war die Sekretärin mit dem erneuten Umsetzen des Manuskriptes fertig und hat es, was wir ganz toll fanden, auch lektoriert. Das heißt, sie hat u.a. Stellen angestrichen, die nicht zusammen passten oder wenn Zeiträume nicht stimmten. So was merkt man nach sieben- oder achtmal lesen nun wirklich nicht mehr. Was man auch nicht mehr merkt, wenn Fehler *hinein*korrigiert werden. So geschehen bei: „Stazione di Bolzano.... . Da hat sie das „di" auf „die" korrigiert. Und keiner hat's gemerkt. Genauso, wie, dass im rückseitigen Klappentext ein Fehler steckt. Aber ich verrate nicht, welcher! Ätsch.

Letztmaliges Lesen! Wirklich ?

Ab in die Druckerei. Im Schlepp alles, was inzwischen sonst noch fertig war. Also: Titelblatt, Buchrücken, Klappentext (für die Rückseite des Buches (siehe vier Zeilen zuvor!) und für innen das Vorwort. Nun noch das Impressum zusammengestellt; wer machte was.

Der Titel war bereits geschützt, jetzt brauchte der Roman die berühmte ISBN, die Nummer, unter der das Buch künftig zu bestellen wäre.

Börsenverein des Deutschen Buchhandels.
„Wir schicken Ihnen die Unterlagen zu."
„Danke."
Auch diese kamen genauso prompt, und natürlich nicht ohne Rechnung.
Na ja – ein Pferd kostet im Jahr auch einige tausend Mark!***
Unterlagen ausgefüllt, per Fax (war zu der Zeit wirklich eine segensreiche Einrichtung) zugesandt und wenige Tage später lag die ISBN dann vor.   *** vor der Einführung des Euro
So, jetzt noch ein Formular ausfüllen und eine Anzeige im Börsenblatt des Deutschen Buchhandels schalten.
Unterlagen nebst Rechnung ... hatten wir doch schon mal.
Soweit fertig.
Dann kam die erste Reaktion auf die Anzeige im Börsenblatt. Eine Literaturagentin (ich wusste damals nicht, dass es in Deutschland so etwas gab, in Amerika war das normal) meldete sich und bot an, den Roman zu lektorieren, zu korrigieren und sich um einen Verlag zu kümmern. Schön. Nur erstens war das ein bisschen spät und zum Zweiten wäre es eine überaus kostspielige Sache geworden, außerdem auch noch ohne Garantie auf Erfolg. Finger weg!
Kannten wir schon.
Außerdem machen wir es diesmal sowieso allein!
Die Dame bekam einen netten Brief von mir und – man höre und staune – ich bekam eine Antwort, die sich sehr viel angenehmer las. Sie schrieb nämlich, dass Sie trotzdem interessiert sei und bot mir an: sollten Schwierigkeiten mit dem Vertrieb auftreten, wolle sie mir behilflich sein. Auf Erfolgsbasis! Na, das war doch was.
Fast gleichzeitig mit dem Schreiben dieser Dame erreichte mich ein Angebot vom Börsenverein des Deutschen Buchhandels, der mir vorschlug, meinen Titel auf der Frankfurt Buchmesse im Oktober auszustellen. Das war eine Überraschung, da ich gar nicht auf die Idee gekommen war, dass jemandem die kleine Anzeige im

Börsenblatt aufgefallen sein könnte. (Und das alles nur, weil ich brav mein Buch für eine ISBN angemeldet hatte). Es versteht sich von selbst, dass das Ausstellen in Frankfurt auch nicht kostenlos ist. Aber kein Vergleich dazu, wenn man selbst einen Stand mieten möchte.

In der Druckerei hatte Frau D. sich inzwischen über eine eventuelle Werbung Gedanken gemacht. Die Idee war super und wurde von Herrn D. gleich in die Tat umgesetzt. Selbstverständlich gegen Bares; die Druckerei muss schließlich auch leben. Nun prangte eine DIN 4 – quer Werbeseite im Theaterprogramm der Stadt Burscheid. Dieses Programm hatte immerhin eine Auflage von zweitausendfünfhundert Stück und erreichte im Verteilungsbereich u.a. auch das Kölner Stadtgebiet.

Diese Werbeseite las ein Kollege im Büro und, da er meine beiden anderen Bücher (über den Druckkostenzuschuss-Verlag) gelesen hatte, meldete er sich gleich für die ersten fünf Exemplare an.

Himmel – das war ganz einfach so was wie ein Erfolgserlebnis vorab!

Übrigens: Herr D. und Frau D. sind weder miteinander verwandt noch verschwägert. Die gleichen Initialen sind reiner Zufall. Das nur nebenbei bemerkt.

Wenn man so eine Sache beginnt, hofft man letztendlich irgendwie auf Erfolg, sonst würde man es nicht machen. Wie bisher zu lesen war, ist das Ganze mit *ein-paar-Mark-fuffzig* verbunden. In diesem Zusammenhang fiel mir dann ein: ich brauche auch Rechnungsformulare und Geschäftsbriefbögen. Die gestaltete ich allerdings auf dem Computer selbst.

Und dann wurde die *Endbesprechung* in der Druckerei angesetzt. Zu diesem Zweck wollte ich unseren Deckblatt-Koch auf Diskette speichern und musste feststellen, dass die damals gebräuchlichen Disketten dafür zu klein waren. Buchrücken, die Rückseite, Copyright und Impressum, sowie Bezugsquellenhinweis, das passte alles. Bloß unser wichtigstes Instrument, der Koch auf dem Deckblatt, ausgerechnet der, passte nicht auf die Diskette. Also, im Fachhandel angerufen und nachgefragt, ob es Disketten in 3,5 Zoll mit größerem Fassungsvermögen gibt. O ja – bloß, die ließ auf sich warten, da der Fachhandel die bestellen muss.

... und ich übte mich ein und eine halbe Woche in der russischen Tugend, warten zu können; oder besser: zu müssen.

Nachdem ich fast die Geduld verloren hatte, kam zufällig einer unserer EDV-Fachleute in mein Büro und bekam das Ende eines Telefonates mit, das sich auf die Lieferung eben einer solchen Diskette bezog. Nachdem ich das Telefonat beendete, meinte er dann: „Was wollen Sie denn mit einer Diskette von 2,0 MB?"

„Ja, speichern natürlich. Ich habe eine etwas umfangreichere Grafik, die auf die Disketten von 1,44 MB nicht drauf passt."

„Na schön, aber haben Sie denn auch das Laufwerk dafür?"

???

Er grinste ein bisschen mitleidig. „Dafür brauchen Sie ein anderes Laufwerk. Mit den Üblichen geht das nicht. Da gibt es doch andere Möglichkeiten. Lassen Sie mich mal eben da dran..."

Er setzte sich (Gott sei Dank hatte ich gerade Mittagspause) und hatte mit ein paar Griffen meinen Koch mit „win-zip" im Word abgespeichert.

Hurra!

Nix wie ab in die Druckerei.

„Ich habe den Koch auf Diskette".

„Prima".

Und dann stand Frau D. an ihrem PC und der sagte etwas hämisch: April – April. Dieses „win-zip" habe ich nicht. Und das, was ich als Öffnungsprogramm mit gespeichert hatte, funktionierte ebenfalls nicht."

Mist elender!

Also am nächsten Tag das ganze Spiel von vorne.

Frau D. hatte allerdings eine Idee, die sich zu guter letzt als *die* Lösung herausstellte.

„Speichern Sie doch einfach im Power Point ab. Da passt es bestimmt drauf."

„Ja, nur – die Bilder sahen scheußlich aus."

„Das liegt daran, dass das ein Raster ist. Aber das macht nichts. Das speichern wir dann hinterher wieder ins Word und dann haben wir den Koch ganz schön gezeichnet."

Gesagt, getan. Jetzt haben wir ihn und nun geht es wieder in die Druckerei, die inzwischen schon auf vollen Touren nur für mich/ uns arbeitet. Komisches Gefühl.

Mit dem *umgespeicherten* Koch also wieder los. Frau D. hatte das gleiche Power Point wie ich und wir stürzten uns freudestrahlend auf unseren Koch. Ja – und dann? Der erste Koch, den ich extra ohne Farbe gebastelt hatte, ließ sich, warum auch immer, nicht öffnen.

Der nächsten Koch, der normale, mit Farbe, öffnete sich. Wir waren beide völlig ratlos. Dazu kam noch, dass ich/wir unsere Frau D. um ihren wohlverdienten Feierabend brachten. Eigentlich hatte sie um siebzehn Uhr Schluss; aber an solchen Versuchstagen wird es immer etwas später. (Wir müssen ihr unbedingt wieder einmal ein Dankeschön in die Hand drücken. Das hat sie mehr als verdient!)

Zurück zum Koch. Hurra! Den kriegten wir also auf. Doch es war der Falsche. Wichtig war ja der ohne Farbe.

Da wurde ich dann erst einmal schlau gemacht, warum. Also: Beim Erstellen des Umschlagkartons für das Taschenbuch ist ein Vierfarbendruck notwendig. Man orientiert sich an den Grundfarben, rot, blau, grün und gelb. Die Arbeitsgänge sind vorgegeben:

zunächst wird der Blanko-Koch aufgelegt, dann folgen die Farben jeweils einzeln. Jetzt hat unser Problem-Koch auch ein Gesicht und nackte Arme, die hautfarben sein müssen. Das wiederum ist ein Mix aus verschiedenen Farben, der sich aus dem Rot der Mütze und (beispielsweise) dem Gelb der Spaghetti ergeben muss.
Wieder was gelernt!

Mittendrin fiel mir dann auch noch ein: Himmel, jetzt werde ich vornehm; ich brauche wohl Visitenkarten. Na denn…

Genau – na denn!
Inzwischen kostete mich der Koch eine Menge Nerven. Nach mehrmaligen Versuchen *verschlossen* sich fast alle Köche, bis auf die Nummer drei. Der ließ sich zwar öffnen, aber statt eines Kochs prangte auf meinem Bildschirm ein großes Rechteck mit einem unübersehbaren roten Kreuz in der Mitte. Teufel aber auch. Was war das nun schon wieder? Weder Frau D. noch ich wussten weiter. Die letzte Möglichkeit, die wir nun ins Auge fassten war, Disketten auf dem PC von Frau D. zu formatieren und die, inzwischen bestgehassten, Köche noch einmal abzuspeichern. Das war wirklich das letzte Mal. Wenn es nun nicht hinhaut, muss sich unser Drucker, Herr D., was einfallen lassen.
Während Frau D. die Disketten formatierte, marschierte ich hinter Jochen her, der von Herrn D. eingeladen war, sich die Druckerei anzusehen. Das war natürlich auch für mich interessant, zumal plötzlich altes Wissen wieder auftauchte. Vor über dreißig Jahren, als ich meine Ausbildung begonnen hatte, war ich schon einmal mit dem heute gefragten Vier-Farben-Druck in Berührung gekommen. Mein damaliger Lehrherr hatte eine solche Druckmaschine und ich erinnerte mich, zu dieser Zeit Metallmatrizen geschrieben zu haben, die genau so eingefärbt wurden, wie das im Prinzip auch

heute noch gemacht wird. Bloß, dass wir (ich!) damals dann per Hand kurbeln durften!

Ja, und dann passierte zwischendurch etwas, womit ich nun gar nicht gerechnet hatte.

Eines schönen Tages kam ich heim und auf dem Wohnzimmertisch lag ein Fax von einer Buchhandlung in Burscheid. Der Buchhändler bestellte einmal *Lange Unterhosen im August*, das erste Buch meiner mühseligen Gehversuche, seinerzeit mittels (Druckkostenzuschuss-)Verlag.

So sehr ich irgendwie immer darauf wartete, dass sich mal etwas tat, so perplex war ich in diesem Moment. Mir wurde überraschend klar: jetzt wird es ernst. Und im gleichen Moment rutschte mir heraus: „Was mach' ich denn jetzt?"

„Na – am besten hinfahren. Einfach das Buch hinbringen."

Jochen hatte recht und ich plötzlich einen Haufen Schmetterlinge im Bauch. Immerhin war ich bis dato ahnungslos, wie man mit einem Buchhändler überhaupt abrechnet. Damit wollte ich mich befassen, wenn es denn im September soweit sei und ich das Buch erst einmal in den Händen hätte.

Also los. Gott sei Dank war es eine Buchhandlung im Nachbarort, die verhältnismäßig leicht zu finden war. Der Inhaber, der mir das Fax schickte, amüsierte sich köstlich über die Tatsache, dass ich von Tuten und Blasen keine Ahnung hatte, hörte mir jedoch aufmerksam zu. Und, das fand ich toll: er war sehr fair und half mir. Außerdem ergab sich die Gelegenheit zu einem kleinen Gespräch. Ich erzählte ihm, dass eben im September mein neues Buch heraus käme. Ich solle ihm ein Exemplar vorbei bringen und wenn es ihm gefiele, wollte er sich dafür einsetzen und mir helfen. Er wusste offensichtlich um die Schwierigkeiten, außerhalb der Bestsellerlisten Fuß fassen zu wollen.

Das war ein Erfolgserlebnis der ganz besonderen Art und ich stellte für mich fest, dass ich bei diesem Buch, was noch gar nicht greifbar war, offensichtlich schon größere Chancen hatte, als ich es mit einem Verlag des gehabten Genres je bekäme. Vielleicht war die Idee doch nicht so schlecht, es einfach einmal selber zu machen. Trotz der Gefahr, noch einmal, ein letztes Mal!, gehörig auf die Nase zu fallen. Langsam begann auch ich, daran zu glauben.

Jetzt endlich, endlich war das Kapitel *Koch* erledigt und der Buchumschlag im Konzept fertig. Dafür durften wir aber noch zweimal hinfahren, weil sich plötzlich wieder Trennstriche auf verschiedenen Seiten befanden, die vorher nicht da waren. Manchmal war es zum Verzweifeln. Warum müssen Computer immer irgendwie ein Eigenleben entwickeln. Ich setzte mich also hin und kontrollierte bei rund dreihundert Seiten die Umbrüche. Komischerweise befanden sich diese Macken nur im Mittelteil des Buches; das erste und das letzte Drittel waren einwandfrei. Weder Frau D. noch ich verstanden, was da passiert sein konnte.
Aber jetzt ist es *wirklich fertig*. Und der Buchumschlag ebenfalls. Herr D. rief uns abends um kurz nach acht an, ob wir Zeit und Lust hätten, ihn mal eben in der Druckerei zu besuchen. Er hätte den fertigen Koch.
Nix wie hin! War prima geworden.
Bei der Gelegenheit stellten wir dann fest, dass ein kleiner Betrieb doch ganz anders aufgebaut ist als ein Großunternehmen. Wenn was Eiliges oder Wichtiges ansteht, ist halt nicht um siebzehn Uhr Feierabend. Jedenfalls war auch Frau G., die die technische Seite konzipierte, noch in ihrer Werkstatt und zeigte uns die weiteren Schritte. Sie hatte so genannte *Faulenzer* zusammengestellt, die genau so aufgebaut waren, wie die Druckvorlage hinterher aussehen sollte. Das war überaus interessant und Frau G. meinte, dass

sie so etwas zwar schon gemacht hätte, aber nicht bei einem Buch mit einem Umfang von fast dreihundert Seiten. Die arme Socke.

Wir haben ihr zwar einen schönen Feierabend gewünscht, mit dem Nachsatz: „das, was davon übrig bleibt!"

Bevor wir die Druckerei wieder verließen, zeigte Herr D. uns die Palette, die nur für uns reserviert war. Himmel, das durfte wirklich nicht wahr sein. Dreiunddreißigtausend Bogen Papier! Man kann sich die Menge gar nicht vorstellen. Wenn man anschließend ein Taschenbuch fertig sieht…; und wir lassen *nur* eintausend Stück machen! Wie mag das in einer Großdruckerei aussehen, die, beispielsweise, eine Auflage von zehntausend oder noch mehr druckt? Wahnsinn!

Nun ließen wir uns einfach überraschen, wie es am Ende aussähe. Wir schreiben den 27. August 1999 und warteten darauf, dass der Bescheid kommt: *das Buch ist fertig!*

Vier Tage später. Den Bescheid, dass es fertig ist, haben wir noch nicht, aber ... das Original des Einbandes liegt uns vor. Schön geworden.

22. September 99. Die Bücher sind fertig. Nix wie in die Druckerei und abholen.

Nachdem wir in Burscheid angekommen waren, mussten wir natürlich erst einmal nur gucken. Toll geworden. Ein ganz großes Lob für alle, die daran beteiligt waren. Jeder bekam sofort ein Exemplar und dann hieß es für mich/uns: eintausend Stück, eine ganze Palette voll, nach Hause zu transportieren und einzulagern.

Jochen musste zweimal fahren. Keiner von uns hatte sich eine Vorstellung davon gemacht, wie viel tausend Bücher sind. Jetzt wissen wir es.

Im Keller Platz schaffen und alles einräumen. So gut es eben ging. Dann fuhren wir noch schnell nach Burscheid in die Bücherei, die mir angeboten hatte, Kommissions-Exemplare zu nehmen und gaben ein Muster ab. Der Inhaber befand sich gerade nicht im Laden, aber ich konnte ihn kurz am Telefon sprechen und er meinte: ich solle doch die zehn Stück ruhig bringen. Er würde sie auf jeden Fall ausstellen. Na wunderbar. Also wieder ab nach Hause und die erste Ladung aus dem Keller geholt. Am nächsten Morgen brachte Jochen sie hin.

Ich nahm die ersten sieben Exemplare mit ins Büro. Ein Kollege hatte ja schon fünf Stück vorab bestellt und jeweils ein Buch bekamen zwei andere Kollegen.

Mit ein bisschen Magenkribbeln sind *schon* neun Stück verkauft. Von eintausend! Der Anfang.

Und wie würde es sich entwickeln?

Im Gegensatz zu den Äußerungen einer mir bekannten Autorin entwickelten sich die folgenden Aktivitäten völlig anders. Meine Befürchtung, bei den Buchhandlungen *bitte-bitte* machen zu müssen, traf nicht ein. Im Gegenteil. Wir waren beide überrascht, wie problemlos das Buch angenommen wurde. Inzwischen sind schon siebzig Stück in Kommission unterwegs. Wie sie sich verkaufen, sollte sich allerdings noch herausstellen. Aber sie liegen in den Buchhandlungen, die ich in der kurzen Zeit von gerade mal zwei Wochen ansprechen konnte, gut sichtbar neben der Kasse. Ich fand das unheimlich toll. Ein Buchhändler aus Opladen gab mir dann den Tipp, eine ganz bestimmte Buchhandlung in Langenfeld aufzusuchen.

Gesagt – getan.

Nicht nur, dass der Buchhändler mir auch sofort zehn Exemplare als Kommissionsware abnahm, er sagte auch noch: „So, und wir sehen uns dann am Montag wieder. Sie bringen mir bitte acht Briefe mit einem netten Text, entsprechend auch acht Werbeexemplare Ihres Buches, das Vorwort, was im Buch steht bitte jeweils ausgedruckt und genauso viele Fotos von Ihnen. Sechs für die Presse und zwei für den Rundfunk. Ich schreibe dann persönlich einen kleinen Kommentar dazu und verteile die „Lektüre" in die Postfächer der einzelnen Redakteure im Rathaus, die ich alle persönlich kenne. Irgendwie und irgendwann werden die sich dann schon bei Ihnen melden."

Ich war völlig platt. Mit soviel Entgegenkommen und Engagement Fremder hätten wir nun wirklich nicht gerechnet.

Bis jetzt hatte sich zwar noch niemand gemeldet, aber ich durfte nicht vergessen, dass gerade die Buchmesse in Frankfurt anlief und sich fast sämtliche Buchhändler, Redakteure, Journalisten und was es sonst noch in der Richtung gibt, auf der Messe herum drückten. Wir fuhren auch. Aber nur am Wochenende. Ich wollte doch wissen, wo und wie ich ausgestellt war. Es half sowieso nur eines: Daumen drücken. Bei rund neunzigtausend Neuerscheinungen im Jahr hielt ich es ohnehin für äußerst fraglich, ob die gerade auf mich warteten. Aber schön wäre es schon.

Tja – und dann war sie da, die Buchmesse und damit auch ich/wir und die Hoffnung!

Am sechzehnten Oktober schwangen wir uns morgens in aller Frühe auf unsere Pneus und fuhren in Richtung Frankfurt/Messe. Fahrt und Parkerei klappten vorzüglich. Auch den Stand 120 in Gang A der Halle 5.1 fanden wir gleich. Und dann kam die schlagartige Ernüchterung. So, wie mein Buch und auch die Einzelexemplare anderer Autoren präsentiert wurden, ließ das Ganze keine große Euphorie aufkommen. Der Stand war chaotisch. Meine Bestellformulare fehlten und als ich endlich jemanden am Wickel hatte, den man mal was fragen konnte, meinte die Dame lakonisch: „Ach, die liegen bestimmt in irgendeiner Schublade!"

Na wunderbar – da liegen sie gut.

Also, wieder abwarten.

Vorsichtshalber wollte ich mich in den nächsten Tagen mal darum kümmern, wer in meiner näheren Umgebung möglicherweise nach Leipzig ginge. Im Frühjahr des kommenden Jahres wäre dort die Buchmesse. Falls möglich, würde ich mich gern an jemanden dranhängen – oder wäre es vielleicht besser, das auch selber zu machen.

Die Frankfurter Messe war jedenfalls der berühmte *R(h)einfall von Schaffhausen.* Wir sind auch nie wieder hingegangen.

November 1999

Inzwischen kontaktierte ich eine Autorin im süddeutschen Raum, die mir netterweise Unterlagen für eine Präsentation in Leipzig zusandte. Ob das wirklich noch klappte, war eine andere Frage. Die Anmeldefrist war begrenzt, es waren lediglich noch „small-stands" (kleine Stände) zu haben. Jetzt wurden Autoren gesucht, die mitmachen wollten. Aber klar doch!

Sollte das nicht gelingen, entschied ich mich, über den gleichen Weg, für eine Messe in Stockstadt. Eines davon würde schon möglich sein. Hoffte ich.

Dafür tat sich jetzt endlich was am Medienhimmel. Vor einigen Monaten gab ich einer früheren Kollegin Unterlagen über meine Bücher, die sie ihrerseits einem Freund beim örtlichen Rundfunk in die Hand drückte. Da ich davon nichts mehr hörte, nahm ich mein Herz in beide Hände und rief einfach mal an. Ich hatte den Chefredakteur selber an der Strippe und der reagierte herzlich unkompliziert.

„Was halten Sie denn davon, wenn Sie am Freitag. um siebzehn Uhr kommen? Wir machen ein Vorgespräch und je nach dem, wie es läuft, nehmen wir das Interview gleich auf."

Hoppla – da hatte ich aber einmal eine ganze Ameisen-Armee in meinem Bauch, da ich im Stillen mit einer Absage rechnete. Stattdessen wurde ich zu einem Interview geladen – und... keine Ahnung, wie man so etwas macht!

Komischerweise verflog die Nervosität in dem Moment, in dem Herr Sch. und ich eine ganz normale Unterhaltung begannen. Dabei hatte ich ihn als Lacher auch noch auf meiner Seite. Ich hatte mir nämlich einen Spickzettel gemacht. „Antworten auf mögliche Fragen."

???

Er lachte sich kringelig und meinte nach einer guten Stunde: „So, und jetzt sehen wir mal, welches Studio frei ist. Dann werden wir die Aufzeichnung machen."

Ich wurde also auf einen Stuhl bugsiert und konnte erst einmal in aller Ruhe die sagenhafte Technik bewundern, mit der heute gearbeitet wird. Da ist nix mehr mit Tonbändern und *schneiden*. (Man nennt es trotzdem noch so.) Das geht heute alles per Computer.

Der Computer macht die Aufzeichnung und man kann sehen, was er aufgezeichnet hat. Mittels einer Art Sprachkurve. Die zeigt u.a. auch an, wenn man in Denkpausen oder so was gerät. Anschließend geht man hin, markiert diese Phase und: ein Mausklick, die unplatzierte Pause ist weg. Einfach so. Was mich noch mehr beeindruckte, normalerweise hört man sich selber nicht mit den Horchlöffeln, sondern mit dem Gehirn. Wenn man aber die Kopfhörer auf hat, hört man sich selber – zeitgleich – mit den eigenen Ohren und kann auch die Stimme entsprechend modulieren. Das war eine ganz neue Erfahrung. Vor lauter Neugier ist mir das Interview nicht einmal schwer gefallen, d.h.: ich war überhaupt nicht nervös. Geholfen hat mir gewiss auch meine Art von Spickzettel, aber Herr Sch. war auch ein „cooler" Interviewer. Ruhig, mit einer gehörigen Portion Humor und einem hochsensiblen Gespür für seine Gesprächspartner, stellte er seine Fragen und achtete vor allen Dingen darauf, dass man locker antwortete. Ich fühlte mich, mit den Kopfhörern auf den Ohren, sicher und konnte völlig ruhig sprechen. Ohne jede Menge ähm's und öhh's.

Jetzt wurde das Interview zusammen *geschnitten* – natürlich auch per Computer und dann bekam ich den Sendetermin. Überrascht war ich, als ich hörte, wie groß der Hörerkreis von Radio Leverkusen ist. Morgens, gegen halb sieben, schalten sich bis zu fünfundvierzigtausend ein. Abends, zwischen neunzehn und einundzwanzig Uhr sind es teilweise bis zu neunzigtausend Zuhörer. Wäre schön, wenn die alle ein Buch haben wollten! Dann käme meine Druckerei aber mächtig ins Schwitzen!

Jetzt wartete ich darauf, dass der Bescheid kam und eine Kassette von dem, was wir beide da so zusammen gesabbelt haben. Er versprach mir, dass ich das Originalband kriege, (was sie normalerweise nicht tun!) und die Sendung würden wir dann selber aufnehmen. Ich/wir ließen uns also überraschen.

Inzwischen verschickte ich auch etliche Werbebriefe in der Bekanntschaft und hoffte, dass unsere Bekannten Buchhandlungen in jeweils der Stadt, in der sie wohnen, aufsuchen und bestellen.

Von Crailsheim bekamen wir am Wochenende eine Bestellung, aber in Remscheid ging das gründlich in die Hose. Leider ist es anscheinend so, dass auch Buchhändler teilweise einfach zu bequem sind, von ihren üblichen Wegen abzugehen. Besagter Buchhändler in Remscheid sagte der Kundin, er könne versuchen, das Buch zu bestellen, aber besser wäre es, *sie würde es selber tun*. Er wüsste schließlich nicht, wie viel er abnehmen müsste. Das muss man sich mal vorstellen!

Also kein Wunder, dass es so schwer ist, auf die Füße zu kommen.

Vielleicht wäre eine Lesung in einer Buchhandlung hilfreich. Ich versuchte, das bei einem der Buchhändler zu erreichen. Radio Leverkusen wollte davon unterrichtet werden. Sie würden diese Le-

sung dann im Radio unter dem „aktuellen Tageskalender" ankündigen.
Es wäre doch gelacht, wenn ich (wir) es nicht schaffen würden ...

Inzwischen schreiben wir Dezember, ich bekam meine Kassette von Radio Leverkusen; den Sendetermin allerdings noch nicht. Dafür geht im Januar ein zweites Interview beim Bürgerfunk über die Bühne und die Rheinische Post will sich wegen des bereits stattgefundenen Telefoninterviews zwecks Buchbesprechung auch in den nächsten Tagen melden.
Also: warten auf ... Godot.
Auf die Medien und darauf, wie es weitergeht!

Einmal ** Leipzig ** und ** zurück

März 2000. Es ging und geht weiter; aber anders als geplant. Hatte ich mir doch vorgenommen, an keiner Messe mehr teilzunehmen, weil eh nichts dabei rauskommt. Und nun habe ich es doch wieder getan. Schuld daran war eigentlich Monika W., die mich eines Tages davon in Kenntnis setzte, dass eine *Autoreninitiative* auf der Leipziger Messe einen eigenen Stand haben würde. Dazu schlössen sich mehrere Autoren zusammen und ich möge mich doch bitte an Gudrun St. in Bilshausen (wo in aller Welt lag das denn?) wenden, die mir nähere Auskünfte dazu geben könnte.
Gesagt – getan.
Ich bekam also die preiswerte Möglichkeit, mich an dieser Initiative zu beteiligen und wir beschlossen, einen Tag früher in Leipzig anzureisen, um den Stand mit aufzubauen.
Am 22. März, einem Mittwoch, düsten wir dann um kurz vor sieben Uhr in der Früh gen Leipzig. Das Auto hatten wir am Vorabend gepackt, so dass wir einfach losfahren konnten. Über Köln,

Siegen, Gießen, Bad Hersfeld, Eisenach, eine Frühstückspause, Hermsdorfer Kreuz, Leipzig. Fünfhundertsechs Kilometer.

Die Wegbeschreibung zum Campingplatz (!) war klar, aber Derjenige, der sie sich in der Form ausdachte, hatte wohl nicht berücksichtigt, dass die Anreisenden die Entfernungen ohne Kilometer-Angabe nicht einschätzen konnten. So ging es auch uns; wir fuhren äußerst vorsichtig, um das Rathaus in Wahren nicht zu verpassen, aber nach zehn Kilometern beschlich uns das Gefühl, möglicherweise doch vorbei gefahren zu sein. Glücklicherweise mussten wir an der nächsten Ampel anhalten und rein zufällig las ich, schräg rechts vor mir, *Rathauskeller*. Wo ein Rathauskeller ist, ist auch das Rathaus nicht weit. Ich ließ während der Ampelphase schnell meine Augen schweifen und dann rief ich auch schon: „Blinker raus – hier müssen wir rechts rum!"

Das war wirklich Glücksache, denn an dem wunderschönen Bau dieses Rathauses war ein kleines Messingschild angebracht, das ich ohne den „Rathauskeller" ganz bestimmt nicht gesehen hätte: Rathaus – Außenstelle Wahren!

Na, das wa(h)r's; also rechts rum und nach ein paar hundert Metern hatten wir unseren Campingplatz gefunden.

Dreizehn Uhr zwanzig: Anmeldung an der Rezeption: „Guten Tag, für uns ist hier eine Finnhütte reserviert."

„Ach ja – Sie gehören dann wohl auch zu den verrückten Schriftstellern!"

???

Die Ursache für diesen Ausspruch ist bei Gudrun zu suchen, die, sehr nett, das alles, zusammen mit Gisela H., für die Teilnehmer vorab erledigte. Sie wurde bei der Anmeldung mehrer Finnhütten natürlich nach dem Hintergrund gefragt und sagte dazu, dass wir alle auf die Buchmesse wollten, da wir selbst Autoren seien. Auf die Frage, ob sich das lohne, meinte sie: „Wahrscheinlich nicht, aber wir sind nun mal so verrückt! Und wer es nicht probiert, verliert!"

Somit waren wir dann die verrückten Schriftsteller.

Nach diesem lockeren Empfang packten wir noch unsere Sachen in die Hütte und fuhren erst einmal zur Messe.

Halle 3, Stand M 106 war schnell gefunden. Wir wollten in die Hände spucken und aufbauen, doch fleißige Hände hatten bereits alles erledigt. Das war super. Wir stellten uns nun gegenseitig vor, was allerdings bei mir zu einem peinlichen Problem führte. Zunächst hieß es: Herr Dr. Walter K. – oh, ein Akademiker! – und, wie oft bei Gelegenheiten dieser Art, verstand ich natürlich den Namen nicht. Also verstohlen an den Buchreihen entlang geguckt: Aha! Da war er. Als nächstes stellte man mir Charlotte H. vor. Wer in aller Welt war denn das?

„Nett, sehr erfreut!" (???)

Ich habe in meinem Gehirn herumgesucht, aber davon wurde mir der Name auch nicht bekannter.

Nach einer Weile wandte ich mich an Frau St. (einige Stunden später hieß(en) sie Gudrun und Manfred) und fragte an: „Wollte Gisela H. nicht auch schon so um zwölf Uhr herum kommen?"

Gudrun lachte: „Charlotte H. ist Gisela H. Sie schreibt unter dem Namen Charlotte H. und damit es nicht zu kompliziert wird, nennt sie sich halt hier auch so."

Es gab keinerlei Komplikationen, alle sagten nämlich treuherzig weiterhin Gisela. An die Charlotte hätte ich mich noch gewöhnen können, aber mit dem Nachnamen, der ebenfalls mit H begann, hatte ich meine Schwierigkeiten.

Gerade an dem ersten Tag war Charlotte-Gisela diejenige, die, wie Gudrun es ausdrückte, die A....karte gezogen hatte. Wir mussten hinter vorgehaltener Hand schmunzeln, ihr war bestimmt nicht danach zumute.

Während der Anreise nach Leipzig lief ihr im Koffer der Haarfestiger aus, was schlichtweg eine Schweinerei war. Sie wusch zwar alles sofort aus, aber das Wahre ist es doch nicht. Abgesehen davon, dass das Handtuch anschließend nicht trocken wurde.

Nun stand sie an der Rezeption und wollte sich anmelden. Irgendwie erreichte ein seltsames Brummen ihr Ohr. „Was brummt hier so?"

„Bei uns brummt nix, das muss bei Ihnen sein!"

Gisela nahm erst einmal Abstand von Ihrem Koffer.

Später stellte sich heraus, dass sie, wie auch immer, einen gewissen Druck auf ihre elektrische Zahnbürste ausgeübt haben musste. Die setzte sich im Alleingang in Betrieb. Die vermeintliche Bombe entpuppte sich somit als harmlos, was mich zu der unbedachten Feststellung veranlasste: „Man sagt, Bomben ticken normalerweise und brummen nicht."

„Ach, hast du damit Erfahrung?"

Auserzählt!

Inzwischen trudelten alle Teilnehmer nach und nach ein.

Wir dackelten der Reihe nach in unsere Hütten, die einfach putzig waren, und machten aus, dass wir uns im Restaurant des Campingplatzes treffen würden. Gemeinsames Abendessen und Absprache des Verlaufs des

1. Messetages (23.04.2000) war angesagt.

Gegen acht Uhr Frühstück; der Eine früher, ein Anderer etwas später. Um viertel vor neun Abfahrt zur Messe. Beginn derselben um zehn.

Monika W., die bis dahin noch fehlte, hatte Wort gehalten und war wirklich in aller Herrgottsfrühe, um vier Uhr, in Leipzig eingetroffen. Sie hatte das vorher entsprechend angemeldet. Bloß der Junge, der in der Nacht Platzwache hatte, wusste von nichts. Weder, dass jemand so früh ankam, noch in welcher Hütte sie einquartiert war. Selbst wenn er es gewusst hätte, die Möglichkeit, in die Hütte reinzukommen, war null. Denn Monika wohnte mit Gisela zusammen, und diese schlief den Schlaf der Gerechten, sie hatte, natürlich, von innen zugesperrt. Demzufolge seufzte Monika tief und müde und beschloss, den Rest der Nacht im Auto zu verbringen und dort zu schlafen. Sie verbrachte die Stunden bis kurz vorm Frühstück tatsächlich auf diese Weise. Nach dem Frühstück verteilten wir uns auf die vorhandenen Autos und es ging los.

Da wir als Aussteller einen anderen Parkplatz als *normale* Besucher benutzten, machten wir die Erfahrung, dass niemand nach unseren Eintrittskarten fragte. ...und wie viele Leute in einem Auto saßen, war denen auch egal. Uns nicht, denn diese Tatsache ersparte Jochen, Manfred und später auch Harry, das reichlich hohe Eintrittsgeld – außerdem gehörten sie zu uns Ausstellern. Und Autoren ohne Namen sind eh knapp bei Kasse.

Punkt zehn Uhr plärrte der Lautsprecher los und erklärte die Leipziger Buchmesse des Jahres 2000 als eröffnet. Eine trockene Angelegenheit, in irgendeiner anderen Halle musste die Eröffnung wohl feierlicher gewesen sein.

Jochen und Manfred als *Nichtaussteller* begannen, die Messehallen zu erkunden. Mit Gesprächen, meist die Autoren untereinander, verbrachten wir den Tag. Für uns bestand Anwesenheitspflicht bis achtzehn Uhr, was bedeutete, auch wenn die Füße *Hurra* schrieen – durchhalten war angesagt.

Gemeinsame Rückfahrt zum Quartier, frisch machen, zusammen zu Abend essen und gegen zweiundzwanzig Uhr lagen wir in sämtlichen Betten und zwar total geschafft!

Am nächsten Morgen das gleiche Prozedere. Wenn ich mich recht erinnere, war Gisela dann aber diejenige, die nochmals die be-

rühmte... A-karte gezogen hatte. Diesmal ist nichts passiert, aber amüsant war es. Gisela hatte das Bedürfnis, ausgiebig zu duschen (oder war das vielleicht doch am Abend vorher schon? Na, egal!). Im Nachhinein kann man nur sagen: Gott sei Dank wusch sie sich nicht die Haare. Sie schaffte es nämlich gerade noch, den Schaum vom Körper zu kriegen, dann war das Wasser weg. Nicht *weg* im eigentlichen Sinne, nein, niemand hatte ihr, die wie wir Nichtcamperin ist, gesagt, dass man zum Duschen Marken kaufen muss. Gisela hatte also das Restwasser der Vorgängerin erwischt.
Man muss auch mal Glück haben.

Inzwischen trafen noch weitere Autorinnen ein und bis auf Harry R., der erst am Freitag gegen Abend anreiste, war der Club nun komplett.

Der Tag verlief wie der vorangegangene. Jochen suchte, und fand, einen Stand mit Ansichtskarten und frönte nunmehr seiner Leidenschaft. Ab und zu habe auch ich mich mal ein bisschen auf die Strümpfe gemacht. Immer nur stehen oder sitzen ging auch nicht. Die Anderen begannen ebenfalls diverse Wanderungen; man musste sich mal etwas bewegen. Der Geräuschkulisse konnten wir nicht entfliehen – und die hatte es in sich.
Mittlerweise hat die bereits zweimal erwähnte... A-karte den Besitzer gewechselt.
Gudrun war dran. Sie hatte einen böse eingewachsenen Zehnagel und ausgerechnet damit musste sie sich an einem Tischbein stoßen. Das war Vergnügen hoch drei. Über den Tag wurde es so schlimm, dass sie die Sanitätsstation aufsuchte, bloß, die waren auf kleine Operationen nicht eingerichtet. Also: warten bis zum Abend. Monika W. versuchte mit einem kleinen Eingriff ihrerseits zu helfen. Das gelang zwar nicht so ganz; immerhin wurde durch den Eingriff

der Druckschmerz gelindert und Gudrun bekam wieder ein bisschen Farbe im Gesicht.

Nach unserem gemeinsamen Abendessen schwatzen wir noch ein wenig. Harry R., letzte der Mohikaner, bzw. der Germanen, war inzwischen eingetroffen und rundete unseren Haufen ab.
Da wir am kommenden Tag wieder nach Hause fuhren, traten wir unsere Parkkarte, die mit unserer Abreise allerdings ablief, an Harry ab. Abgesehen davon, dass die Parkwächter sowieso nicht so genau guckten, war es auch schwierig, wenn zwei Autos kurz hintereinander fuhren. Zunächst einmal hatte er den Parkausweis hinter die Scheibe an der Seite des Beifahrers abgelegt. Damit musste der Parkwächter beim Einfahren auf das Messegelände schon einen langen Hals machen. Die Parkkarte war jetzt auch noch gültig. Als sie nun drinnen waren, meinte Gudrun: „Wenn jetzt einer gucken kommt….“
Harry: „Papp‘ die doch mal von innen an die Scheibe; an der Fahrerseite.“ Das hielt natürlich nicht. Gudrun ließ los und der Parkausweis fiel runter. Genau auf den Kopf.
„Und so lassen wir ihn auch liegen“, meinte Harry zufrieden.
Und es passierte gar nichts.
Was allerdings nicht lustig war: am letzten Messetag klaute man ihm zwei seiner Bücher im Wert von fast einhundert DM. Schade.

Samstag. Gudruns Zeh ging es besser, dafür konnte sie den rechten Arm nicht mehr bewegen. Aua! Das musste ja nun wirklich nicht sein. Auch Gudrun fühlte sich duschreif und machte sich auf den Weg zu den entsprechenden Räumlichkeiten. Als sie zurückkam, guckte ich gerade aus unserer Hütte und sie sagte: „Guck mal wie ich aussehe!“
„Nass.“

„Ja. Ich war fertig mit duschen und Haare waschen und griff zu meinem Handtuch... bloß, da war keins. Vergessen! Also, bin ich, nass wie ich war, in meinen Jogginganzug geklettert und hab mich auf den Weg gemacht. Da begegnet mir Manfred.

„Guck mal wie ich aussehe."

„Nass."

„Ja, logisch. Ich hatte meine Handtücher vergessen."

„Hm, das habe ich gesehen. Ich hab' sie wieder in den Schrank gelegt."

!!!

Nach dem Frühstück verabschiedeten wir uns und die Anderen verteilten sich auf die Autos, um zur Messe zu fahren.

Gegen halb zehn Uhr hatten wir alles eingepackt, die Rechnung bezahlt und entschwanden in Richtung Leverkusen. Nach fünfhundertsiebenundzwanzig Kilometern kamen wir heil wieder an.

Fazit: Es war ausgezeichnet organisiert. An dieser Stelle ein dickes Lob und herzliches Dankeschön an Gudrun und Gisela.

Alle: Wir waren eine gute Gemeinschaft, die sich auf Anhieb verstand. Immerhin muss man berücksichtigen, dass die Autoren sich untereinander nicht kannten. Sowohl während der Messe, als auch bei den kollektiven Mahlzeiten und danach, fanden wir gute und interessante Gesprächsthemen.

Messe: Die Messe war Ausgesprochen gut besucht. Wenn auch – zugegebenermaßen – die Schulklassen manchmal insofern nervten, als da sie sich mit vollen Händen unserer Naschereien bedienten. Die Bücher – Nebensache!

Unser Stand war eher mäßig frequentiert; zumindest in der Zeit, in der wir dabei waren. Vielleicht lief es samstags oder am Sonntag besser. Harry R. als Germane in seiner Rüstung war sicherlich ein Anziehungspunkt..

Natürlich wurden um uns herum auch entsprechend Lesungen gehalten. Beileibe nicht von uns! Nein, da waren Leute wie: Heiner Geißler, Norbert Blüm, und der Pleite-Schneider (hatte wahnsinnigen Zulauf und, das muss man sich mal vorstellen (!), ein paar Tage später signierte er in einer namhaften Kölner Buchhandlung sein Buch. Ein Betrüger hoch drei – und wird auch noch hofiert. Deutschland!) Weiterhin trafen wir auf Regina Hildebrandt, Ilja Richter, Christine Kaufmann und noch ein paar Andere...
Einige dieser Prominenten sind inzwischen verstorben.

Quartier: Finnhütte
Für uns etwas völlig Neues, da wir keine Camper sind. Also: Zelt aus Holz. War urig und sehr sauber. Es wurde jeden Tag geputzt und sogar die Betten gerichtet.
Nicht ganz so putzig war, dass man, um seine Bedürfnisse erledigen zu können, ein ganzes Stück zu laufen hatte. Das war tagsüber nicht weiter schlimm, für uns nur ungewohnt. Wir kennen weder das Prozedere, noch die Gepflogenheiten auf einem Campingplatz. Doch dafür sind wir, glaube ich, ganz prima zurecht gekommen. Nachts hörte man es manchmal verstohlen hinter den Hütten plätschern...
Übrigens: an einem Morgen hatte ich die A...karte! Ich stand im Duschhaus und wollte mir die Zähne putzen.

Zahnbecher? – in der Hütte.
Zahnbürste? – in der Hütte.
Also Zahnpasta auf den Zeigefinger geschmiert und nach Alt-Väter-Sitte die Zähne geputzt. Erfolgserlebnis einer anderen Art.

Jochen kam auch mal dran. Er wartete bis auf den letzten Drücker ... und erreichte mit Mühe und Not das Örtchen. Frei! Gott sei Dank. Aber ... kein Papier da! Wie war dass doch? *Guten Morgen liebe Sorgen* --- à la Jürgen von der Lippe.

Kein Vergleich zu dem Chaos in Frankfurt. Es hat uns gefallen. Ob es was bringt, wird die Zeit zeigen. Wenn ich auch eher den Verdacht habe, dass das nicht der Fall sein wird.
Allein die Bekanntschaften, die wir schließen konnten, waren diese Reise wert. Wir werden uns alle wieder sehen. Die Autoreninitiative besteht und wir glauben, dass wir uns gegenseitig weiterhelfen können.
Wir alle werden jede Gelegenheit nutzen, unsere Bücher zu präsentieren.

20 Jahre später
Das war ein Abriss dessen, was man erleben kann, wenn man sehr blauäugig etwas in Angriff nimmt, von dem man keine Vorkenntnis hat. *Bücher machen* ist ein Ausspruch, den man so nicht stehen lassen kann. Es gehört eine Menge Vorarbeit dazu wie bereits eingangs geschildert. Wenn man sich dann einer Gemeinschaft mit Gleichgesinnten anschließt, geht man davon aus, dass jeder jeden unterstützt. Leider kam es anders. Die Autoreninitiative löste sich nur kurze Zeit später auf, weil sich bei jeder Gelegenheit herausstellte, dass einige Wenige die erforderlichen Arbeiten in Angriff

nahmen und die Anderen lediglich davon profitieren wollten. Irgendwann zogen auch wir die Konsequenzen und überlegten, wie wir unser Hobby auf eigene Faust weiter pflegen könnten.

Auf einen Druckkostenzuschuss-Verlag wollten wir uns nicht noch einmal einlassen und kamen auf die Idee, fachmännische Hilfe in Anspruch zu nehmen. Dadurch landeten bei einem Unternehmen in Norderstedt; damit arbeiten wir nun schon seit fünf Jahren zusammen und haben es nicht bereut. Man muss auch hier für seine Bücher selber zahlen, doch das Preis-Leistungs-Verhältnis ist in Ordnung. Fünf Bücher in fünf Jahren – nun gut… ein Pferd im Stall kostet mehr!

Und … haben Sie Lust bekommen, es auch einmal zu probieren. Derzeit (2020) plagt uns alle die Corona-Krise und wir sollten davon ausgehen, dass solche Erscheinungen keine Einzelfälle bleiben. Schreiben ist ein wirklich schönes Hobby, sinnvoll und zeitintensiv ebenfalls. Nur Mut!

Ach ja! Gerne gebe ich Hilfestellung. Lassen Sie es mich ganz einfach wissen.

Renate Krohn im Juni 2020

Mein Buch

Wie viele ich tatsächlich besitze weiß ich nicht. Als ich sie zuletzt gezählt habe, waren es einige Hundert. Meine Bücher. Ich liebe sie, jedes einzelne und jedes auf seine Weise. Sie sind meine Freunde – gute Freunde, mit denen ich Gedanken austauschen kann. Sie erzählen mir, was sie denken und ich habe gelernt, ihre Gedanken in Gefühle umzusetzen. In meine Gefühle. Davon habe ich ausreichend; sogar mehr als genug. Immer wieder ertappe ich mich dabei, dass eine Figur mich fasziniert. So sehr, dass ich ihr ein Gesicht gebe. Das Antlitz meiner Phantasie. Es sind immer sehr ansprechende Gesichter. Fein gemeißelte Züge, klare, schöne Augen. Meist dunkel. Ich liebe dunkle Augen. Vielleicht weil die meinen blau sind. Eine Farbe, die Millionen mit mir teilen. Nun beginnen sie zu leben, die Gestalten aus meinen Büchern. Sie (?) beginnen zu leben? Nein, *ich* beginne zu leben. In meinen Phantasiegestalten. Und ich bin nie allein. Mir fällt das Alleinsein ohnehin schwer. Ich brauche einen Menschen um mich, damit ich mit mir allein sein kann. Ist aber niemand da, bin ich nicht allein, sondern einsam. Und das ist etwas, was ich nicht ertragen kann. Einsamkeit. Ich hasse sie. Sie kommt immer dann, wenn ich sie am wenigsten brauchen kann. Dann hole ich mir meinen Freund. Ein Buch. Vorbei ist die Einsamkeit. Das Spiel der Phantasie beginnt und meine Freunde spielen mit. Sie übernehmen die Rollen, die ich Ihnen zuweise. Keiner zweifelt meine Regie an, keiner kritisiert mich. Ich kann ungehindert die Hauptrolle spielen. Sie unterstützen mich. Ich werde zur Königin, zur Feindin, Grand Dame – egal, alles was ich will. Ich wusste gar nicht, dass ich so vielseitig bin. Ich kann alles. In meinen Büchern, mit meinen Büchern.
Wer kann schon sagen, dass er so viele Freunde hat, die er liebt. Eine Liebe, die nicht fordert – nur gibt.
Was wäre ich ohne mein Buch!

Erschienen 2015

Geschichten aus der Zeit zweier Deutscher Staaten aus Sicht eines westdeutschen Bürgers

Erschienen 2016

Tiergeschichten für kleine und auch große Kinder

Erschienen 2017

…ein bisschen hiervon und ein bisschen davon – alles was eine gemütliche Lesestunde ausmacht

Erschienen 2018

Geschichten zum Schmunzeln und Nachdenken

Erschienen 2018

Mariness träumt vom Ruhm, doch der Weg dahin ist hart

Erschienen 2019

Auch wenn man mal nicht so gut drauf ist – Lesefutter geht immer!

Erschienen 2019

Eine ältliche Bibliothekarin wird an ihrem Arbeitsplatz ermordet? Wer macht so etwas? Und warum? Es bleibt nicht die einzige Leiche…